SIBYLLE NARBERHAUS

Syltmond

RACHSÜCHTIG Während überall auf der Insel die traditionellen Biike-feuer brennen und Landschaftsarchitektin Anna Scarren mit ihrer Familie ausgelassen den Abschied vom Winter feiert, kommt eine junge Frau auf grausame Weise zu Tode. Im Rahmen ihrer Ermittlungen stößt die Sylter Polizei kurze Zeit später auf die Leiche einer zweiten Frau, die ebenfalls brutal ermordet wurde. Besteht ein Zusammenhang zwischen den beiden Opfern? Treibt womöglich ein Frauenmörder sein Unwesen auf dem beliebten Eiland? Sowohl der eben aus der Haft entlassene Sönke Brodsen, als auch der Chefarzt der Nordseeklinik, Dr. Frank Gustafson, geraten in den Fokus der polizeilichen Ermittlungen. Unterstützung erfahren die Sylter Beamten von zwei Kollegen des LKA, was die Ermittlungsarbeit allerdings nicht unbedingt erleichtert. Auch in Annas Leben stehen einige Veränderungen an. Ihre Freude über die Nominierung zur Sylter Unternehmerin des Jahres verblasst schlagartig, als auch sie in Lebensgefahr gerät.

© Nicole Mai

Sibylle Narberhaus wurde in Frankfurt am Main geboren. Nach einigen Jahren in Frankfurt und Stuttgart zog sie schließlich in die Nähe von Hannover. Dort lebt sie seitdem mit ihrem Mann und ihrem Hund. Hauptberuflich arbeitet sie bei einem internationalen Versicherungskonzern und widmet sich in ihrer Freizeit dem Schreiben. Schon in ihrer frühen Jugend entwickelte sich ihre Liebe zum Meer und insbesondere zu der Insel Sylt. So oft es die Zeit zulässt, stattet sie diesem herrlichen Fleckchen Erde einen Besuch ab. Dabei entstehen immer wieder neue Ideen für Geschichten rund um die Insel.

SIBYLLE NARBERHAUS

Syltmond

Kriminalroman

GMEINER

Immer informiert

Spannung pur – mit unserem Newsletter informieren wir Sie
regelmäßig über Wissenswertes aus unserer Bücherwelt.

Gefällt mir!

Facebook: @Gmeiner.Verlag
Instagram: @gmeinerverlag
Twitter: @GmeinerVerlag

MIX
Papier aus verantwor-
tungsvollen Quellen
FSC® C083411

Besuchen Sie uns im Internet:
www.gmeiner-verlag.de

© 2021 – Gmeiner-Verlag GmbH
Im Ehnried 5, 88605 Meßkirch
Telefon 07575/2095-0
info@gmeiner-verlag.de
Alle Rechte vorbehalten
1. Auflage 2021

Lektorat: Claudia Senghaas, Kirchardt
Herstellung: Mirjam Hecht
Umschlaggestaltung: U.O.R.G. Lutz Eberle, Stuttgart
unter Verwendung eines Fotos von: © YesPhotographers /
shutterstock.com
Druck: CPI books GmbH, Leck
Printed in Germany
ISBN 978-3-8392-0081-0

KAPITEL 1

Der Bahnhof von Niebüll lag in dichten Nebel gehüllt, der sämtliche Geräusche der Umgebung zu verschlucken schien. Es war Ende Februar, aber selbst der nahende meteorologische Frühlingsanfang schien in Anbetracht der Kälte in weite Ferne gerückt. Der Winter hatte das Land mit seinen eisigen Krallen seit Wochen fest im Griff. Über Nacht hatte der strenge Frost die kahlen Bäume und Sträucher mit Raureif überzogen. Selbst um den kleinsten Zweig lag ein filigraner weißer Stachelpanzer. Lediglich eine Handvoll Fahrgäste wartete auf dem beinahe verwaist anmutenden Bahnsteig auf den nächsten Zug. Wenige Stunden zuvor hatte es an diesem Ort von Pendlern, die mit der Bahn zu ihrem Arbeitsplatz auf die Insel fuhren, nur so gewimmelt. Er griff in die rechte Jackentasche, und seine Finger tasteten nach der Zigarettenschachtel. Obwohl er vor einem Monat mit dem Rauchen aufgehört hatte, war dieses Verhaltensmuster nach wie vor tief in ihm verankert. Doch auch diese Angewohnheit würde er im Laufe der Zeit ablegen. Schritt für Schritt würde er ein neues Leben beginnen und die Vergangenheit hinter sich lassen – so gut es eben ging. Einen konkreten Plan, wie sich seine nahe Zukunft gestalten sollte, hatte er bislang nicht. Eher eine vage Vorstellung, die von einigen nicht unerheblichen Faktoren abhing, die es im Vorfeld zu klären gab. Nachdenklich ließ er seinen Blick über den nahezu menschenleeren Bahnsteig schweifen, bis seine

Augen auf einer jungen Frau hängen blieben, die wenige Meter von ihm entfernt ihre Aufmerksamkeit vollends auf das Smartphone in ihrer Hand gerichtet hatte. Bekleidet war sie mit einer gesteppten Winterjacke und einem dicken Wollschal, den sie fest um den Hals gewickelt hatte. Sie schien zu frieren, denn sie trat mit hochgezogenen Schultern von einem Fuß auf den anderen. Plötzlich bemerkte sie, dass sie beobachtet wurde, denn sie drehte ihren Kopf direkt in seine Richtung und sah zu ihm herüber. Ihre dunklen Augen hielten seinem Blick für einige Sekunden stand, und sie schenkte ihm ein zaghaftes Lächeln, bevor sie ihre Aufmerksamkeit erneut ihrem Smartphone widmete. Sie besaß ein ausgesprochen hübsches Gesicht und langes Haar, das sich durch die Feuchtigkeit in der Luft zu Locken kringelte. Er konnte sich nicht erinnern, wann er zuletzt mit einer Frau mehr als drei Worte gewechselt hatte, geschweige denn mit einer näher zusammen war. Würde es ihm jemals gelingen, sich ein weiteres Mal ernsthaft auf eine Frau einzulassen? War es überhaupt eine gute Idee, auf die Insel zurückzukehren nach allem, was passiert war? Bei diesem Gedanken spürte er eine eisige Kälte in sich emporkriechen, was nicht allein der Witterung geschuldet war. Umgehend stellte er den Kragen seiner Jacke auf. Erneut schenkte er der jungen Frau neben sich einen verstohlenen Seitenblick. Sollte er sie ansprechen? Ganz unverfänglich, nur ein belangloses Gespräch unter Reisenden. Ehe er seinen Gedanken nachhängen konnte, tauchte wie aus dem Nichts der einfahrende Zug auf und kam mit quietschenden Bremsen zum Stehen. Mit einem Zischen öffneten sich die Türen automatisch. Er schwang sich seinen Seesack über die Schulter und stieg ein. Der Zug war kaum besetzt, sodass er mühelos einen freien Sitzplatz fand. Er stellte sein Gepäck auf den leeren Platz ihm gegenüber ab und ließ sich schließlich entgegen der Fahrtrichtung in seinen Sitz sinken. Draußen auf dem Bahnsteig sah er, wie sich zwei Frauen voneinander verabschiedeten. Eine der beiden hatte einen Koffer bei sich, während die andere außer einer Handtasche kein Gepäck mit sich führte. Sie winkte der anderen nach, die nunmehr den bereitstehenden Zug bestieg. Für die nächsten Minuten schloss er die Augen. Ein seltsames Gefühl überkam ihn, als er sich mit jedem Meter Schiene mehr und mehr seiner Heimat näherte. Er konnte die Reaktionen einiger bestimmter Personen auf sein Auftauchen kaum erwarten. Niemand wusste von seiner Rückkehr, die er bewusst für sich behalten hatte, denn es gab noch eine offene Rechnung zu begleichen. Diese Vorstellung entlockte ihm ein kurzes Lächeln. Dann lehnte er sich in seinem Sitz zurück, schloss erneut die Augen und ließ seine Gedanken vom gleichmäßigen Schaukeln des Zuges treiben.

KAPITEL 2

Auf dem Heimweg vom Kinderschwimmen mit Christopher machte ich einen Abstecher zur Schokoladenmanufaktur in das Gewerbegebiet von Tinnum, um Kuchen und einige der köstlichen Trüffeln zu erstehen, von denen ich nie genug bekommen konnte. Für den Nachmittag hatte sich überraschend meine Freundin Britta angekündigt, die eine hochwichtige Neuigkeit zu vermelden hatte, wie sie am Telefon betont hatte. Alle meine Bemühungen, ihr dieses ominöse Geheimnis vorab zu entlocken, waren erfolglos geblieben. In dieser Hinsicht kannte Britta keine Gnade, da half auch nicht die Aussicht auf feinste Schokolade. Bereits beim Betreten des Ladens lief mir das Wasser im Mund zusammen, als ich an dem Kühlschrank mit den aufwendig verzierten Eistorten vorbeikam. Dieser Laden ließ jedem Schokoladenliebhaber das Herz höherschlagen. Das Sortiment reichte von unzähligen Tafeln Schokolade in den unterschiedlichsten Geschmacksrichtungen, die in einem riesigen Regal an der Wand drapiert waren, über Trüffeln, diversen Trinkschokoladen bis hin zu Kuchen und anderen Leckereien. Da ich es heute besonders eilig hatte, steuerte ich direkt auf die Auslage mit dem Kuchenangebot zu.

Zu Hause angekommen, bereitete ich für Christopher das Mittagessen zu, um ihn anschließend schlafen zu legen, was in der jüngsten Vergangenheit immer seltener von Erfolg gekrönt war. Erfahrungsgemäß meldete er sich spätestens nach 20 Minuten lautstark. Doch im Anschluss an das Schwimmen war er meistens derart müde, dass er schnell einschlief. Während er oben in seinem Kinderzimmer ruhte, deckte ich im Erdgeschoss den Kaffeetisch, da ich in Kürze mit Brittas Erscheinen rechnete. Ich hatte den Kuchen gerade ausgepackt und den Tee aufgesetzt, als unser Labradormischling Pepper bellend zur Haustür in die Diele stürmte.

»Warum habt ihr die Klingel nicht längst ausgebaut!«, schlug sie mit einem Lachen vor und umarmte mich. »Moin, meine Liebe!«

»Hallo, Britta! Gute Frage. Für den Fall, dass die lebendige einmal nicht zur Stelle sein sollte. Komm rein!«

Pepper umkreiste neugierig meine Freundin, während ich ihr die Jacke abnahm und an die Garderobe hängte.

»Brr, das ist verdammt kalt heute. Sicher bekommen wir bald Schnee. Die Luft riecht förmlich danach«, mutmaßte sie und rieb die Handflächen gegeneinander.

»Meinst du? Das wäre schön. Ich liebe den Anblick der verschneiten Küste. Ein Spaziergang am verschneiten Strand ist einfach herrlich.«

»Ich weiß, du bist eine hoffnungslose Romantikerin.« Sie zwinkerte mir zu.

»Noch haben wir Winter, da darf man ein bisschen von Schnee träumen. Weihnachten bei sieben Grad Plus und Nieselregen war enttäuschend genug, findest du nicht?«, erinnerte ich Britta. »Komm mit ins Wohnzimmer. Da kannst du dich am Kaminfeuer bei einer Tasse Tee aufwärmen. Im Keitumer Teekontor habe ich eine neue Sorte entdeckt, du wirst sie mögen, davon bin ich überzeugt. Außerdem habe ich uns vorhin Kuchen besorgt und ein paar deiner Lieblingstrüffel.«

»Das klingt einerseits verlockend, andererseits auch äußerst kalorienreich. Auf diese Weise werde ich meinen Winterspeck nie los!« Britta stieß einen kleinen Seufzer aus und legte demonstrativ eine Hand an ihren Bauch.

»Ach was, bei der Kälte braucht der Körper eine Extraportion Energie«, versuchte ich, ihre Bedenken zu zerstreuen. »Setz dich!«

»Wo ist Christopher?«, erkundigte sich Britta und streichelte Pepper, der sich fest an ihr Bein gedrückt und seine Schnauze auf ihrem Oberschenkel abgelegt hatte.

»Er schläft. Nach dem Schwimmen ist er immer total erledigt. Selbst Peppers Gebell vermag ihn dann nicht aus seinen Träumen zu holen«, erklärte ich mit einem Lachen. Wie auf ein Kommando konnte ich ihn oben in seinem Zimmer rufen hören.

»Na, so tief waren die Träume dann doch nicht«, grinste Britta und kraulte Pepper am Ohr, der genüsslich die Augen geschlossen hielt.

Nun saßen wir zu dritt im Wohnzimmer, Christopher spielte mit seiner Holzeisenbahn, und ich goss dampfenden Tee in unsere Tassen.

»Jetzt erzähl endlich, was du mir nicht am Telefon sagen wolltest, sonst platze ich vor Neugierde«, forderte ich sie auf und lehnte mich mit der Tasse in der Hand entspannt zurück.

Sie straffte die Schultern und setzte eine bedeutungsvolle Miene auf. »Wie du weißt, vergibt der Unternehmerverein alljährlich einen Preis für Sylter Geschäftsleute. Dieses Jahr soll die Wahl auf eine Frau fallen.«

»Gute Idee«, bemerkte ich beiläufig und steckte einen Trüffel in den Mund, um ihn genüsslich auf meiner Zunge zergehen zu lassen.

»Die Jury hat insgesamt 15 Geschäftsfrauen ausgewählt und letztlich fünf nominiert. Eine davon bist du!«, offenbarte sie mir mit leuchtenden Augen. »Ist das nicht super?«

»Ich? Bist du sicher?« Vor Schreck hätte ich mich beinahe an dem Trüffel verschluckt und trank schnell einen Schluck. »Wie kommen die auf mich? Und woher weißt du das?«

Britta schien sich über mein verdutztes Gesicht zu amüsieren, denn sie lehnte sich mit einem Grinsen entspannt zurück, bevor sie mir eine Antwort gab. »Erstens bist du eine Sylter Unternehmerin mit deinem Landschaftsarchitekturbüro und zwar eine äußerst erfolgreiche, und zweitens weiß ich das von meinem Schwiegervater. Er ist langjähriges Mitglied in dem Verein, falls du dich erinnerst. Freust du dich?«

»Natürlich, ich fühle mich außerordentlich geehrt, aber bislang ist nichts entschieden.«

»Das ist wieder einmal typisch für dich, Anna! Ich bin überzeugt, dass du dieses Jahr das Rennen machst«, ließ sie mich wissen und aß von ihrem Schokoladenkuchen.

»Kennst du die anderen Nominierten?« Im Grunde war es irrelevant, aber neugierig war ich trotz allem.

»Monika Klaasen, Ellen Seiler, Patricia Trieschmann und Swantje Burkhardt«, erklärte Britta kauend.

»Ich muss gestehen, die Namen sagen mir allesamt nichts«, gab ich zerknirscht zu.

»Swantje betreibt ein Schmuckatelier in Kampen. Von ihr stammt meine Kette, die ich vergangenes Jahr von Jan zum Geburtstag bekommen habe. Sie hat ein Händchen für ausgefallene Stücke, ohne dass sie protzig oder überkandidelt wirken.« Sie griff sich an den Hals.

»Das stimmt, die Kette ist schlicht und trotzdem ein absoluter Hingucker.«

»Moni betreibt das Fitnessstudio in Westerland. Die müsstest du eigentlich kennen, sie war letztes Jahr auf meiner Geburtstagsfeier. Eine Gertenschlanke mit ganz kurzen schwarzen Haaren«, versuchte Britta, meiner Erinnerung auf die Sprünge zu helfen.

»Momentan habe ich kein Bild vor Augen, tut mir leid.«

»Egal. Dann bleiben noch die Anwältin Ellen Seiler und die Immobilienmaklerin Patricia Trieschmann. Die beiden kenne ich allerdings nicht persönlich. Wenn du mich fragst, hast du die besten Chancen auf den Titel.« Beherzt griff Britta in die Schale mit den Trüffeln und ließ eine rosafarbene Kugel in ihrem Mund verschwinden. »Hm, fantastisch!« Genussvoll schloss sie die Augen.

»Ach, Britta! Das sagst du nur, weil ich deine Freundin bin.«

»Nein, sondern weil du in kurzer Zeit ein florierendes Unternehmen aufgebaut hast, auf das du sehr stolz sein kannst. Dass du meine Freundin bist, spielt bloß eine untergeordnete Rolle«, betonte Britta mit einem Augenzwinkern.

Ich musste schmunzeln. »Danke für dein Vertrauen. Warten wir ab, zu welchen Gunsten die Wahl ausgeht. Ich kann es ohnehin nicht beeinflussen«, stellte ich klar und schenkte Britta Tee nach.

»Danke, Anna, der schmeckt wirklich gut. Mehr sollte ich allerdings nicht trinken, sonst muss ich ständig aufs Klo.« Sie kicherte hinter vorgehaltener Hand. »Bleibt es dabei, dass wir uns heute Abend zum Biikebrennen treffen? Um 18 Uhr ist Startschuss für den Fackelzug am Parkplatz Nösse.« Sie sah mich erwartungsvoll an und platzierte ihre Kuchengabel auf dem leeren Teller.

»Ja, wie vereinbart. Möchtest du noch ein Stück?«, fragte ich.

»Oh nein, vielen Dank. Ich muss ein bisschen auf meine Linie achten.« Sie verzog gequält den Mund.

»Kommen Tim und Ben auch? Ich habe sie lange nicht mehr gesehen.«

»Nein, dieses Jahr werden wir auf die beiden Jungs verzichten müssen. Das heißt, Ben ist mit seinen Freunden in List zur Biike verabredet, und Tim ist bei der Jugendfeuerwehr im Einsatz, allerdings in Morsum. Ihn werden wir vermutlich zu Gesicht bekommen, bevor er mit seinen Kumpels feiern geht. Sie werden allmählich flügge, ob ich es will oder nicht.« Ein Anflug von Wehmut mischte sich in ihre Stimme.

»Das ist der Lauf der Zeit, meine Liebe! Da siehst du, wie es unseren Eltern mit uns ergangen sein muss. Bei meiner Mutter habe ich bis heute das Gefühl, dass sie nicht loslassen kann. Ehrlich gesagt, vermisse ich sie manchmal. Auf der anderen Seite gibt es Situationen, in denen ich über unseren räumlichen Abstand froh bin, wenn du verstehst, was ich meine.«

»Ich kann dich gut verstehen, schließlich kenne ich deine Mutter lange genug. Aber glaube mir, sie meint es bloß gut.«

»Genau das ist das Problem. Ich bin heilfroh, dass sie nicht immer alles hautnah mitbekommt, sonst würde sie oft vor Sorge um uns keine Nacht in den Schlaf finden.«

Britta begann zu lachen. »Da gebe ich dir recht. Diesbezüglich fällt mir die Episode mit dem Segelkurs im vergangenen Jahr ein, von der sie erst im Nachhinein erfahren hat.«

»Stimmt, anschließend hat sie sich wochenlang Vorwürfe gemacht, dass sie mir den Kurs überhaupt geschenkt hat, als ob sie etwas dafür gekonnt hätte.«

»Du hast dich jedenfalls meisterlich geschlagen, meine Liebe. Rückblickend betrachtet, ist deine Mutter sicherlich mächtig stolz auf dich.«

Plötzlich hob Pepper den Kopf, spitzte die Ohren und stürmte auf der Stelle zur Tür. Gleich darauf ertönte die Klingel. Mit einem Brief in der Hand kehrte ich zurück ins Wohnzimmer.

»Das war der Postbote.«

Britta beäugte mich neugierig, während ich den Umschlag öffnete.

»Bestimmt ist das die Einladung zur Preisverleihungsfeier? Mach auf!«, drängelte sie und rutschte vor bis an die Sofakante.

»Sei nicht so ungeduldig!« Ich faltete das Papier auseinander und überflog das Schreiben in meiner Hand.

»Nun sag schon!« Brittas Hals wurde immer länger, während sie versuchte, einen Blick auf das Schriftstück zu erhaschen.

»Tatsächlich. Sie gratulieren mir zur Nominierung und laden mich herzlich zur Preisverleihung ein. Wie du gesagt hast. Die Veranstaltung findet in der ›Sylt Quelle‹ in Rantum statt.«

»Hast du angenommen, ich mache Witze?«

»Nein, natürlich nicht. Was sagt man dazu?« Ungläubig ließ ich das Stück Papier sinken. Nun hielt ich die kleine Sensation schwarz auf weiß in meinen Händen.

»Darauf sollten wir unbedingt anstoßen«, schlug Britta mit leuchtenden Augen vor. »Hast du Prosecco?«

»Damit lass uns lieber warten. Vorerst bin ich lediglich nominiert«, warf ich ein.

»Was heißt denn lediglich? Typisch, Anna!« Sie zog einen Schmollmund. »Eine Nominierung ist bereits eine großartige Auszeichnung, finde ich. Überhaupt unter die letzten fünf zu kommen, ist doch toll«, leistete Britta unermüdlich Überzeugungsarbeit.

»Okay, ein Gläschen wird auf keinen Fall schaden«, ließ ich mich letztendlich breitschlagen, sehr zur Freude von Britta, die sich mit hochzufriedener Miene die Hände rieb.

»Kommen deine Eltern dieses Jahr nicht zur Biike? Hat es ihnen letztes Jahr nicht gefallen?«, rief sie mir auf dem Weg in die Küche hinterher.

»Doch. Bei unserem letzten Telefonat war meine Mutter diesbezüglich äußerst zurückhaltend. Das letzte Wort sei noch nicht gesprochen oder so ähnlich, hat sie sich ausgedrückt. Sie wirkte irgendwie merkwürdig«, erinnerte ich mich, als ich mit einer Flasche gekühltem Prosecco und zwei Gläsern vor dem Sofa stand.

»Oh, oh! Wer weiß, was sich da im Hause Bergmann zusammenbraut«, unkte Britta und sah mich mit nach oben gezogenen Augenbrauen amüsiert an.

»Mach mir bitte keine Angst! Wahrscheinlich hat meine Mutter sich vorher über die neuen Nachbarn geärgert. Die scheinen sie furchtbar aufzuregen.« Ich rollte mit den Augen und reichte Britta ein Glas mit perlendem Inhalt.

»Neue Nachbarn?«

»Ach«, winkte ich ab. »Das erzähle ich dir ein anderes Mal. Besonders spannend ist das nicht, wenn du mich fragst.«

»Momentan gibt es ohnehin Wichtigeres.« Sie zwinkerte mir aufmunternd zu und hielt mir ihr Glas entgegen. »Prost, meine Liebe! Auf deine Nominierung! Ich bin richtig aufgeregt.«

»Leidest du unter Hitzewallungen oder warum reißt du bei dieser Eiseskälte das Fenster sperrangelweit auf?«, beschwerte sich Uwe beim Betreten des Büros und steuerte zielstrebig auf das geöffnete Fenster zu, um es augenblicklich zu schließen. »Da holt man sich den Tod«, murmelte er währenddessen griesgrämig.

»Ein bisschen Sauerstoff hat bislang niemandem geschadet?«, entgegnete Nick, dem der eigenartig hölzerne Gang seines Kollegen nicht verborgen blieb. »Alles okay? Du bist spät dran heute. Ich habe mir Sorgen gemacht, ob du eventuell krank bist.«

Uwe winkte kopfschüttelnd ab, während er ungewöhnlich behutsam auf seinem Bürostuhl Platz nahm, auf den er sich normalerweise derart heftig plumpsen ließ, dass man befürchten musste, das Möbelstück würde jeden Augenblick unter seinem Gewicht zusammenbrechen. Ehe Nick nachhaken konnte, verriet das Rascheln von Papier, dass Uwe im Begriff war, eine Bäckereitüte zu öffnen. Wie jeden Tag hatte er sich einen Snack beim nahegelegenen Bäcker gekauft, den er im Laufe des Vormittags zu sich nahm. Ein strenger Geruch nach Wurst und Käse erfüllte in Sekundenschnelle den eben noch frisch gelüfteten Raum.

»Oh Gott, was hast du dir denn da gekauft?« Nick verzog angewidert das Gesicht und hielt sich demonstrativ die Nase zu.

»Salamibrötchen mit Käse überbacken. Das Spezialangebot des Tages«, fügte Uwe mit zufriedener Miene hinzu, ohne seine Errungenschaft aus den Augen zu lassen.

»Das glaube ich sofort, wahrscheinlich ist das Verfalldatum seit Wochen überschritten. Das ist ja nicht auszuhalten!« Nick presste sich die Hand vor Mund und Nase und eilte in Richtung Fenster, um abermals Frischluft hineinzulassen.

»Übertreib nicht«, brummte Uwe und biss in das Brötchen. Kaum hatte er den ersten Bissen im Mund, ließ er es zurück in der Papiertüte verschwinden.

»Na, ist wohl doch nicht so lecker?«, spottete Nick mit skeptischem Blick.

»Schon, aber ich habe irgendwie keinen Appetit, vielleicht später.«

»Keinen Hunger? Sollte ich an dieser Stelle anfangen, mir ernsthafte Sorgen um dich zu machen?«, erkundigte sich Nick, dem Uwes Verhalten äußerst suspekt vorkam.

Sein Kollege und Freund aß für sein Leben gern, am liebsten rund um die Uhr, was ihm bedauerlicherweise deutlich anzusehen war. Seine Körperfülle hatte bereits zu etlichen Diskussionen geführt, sowohl mit Uwes Frau Tina, als auch im Freundes- und Kollegenkreis. Jedoch waren jegliche Ermahnungen und gut gemeinte Ratschläge stets im Sande verlaufen.

»Hm«, brummte Uwe mit vollem Mund. Dann schluckte er den Bissen zügig hinunter, bevor er erneut ansetzte. »Mich plagen seit Tagen üble Rückenschmerzen.

Heute Nacht waren sie kaum auszuhalten, egal, welche Schlafposition ich ausprobiert habe. Selbst die Schmerztabletten helfen nicht mehr, davon bekomme ich höchstens Magenschmerzen. Ich möchte wirklich wissen, woher das kommt.« Er fasste sich mit der Hand an den unteren Rücken.

»Hast du dich verlegen oder verhoben? Könnte ein Hexenschuss sein oder eine extreme Verspannung?«, zählte Nick einige mögliche Ursachen auf.

Uwe schüttelte vehement den Kopf. »Nein, das fühlt sich anders an. Zugluft habe ich ebenfalls nicht bekommen, daran würde ich mich erinnern. Na ja, so wie es gekommen ist, wird es auch verschwinden.« Er lehnte sich langsam in seinem Stuhl zurück und kniff schmerzhaft die Augen zusammen.

»Das sieht wirklich nicht gut aus, Uwe. Du solltest dringend einen Arzt aufsuchen und dir eine Spritze geben lassen«, schlug Nick vor.

Auf Uwes Stirn bildete sich eine tiefe Längsfalte, als er die Augenbrauen zusammenzog. »Bist du verrückt? Das habe ich einmal gemacht, danach ging es mir schlechter als je zuvor. Nein danke! Ich traue diesen Quacksalbern ohnehin nicht über den Weg. Die Beschwerden sind von allein gekommen, die gehen auch von allein. Mittlerweile solltest du meine Meinung in puncto Ärzten kennen«, betonte er entschieden und erklärte das Thema seinerseits für erledigt.

»Du musst selbst wissen, was dir guttut oder nicht. Bist ja alt genug«, gab Nick mit einem Schulterzucken auf. Er wusste aus der Vergangenheit, dass es vollkommen zwecklos war, Uwe in Gesundheitsfragen in irgendeiner Weise überzeugen zu wollen.

»Eben. Seid ihr heute Abend bei der Biike in Morsum dabei?«, fragte Uwe, um vom leidigen Thema Rückenschmerzen abzulenken.

»Sicher, das lassen wir uns nicht entgehen. Anna freut sich seit Tagen auf das Ereignis. Wir sind mit Britta und Jan verabredet. Im Anschluss gibt es traditionell Grünkohl bei Jans Eltern. Seine Mutter macht den besten Grünkohl auf der ganzen Insel. Ihr seid doch auch dabei, oder etwa nicht?«

Uwe nickte. »Klar, Tina lässt sich das Ereignis auf keinen Fall entgehen. Sie freut sich ebenfalls seit Wochen darauf.« Er wollte eine bequemere Sitzposition einnehmen und stöhnte laut auf, als ihm der Schmerz wie ein Blitz durch den gesamten Körper fuhr. Sein Gesicht war leichenblass und kleine Schweißperlen tanzten auf seiner Stirn. »Verdammt, tut das höllisch weh!«, fluchte er verhalten und atmete schwer.

»Mal im Ernst, Uwe.« Nick warf seinem Kollegen einen besorgten Blick zu, bevor er auf seine Armbanduhr sah. »Wir haben Freitagmittag. Du solltest schleunigst einen Arzt aufsuchen, bevor du dich das gesamte Wochenende vor lauter Schmerzen nicht mehr rühren kannst. Das macht keinen Sinn, den harten Kerl zu mimen. Soll ich dich fahren?«

»Nee, lass mal.« Uwe blieb stur und biss die Zähne aufeinander, als er sich in Zeitlupe auf seinem Stuhl zurücklehnte.

»Im Grunde hast du bloß Schiss vor der Spritze, habe ich recht? Kannst du ruhig zugeben. Ich bin auch jedes Mal froh, wenn es vorbei ist.« Nicks linker Mundwinkel hob sich amüsiert nach oben, während er auf die Reaktion seines Gegenübers wartete.

»Lass gut sein, Nick. Ich weiß deine Fürsorge zu schätzen, aber die Schmerzen werden in ein paar Tagen der Vergangenheit angehören. Das Beste wird sein, wenn ich nach Hause gehe und mir eine Wärmflasche mache. Die Wärme und ein bisschen Ruhe haben bislang immer geholfen, lästige Rückenschmerzen loszuwerden. Du wirst sehen, am Montag bin ich fit wie ein Turnschuh.« Uwe war bemüht, ein zuversichtliches Lächeln aufzusetzen, was deutlich misslang.

KAPITEL 3

Das letzte Stück von der Bushaltestelle bis zu dem Haus ging er zu Fuß. Er brauchte die Bewegung, außerdem konnte er unterwegs seine Gedanken ordnen. Der Nebel hielt sich nach wie vor zäh, sodass man keine 50 Meter weit sehen konnte, den Weg aber hätte er selbst mit verbundenen Augen gefunden. Als er sein Ziel erreicht hatte, zögerte er kurz und sah sich um. Ringsherum war niemand zu erblicken. Dann atmete er tief durch, straffte die Schultern und drückte schließlich beherzt die Türklinke nach unten. Wie eh und je war die Haustür nicht verschlossen, sondern ließ sich ohne Weiteres öffnen. Drinnen roch es genauso wie damals. Auch die Einrichtung hatte sich kaum verändert, als wäre die Zeit stehen geblieben. Die alten Dielen unter seinen Füßen knarrten bei jedem seiner Schritte.

»Hallo? Jemand zu Hause?«, rief er in die Stille, erhielt jedoch keine Antwort. Es herrschte absolute Ruhe bis auf das gleichmäßige Geräusch der alten Standuhr, deren Pendel unermüdlich im Takt schlug. An der Garderobe hing eine dunkelgrüne Jacke, der man deutlich ansehen konnte, dass sie ihrem Besitzer seit langer Zeit ein treuer Begleiter sein musste. Er ging die Treppe hinauf. Vor einer verschlossenen Zimmertür blieb er stehen, dann öffnete er sie. Die Luft in dem Raum roch muffig, als wäre seit ewigen Zeiten nicht gelüftet worden. Sein Blick fiel zunächst auf das große Bett, auf dem eine glatt gezogene Tagesdecke lag, als hätte heute Morgen jemand das Bett frisch gemacht. Er sah sich weiter in dem Zimmer um und hatte das Gefühl, als sei die Zeit stehen geblieben. Bilder tauchten vor seinem inneren Auge auf, von denen er sich gewünscht hätte, sie für immer aus seiner Erinnerung zu löschen. Ein Geräusch aus dem Erdgeschoss ließ ihn aufhorchen. Es waren Schritte, gefolgt von einer leisen weiblichen Stimme. Als er sie erkannte, entspannte er sich und machte sich auf den Weg nach unten. Auf einer der letzten Stufen blieb er abrupt stehen, denn am Fuße der Treppe stand ein imposanter Schäferhund und fixierte ihn neugierig.

»Na, wer bist du denn?«, sprach er das Tier an.

»Isco, komm her! Futter!«, hörte er zeitgleich aus der Küche rufen. Gleich darauf näherten sich abermals Schritte. »Da steckst du, was …« Augenblicklich blieb sie wie angewurzelt stehen. »Sönke!«, hauchte sie und fasste sich mit der Hand an den Hals.

Er nickte. Zögerlich näherte sie sich ihm und betrachtete ihn, als stehe ein Gespenst vor ihr. In ihren Augen standen Tränen. Zaghaft berührte sie ihn am Arm, als müsse sie prüfen, ob nicht alles bloß ein Traum wäre.

»Ich kann es kaum glauben, dass du es wirklich bist.«

»Moin, Mutter. Ja, es ist lange her«, erwiderte er und bewegte sich keinen Zentimeter von der Stelle.

»Ich habe nicht gewusst, dass du heute kommen würdest«, räumte sie ein.

»Das wusste niemand. Ich will nur ein paar Sachen holen, dann bin ich verschwunden«, unterbrach er sie, und sein Ton klang barscher als beabsichtigt.

»Warum willst du wieder gehen?« Verständnislos sah sie ihren Sohn an.

»Ich glaube, es wäre nicht gut, wenn ich bleiben würde.« Er nahm die letzten drei Stufen und stand nun unmittelbar vor ihr. Der Hund schnupperte an seinen Hosenbeinen, während er ihm den Kopf kraulte.

»Sonderbar, er ist Fremden gegenüber sonst nicht so zutraulich.« Im selben Moment, da sie die Worte aussprach, bemerkte sie die unglücklich gewählte Formulierung und versuchte, sie umgehend zu korrigieren. »Ich meine Menschen, die er nicht kennt.«

»Ich verstehe schon. Ein sehr schönes Tier. Hast du ihn schon länger?«

»Seit einem knappen Jahr. Früher hatten wir immer Hunde auf dem Hof, es war an der Zeit.«

»Ich dachte, Rieke hätte eine Tierhaarallergie?« Auf seine Frage erhielt er lediglich ein müdes Achselzucken.

»Bitte bleib, Sönke. Meinetwegen musst du nicht gehen. Falls es mit deinem Vater zu tun haben sollte, brauchst du dir keine Gedanken zu machen.« Er legte fragend seine Stirn in Falten. »Er ist tot.«

»Seit wann?« Die Nachricht überraschte ihn nicht sonderlich, da sein Vater seit Langem gesundheitliche Probleme hatte.

»Seit zwei Monaten. Ich weiß, ich hätte dich informieren müssen, aber ich wusste nicht, wie«, gestand sie.

Seine Miene wirkte wie versteinert. »Da, wo ich herkomme, gibt es sogar Telefon.« Der gleichermaßen zynische wie anklagende Ton in seiner Stimme war unüberhörbar.

»Es tut mir sehr leid, Sönke«, sagte sie leise und senkte schuldbewusst den Kopf. »Dein Vater hat dich sehr geliebt.«

»Seltsame Art, das zu zeigen. Wo ist Ole?«, erkundigte sich Sönke und richtete seinen Blick durch das Fenster nach draußen in die Hofeinfahrt.

»Dein Bruder ist heute früh auf das Festland gefahren, um sich mit einem potenziellen Abnehmer für die Schafwolle zu treffen. Seine Frau begleitet ihn.« Als sie sah, wie ihr Sohn die Augenbrauen nach oben zog, fügte sie erklärend hinzu: »Friederike und er haben im vergangenen Jahr geheiratet.«

»Ich merke, während meiner Abwesenheit hat sich eine Menge verändert. Wie gesagt, ich wollte nur schnell ein paar Sachen von mir abholen, sofern sie nicht längst entsorgt wurden. Dann werde ich euch nicht länger mit meiner Anwesenheit belästigen.«

»Aber Junge, natürlich habe ich all deine Sachen aufgehoben. Bitte, Sönke, gehe nicht gleich wieder weg, es gibt so viel zu sagen«, bat sie ihn und legte ihre Hand auf seinen Unterarm.

»Nicht jetzt, Mutter. Ein anderes Mal vielleicht. Ich brauche Zeit«, entgegnete er, wobei seine Gesichtszüge für den Bruchteil einer Sekunde Milde ausstrahlten, bevor sie abermals zu Stein wurden.

»Dann komm wenigstens heute Abend zum Essen, es gibt Grünkohl so wie früher. Den mochtest du immer gern.«

»Nichts ist mehr wie früher, Mutter.«

»Bitte, Sönke! Mir zuliebe.« Sie sah ihn flehend an und hätte sich am liebsten fest an ihn geklammert.

»Ich kann es nicht versprechen.«

»Wo willst du jetzt hin? Hast du eine Bleibe?«

»Mach dir um mich keine Sorgen, ich komme zurecht«, beruhigte er sie und löste sich von ihr. Er hatte vorhin mit seinem alten Freund Lorenz telefoniert, der ihm eine Unterkunft organisieren wollte. Für die kommende Nacht hatte er sich ein Zimmer in einer günstigen Pension gemietet. Dort kannte man ihn nicht, und niemand stellte unnötige Fragen.

KAPITEL 4

»Nick? Bist du soweit? Wir müssen los!«

»Komme schon!«, tönte seine Stimme aus dem Obergeschoss, gefolgt von dem Knarren der alten, hölzernen Stufen, als Nick die Treppe herunterkam.

»Dein Daddy ist heute nicht der Schnellste«, sagte ich zu unserem kleinen Sohn Christopher, während ich ihm seine Mütze aufsetzte und anschließend den Reißverschluss seines Anoraks hochzog.

»Also, ich wäre startklar«, bestätigte Nick hinter mir und schlüpfte in seine Jacke.

»Dann kann es ja endlich losgehen. Nein, Pepper, du kannst nicht mitkommen. Pass schön auf unser Haus auf«, sagte ich zu unserem Labradormischling, der mich mit seinen treuen Augen erwartungsvoll ansah. Sofort bekam ich ein schlechtes Gewissen und sah zu Nick.

»Nein, Anna, er bleibt hier. Ich dachte, wir waren uns einig, dass dort kein Ort für einen Hund ist«, erstickte er umgehend meine Zweifel im Keim.

»Da hörst du, was Herrchen gesagt hat, Pepper. Wir sind bald zurück«, tröstete ich ihn, streichelte ihm über den Kopf und reichte ihm zum Abschied einen Hundekeks, den er nahm und damit zufrieden abschob. Nicks Mundwinkel zuckten belustigt, als ich zu ihm sah.

»Was ist?«

»Ach, nichts«, erwiderte er und schloss hinter uns ab.

Auf unserer Fahrt begegneten wir Horden von Menschen, die zu Fuß dem Feuerplatz am Morsumkliff entgegenströmten.

»Hier ist ja der Teufel los«, brummte Nick mehr zu sich selbst und passierte eine Gruppe Personen, die einen voll beladenen Bollerwagen hinter sich herzogen.

»Solange alle gut gelaunt und friedlich bleiben, ist es doch in Ordnung.« Ich schenkte ihm einen Seitenblick.

»Hoffen wir es.«

»Oh nein, ich glaube, wir müssen umdrehen«, stellte ich fest, als der Parkplatz in Sichtweite kam.

»Warum? Hast du etwas vergessen? Pepper geht es gut, er kennt das Alleinsein.«

Bevor ich zu einer Antwort ansetzen konnte, erklang ein fröhliches »Peppa Hause!« aus dem Kindersitz auf der Rückbank, von dem aus sich Christopher zu Wort meldete.

»Nein, beim Biikebrennen sind Hunde fehl am Platz, das sehe ich genauso wie du. Ich habe vergessen, Christophers Kopfhörer einzupacken. Die laute Musik des Fanfarenzuges ist zu laut für junge Ohren.«

»Entspann dich, Sweety. Sie liegen seit gestern im Kofferraum.« Er deutete mit dem Daumen hinter sich.

»Du bist ein wahrer Schatz!«, sagte ich, lehnte mich zu ihm rüber und drückte ihm einen dicken Kuss auf die Wange, als ein lautes Hupen ertönte. Gleich darauf riss der Fahrer vor uns die Wagentür auf, lehnte sich halb aus dem Auto und brüllte dem Fahrzeug vor ihm wütend etwas hinterher.

»Die Schlacht um die Parkplätze ist in vollem Gang. Steigt schon mal aus, ich parke vorne an der Straße und komme dann nach«, entschied Nick beim Anblick des überfüllten Parkplatzes.

Kurz darauf sah ich Nick hinterher, wie er wendete und den Weg ein ganzes Stück zurückfuhr, wo er den Wagen auf dem seitlichen Grasstreifen abstellen wollte. Während ich wartete, zogen immer mehr Menschen an uns vorbei, und ich hatte das Gefühl, als würde der Strom kein Ende nehmen.

»Moin, ihr beiden!« Meine Freundin Britta mit ihrem Mann Jan tauchte plötzlich neben uns auf.

»Moin, Britta! Hallo, Jan! Ich habe euch gar nicht kommen sehen.«

»Wir standen dort hinten. Wo ist Nick?«

»Er kommt gleich nach, er parkt den Wagen an der Straße, hier war es ihm zu voll«, erklärte ich.

»Dieses Mal ist wirklich viel los.« Sie ließ ihren Blick über die Menschenansammlung schweifen.

»Auf jeden Fall ist es gehörig kalt heute.« Jan setzte seine Mütze auf und zog dicke Handschuhe über die Hände. »Wie gemacht fürs Biikebrennen, da schmeckt und wärmt der Glühwein wenigstens ordentlich«, feixte er.

»Und erst der Grünkohl im Anschluss«, ergänzte Nick.

»Daddy!«, krähte Christopher und streckte seine kleinen Ärmchen nach seinem Vater aus, der ihn sogleich auf den Arm nahm.

»Hey, Nick! Da bin ich ganz bei dir. Allein bei dem Gedanken bekomme ich Hunger«, bestätigte er mit einem Lachen. Dann wanderte sein Blick zum Himmel. »Ich glaube, wir bekommen heute noch Schnee.«

»Was du nicht sagst. Bist du neuerdings unter die Meteorologen gegangen oder schmerzt die alte Kriegsverletzung?«, erkundigte sich Britta mit einem Augenzwinkern.

»Sehr witzig. Nein, das spüre ich.«

»Soso, das ist ja höchst interessant, mein Wettergott«, erwiderte Britta belustigt und hakte sich bei ihm unter.

»Mach dich nur lustig über mich. Laut meiner Wetter-App zieht ein Niederschlagsgebiet direkt auf uns zu. Hier, überzeuge dich selbst, wenn du mir nicht glaubst!« Er zog den Handschuh aus und wischte über das Display seines Smartphones, bevor er es demonstrativ in die Runde hielt.

»Na, lassen wir uns überraschen. Wo bleiben eigentlich Uwe und Tina? Sie wollten sich mit uns treffen, aber ich kann sie nirgends entdecken.« Suchend sah ich mich auf dem überfüllten Platz nach unseren Freunden um.

»Sie werden sicher jeden Augenblick kommen. Sieh dir die Autoschlange an, die sich den schmalen Weg entlang wälzt. Höchstwahrscheinlich stecken sie mittendrin«, vermutete Nick, als sein Handy klingelte.

»Wenn man vom Teufel spricht«, murmelte er mit Blick auf das Display und hielt sich das Gerät ans Ohr. Während er zuhörte, zog er die Augenbrauen zusammen, sodass sich zwei senkrechte Falten in seine Stirn gruben. »Ich bin unterwegs, bis gleich!« Mit diesen Worten war das Gespräch beendet.

»Sag schon, was ist los!«, erkundigte sich Jan, dessen Augen neugierig aufblitzten.

»Das war Uwe. Offenbar gibt es ein Problem auf dem Feuerplatz.«

»Ein Problem?«, wiederholte ich und versuchte, in Nicks Gesicht zu lesen.

»Lass mich raten: Die Jungs von der Feuerwehr haben dem Glühwein bereits im Vorfeld den Garaus gemacht und es gibt keinen Nachschub. Richtig?«, scherzte Jan.

»Nein, leider nicht«, entgegnete Nick, dem offensichtlich alles andere als zum Scherzen zumute war. »Die Feuerwehr hat einen anonymen Hinweis erhalten«, fuhr er stattdessen mit ernster Miene fort.

»Ein anonymer Hinweis? Nun rück raus mit der Sprache und spann uns nicht länger auf die Folter!« Britta sah ihn erwartungsvoll an.

»Uwe hat vage Andeutungen gemacht, dass mit dem aufgeschichteten Haufen etwas nicht stimmt. Genaueres weiß ich wirklich nicht, aber ich treffe mich gleich mit ihm vor Ort.«

»Wir kommen mit«, entschied Britta kurzerhand.

»Nein.« Nick schüttelte vehement den Kopf. »Ich gehe allein. Wenn wir wissen, was los ist, und grünes Licht geben, kommt ihr mit dem Fackelzug hinterher. Wir treffen uns bei den Einsatzfahrzeugen der Feuerwehr am Glühweinstand.« Er gab mir einen Kuss, übergab mir Christopher und bahnte sich den Weg durch die dicht gedrängte Menschenmenge.

»Pass auf dich auf!«, rief ich ihm nach, was jedoch vom allgemeinen Stimmengewirr verschluckt wurde.

»Was stimmt mit dem Feuerhaufen nicht?«, überlegte Britta laut vor sich hin.

»Das weiß ich nicht, aber Nicks Gesichtsausdruck nach zu urteilen, wird es sich nicht um eine Lappalie handeln.«

»Das klärt sich bestimmt. Ich hoffe nur, dass sich das Ganze nicht allzu sehr verzögert, mir ist nämlich verdammt kalt.« Britta rieb trotz Handschuhen demonstrativ die Hände gegeneinander und trat von einem Fuß auf den anderen. »Wo ist Jan geblieben? Er war eben noch hier.«

»Er hat einen Bekannten entdeckt.« Ich deutete nach rechts, wo sich Jan ein paar Meter von uns entfernt angeregt mit einem Mann in einer abgewetzten Wachsjacke unterhielt.

»Ach, das ist Kai! Kai Paulsen, der Weltenbummler. Den habe ich ewig nicht gesehen«, zeigte sich Britta beim Anblick des Gesprächspartners ihres Mannes hocherfreut.

»Weltenbummler?«

Britta grinste. »Ich nenne ihn so, weil er beinahe überall auf der Welt gewesen ist. Ein echter Weltenbummler eben. Erst vor Kurzem ist er zurück nach Sylt gekommen. Kai ist ein alter Schulfreund von Jan und hat mehrere Jahre im Ausland gearbeitet, unter anderem in den USA, Südamerika und Indien. Er ist Softwareentwickler oder etwas in der Art. Ganz genau habe ich es nicht verstanden. Jedenfalls war er neulich bei uns und hat eine Menge Geschichten erzählt. Er führt mit Sicherheit ein aufregendes Leben, aber für mich wäre das nichts. Außerdem bin ich mit meinem Leben äußerst zufrieden, auch ohne um den gesamten Erdball getingelt zu sein. Wir leben auf Sylt, was will man mehr! Oder was meinst du? Anna?«

»Was?«

»Hörst du mir eigentlich zu?«

»Entschuldige, Britta, ich war gerade mit meinen Gedanken woanders. Was sagtest du?«

»Vergiss es!«

»Nun sei nicht eingeschnappt.«

»Bin ich nicht. War nicht so wichtig«, wiegelte sie ab. Sie fuhr sich mit der Hand über die Stirn, als wolle sie eine

Strähne aus ihrem Sichtfeld streichen, dabei legte sie leicht den Kopf in den Nacken. Ein untrügliches Zeichen dafür, dass sie beleidigt war.

»Eben ist ein Rettungswagen zum Feuerplatz gefahren«, begründete ich meine vorübergehende Ablenkung. »Vielleicht ist etwas passiert?«

»Das will ich nicht hoffen!«

Mittlerweile war es nach 18 Uhr, und alle Anwesenden warteten voller Ungeduld darauf, dass sich der Fackelzug endlich in Bewegung setzte. Obendrein wurde mir trotz warmer Kleidung zusehends kälter und Christopher langweilig. Er machte seinen Unmut deutlich, indem er zu nörgeln begann und ständig an meiner Jacke zupfte. Von Nick hatte ich seit seinem Weggang nichts gehört. Nahezu unbemerkt hatte sich die Dunkelheit über die Insel gelegt.

»Ich hoffe, es geht bald los, bevor ich vollkommen steif gefroren bin«, sagte ich an Britta gewandt, deren Gesicht beinahe vollständig von ihrer dicken Fellkapuze verschluckt wurde. Lediglich ihre blauen Augen blitzten munter hervor.

»Dein Flehen wurde erhört. Da drüben werden die ersten Fackeln entzündet. Ein untrügliches Zeichen dafür, dass es losgeht«, bemerkte sie und zauberte ein Feuerzeug aus ihrer Jackentasche hervor. »So, dann wollen wir mal. Gib mir deine Fackel!«

Die Flamme griff gierig nach der mit einer brennbaren Flüssigkeit getränkten Fackel, die umgehend mit hellem Lichtschein zu brennen begann. In kürzester Zeit befanden wir uns inmitten eines Lichtermeeres aus orange-gelben, unruhig zappelnden Feuerpunkten. Seit Tagen wurden auf der Insel in den meisten Geschäften Fackeln verkauft, oder man erhielt sie als kostenlose Zugabe beim Einkaufen. Im Vergleich zum vergangenen Jahr, in dem bis zum letzten Moment nicht feststand, ob die Biiken aufgrund des stürmischen Windes überhaupt stattfinden konnten, herrschte heute fast Windstille. Nun gab der Anführer des Musikzuges das Signal zum Aufbruch. Ein Trommelwirbel erklang, und gleich darauf setzte sich der lange Fackelzug, bestehend aus Einheimischen und Gästen, in Richtung des Feuerplatzes am Morsumkliff mit Trommeln und Trompeten in Bewegung. Der Marsch, begleitet von der Musik und den vielen Lichtern, bescherte mir regelmäßig eine Gänsehaut. Seitdem ich meinen Lebensmittelpunkt nach Sylt verlegt hatte, verstand ich erst die Leidenschaft für das Ereignis, mit dem die Menschen in Nordfriesland diesem Brauchtum begegneten, und wollte es selbst nicht mehr missen. Diese tief verwurzelte Tradition, um die sich zahlreiche Geschichten ranken, symbolisiert nicht nur das Ende des eisigen Winters, der mithilfe der Feuer vertrieben werden soll, sondern steht für die nordfriesische Heimatliebe und das ehrliche Zusammengehörigkeitsgefühl unter den Einheimischen. Im Jahre 2014 erhielt dieser Brauch sogar einen Platz im nationalen Verzeichnis des immateriellen Kulturerbes der UNESCO. Unter die Einheimischen mischte sich von Jahr zu Jahr eine stetig steigende Anzahl an Gästen, die eigens zum 21. Februar anreisten, um den Feuern beizuwohnen.

Nach wenigen Minuten Fußmarsch erreichten wir den Feuerplatz und positionierten uns vor dem gigantischen Berg aus aufgeschichteten Tannenbäumen, Gestrüpp und Stroh. Etwas weiter abseits standen mehrere Einsatzfahrzeuge der Feuerwehr, davor war für den Glühweinverkauf ein langer Tresen aufgebaut worden, an dem mehrere Mitglieder der ortsansässigen Feuerwehr die Getränke verkauften. Wie im vergangenen Jahr wurde der Glühwein aus Mehrwegbechern mit Pfand ausgeschenkt, um einen Beitrag zum Umweltschutz zu leisten. Der eine oder andere Becher mit dem Logo der Feuerwehr landete mit Sicherheit als Erinnerungsstück im Gepäck einiger Touristen, vermutete ich.

»Ich möchte behaupten, der Berg ist im Vergleich zum letzten Jahr um einiges größer geworden«, bemerkte Jan beim Anblick des aufgeschichteten Stapels.

»Da! Mann oben!« Christopher zeigte aufgeregt mit dem Finger auf die menschengroße Stoffpuppe, die an einem langen Holzpfahl befestigt war. Sie war von den Kindern der Jugendfeuerwehr Morsum angefertigt worden.

»Ja, da baumelt der Pidder, mit Latzhose und Gummistiefeln«, erklärte Britta lachend und strich ihrem Patenkind über die Wange.

»Idda«, wiederholte Christopher und sah Britta mit großen Augen an.

»Genau, der Pidder. Gleich wird er lichterloh brennen und läutet das nahende Ende des Winters ein.«

»Genau genommen ist das ganz schön grausam, wenn du mich fragst«, überlegte ich beim Anblick der Strohpuppe. »Das erinnert an die Hexenverbrennungen im Mittelalter.«

»Das gehört zur Biike dazu. Obwohl ...« Sie machte eine bedeutungsvolle Pause und setzte eine geheimnisvolle Miene auf. »Solange es sich tatsächlich nur um eine Stoffpuppe handelt, ist alles gut. Man weiß ja nie!«

»Was willst du damit andeuten?«

Augenblicklich prustete Britta los. »Ach, Anna! Dich kann man wirklich leicht aus der Fassung bringen.«

»Haha, sehr lustig!«, gab ich beleidigt zurück.

»War nur Spaß! Da kommt übrigens Nick!«

Ich drehte mich um und erkannte meinen Mann in Begleitung von Uwe und Tina, wie sie sich den Weg durch das dichte Gedränge in unsere Richtung bahnten. Kaum hatten sie sich zu uns gesellt, ergriff der Bürgermeister das Wort, begrüßte die Anwesenden und hielt eine flammende Rede, in der er sich unter anderem den Themen Tourismus, Wohnsituation der Einheimischen und dem Bahnverkehr zwischen der Insel und dem Festland annahm. Allesamt echte Dauerbrenner. Zunächst wurde die Ansprache traditionell auf Söl'ring, dem Sylter Friesisch, und anschließend auf Hochdeutsch gehalten. Zu guter Letzt erklang der Ruf »Tjen di biiki ön«, und Dutzende von Fackeln flogen ins Geäst. Die zehrenden Flammen ließen die Biike in Windeseile in einem hellen Feuerschein erstrahlen, begleitet von Zischen und Knacken des trockenen Materials. Anschließend wurde die inoffizielle Sylter Hymne von Christian Peter Christiansen angestimmt, die ich – wie ich zu meiner Schande gestehen musste – noch immer nicht auswendig konnte und von einem kleinen Spickzettel ablesen musste.

Üüs Söl'ring Lön'

Üüs Söl'ring Lön', d übest üüs helig;
Dü blefst üüs ain, dü best üüs Lek!
Din Wiis tö hual'en, sen wü welig;

Di Söl'ring Spraak auriit wü ek.
Wü bliiv me di ark Tir forbün'en,
Sa lung üs wü üp Warel'sen.
Uk diar jaar Uuning bütlön'fün'en,
Ja leng dach altert tö di hen.
Kumt Senenskiin,
Kum junk of lekelk Tiren,
Tö Söl'wü hual'Aural;
Wü bliiv truu Söl'ring Liren!

Unser Sylter Land

Unser Sylter Land, du bist uns heilig,
Du bist unser Eigen, du bist unser Glück!
Deine Art zu halten, sind wir willig.
Die Sylter Sprache vergessen wir nicht.
Wir bleiben mit dir jederzeit verbunden,
So lange wir auf der Welt sind.
Auch jene, die ihr Zuhause außerhalb fanden,
Sie sehnen sich doch immer zu dir hin.
Kommt Regen,
Kommt Sonnenschein,
Kommen dunkle oder glückliche Zeiten,
Zu Sylt halten wir immer,
Wir bleiben treue Sylter Leute.

»Ist etwas vorgefallen? Ich habe einen Rettungswagen gesehen«, wollte ich von Uwe wissen, als Nick und Jan sich auf den Weg gemacht hatten, um Glühwein zu besorgen.

»Angeblich sollte sich in dem Haufen ein Fass mit einer explosiven Flüssigkeit befinden, aber wir haben glücklicherweise nichts dergleichen gefunden.«

»Wisst ihr, von wem der Hinweis kam?«

»Nein, er kam anonym.« Uwe schüttelte den Kopf. »Sollte vermutlich ein Scherz sein, aber das weiß man im Vorfeld nicht. Vor einigen Jahren ist es zu einem ähnlichen Zwischenfall gekommen, als jemand ein Fass mit Altöl in den Stapel geschmuggelt hat, um es zu entsorgen. Damals wurde wie durch ein Wunder niemand ernsthaft verletzt, hat uns Barne Detlefsen eben erzählt.«

»Muss ich den kennen?«, wollte ich wissen.

»Barne war bis vor Kurzem Wehrführer bei der Morsumer Feuerwehr. Ein Feuerwehrmann mit Leib und Seele und immer zur Stelle, wenn Hilfe benötigt wird«, erklärte Uwe.

»Das klingt, als wäre er nicht mehr bei der Feuerwehr?«, hakte Britta nach.

»Doch, nur das Amt des Wehrführers hat er abgegeben. In den letzten beiden Jahren hat er es sehr schwer gehabt. Erst ist seine kleine Tochter tödlich verunglückt, dann ein knappes Jahr später ist seine Frau Finja unerwartet gestorben. Er hat lange getrauert und hatte sich zurückgezogen. Jetzt kehrt er langsam wieder zurück.«

Automatisch musste ich an Nick in dem Wissen um seine Vergangenheit denken und sah nachdenklich in das prasselnde Feuer, das eine enorme Wärme ausstrahlte. Die Menschen standen in dichten Trauben drum herum, tranken Glühwein, unterhielten sich und lachten ausgelassen. Die Kinder suchten die nähere Umgebung nach Stöcken und kleinen Zweigen ab, warfen sie in die Glut und beobachteten anschließend mit Begeisterung, wie die Flammen gierig danach griffen und sie zu brennen begannen, bevor sie verglühten und schließlich zu weißer Asche zerfielen.

»Achtung, hier kommt der Glühweinexpress!«, rief Jan froh gelaunt und hielt uns ein langes Brett unter die Nase, in das Aussparungen gesägt worden waren, in denen jeweils ein Becher mit der dampfend roten Flüssigkeit steckte. Eine äußerst originelle Idee, wie ich zugeben musste. Damit ließen sich mehrere Becher auf einmal transportieren, ohne sich dabei die Hände zu verbrennen.

»Das wurde aber auch Zeit. Ich brauche dringend etwas Wärmendes von innen. Ist auch einer mit Schuss dabei?«, verkündete Tina mit einem Augenzwinkern, ließ sich nicht lange bitten und griff nach einem Glühwein.

»Der hier ist für Christopher, das ist Kinderpunsch.« Uwe bückte sich zu ihm hinunter und verzog schlagartig schmerzhaft das Gesicht. »Nur ein bisschen Rückenschmerzen«, versicherte er, bevor ich nachfragen konnte.

»Zum Wohl!« Jan prostete in die Runde.

»Das tut gut! Es geht doch nichts über einen schön heißen und leckeren Glühwein.« Britta bekam einen verzückten Gesichtsausdruck und wärmte sich die Hände an dem Becher.

»Für meinen Geschmack ein bisschen zu süß«, befand Uwe mit skeptischer Miene.

»Seht mal! Täusche ich mich oder steht dort Doktor Luhrmaier?«, fragte ich und deutete auf einen Mann, der im hellen Scheinwerferlicht geduldig in der Schlange wartete.

Alle Köpfe folgten meinem Blick zum Glühweinausschank.

»Mal den Teufel nicht an die Wand«, brummte Uwe in seinen Bart.

»Tatsächlich, das ist er«, stellte Nick fest.

»Der hat mir gerade noch gefehlt.« Uwe trank auf den Schreck hin in einem Zug seinen Becher leer.

»Von wem sprecht ihr?«, mischte sich Jan ein.

»Doktor Luhrmaier ist der Rechtsmediziner, mit dem Nick und Uwe des Öfteren zusammenarbeiten«, setzte ich den Mann meiner Freundin in Kenntnis. »Was ihn wohl nach Sylt führt?«

»Solange er mich in Ruhe lässt, ist es mir egal.« Uwe erntete für diese Äußerung einen strafenden Blick seiner Frau.

»Sei doch nicht so unfreundlich. Worauf wartet ihr? Uwe? Nick? Wollt ihr euren Kollegen nicht begrüßen gehen?«, forderte Tina die beiden auf.

»Er ist kein Kollege, außerdem sind wir nicht im Dienst. Wahrscheinlich ist es ihm sogar lieber, wenn wir ihn in Ruhe lassen«, versuchte Uwe mit allen Mitteln, den Kelch an sich vorbeigehen zu lassen.

»Er ist offenbar in Begleitung. Kennt ihr die Frau an seiner Seite?«, stellte Britta interessiert fest.

»Vielleicht ist es seine Frau, und die beiden machen Urlaub auf der Insel«, nahm ich an.

»Luhrmaier ist nicht verheiratet«, erwiderte Uwe unwirsch.

»Dann ist es eben seine Freundin oder Lebensabschnittsgefährtin oder eine Bekannte«, spekulierte Tina und reckte den Hals, um besser sehen zu können.

»Bei der Frau handelt es sich um Ellen Seiler. Sie ist Anwältin und hat eine eigene Kanzlei in Westerland. Denkt man gar nicht, wenn man sie so sieht. Soll knochenhart sein, wenn es drauf ankommt. Habe ich jedenfalls gehört«, verkündete Jan zu unserer aller Überraschung und hob abwehrend die Hände.

»Was du nicht sagst! Erstaunlich, wen du alles kennst«, gab Britta spitz zurück.

Bevor Jan zu einer Erklärung ausholen konnte, sah Doktor Josef Luhrmaier zu uns herüber und hob zaghaft die Hand zur Begrüßung.

»Er hat uns gesehen«, stellte Tina fest und winkte zurück.

»Kein Wunder, so wie ihr dauernd in seine Richtung starrt«, knurrte Uwe missmutig und zog sich seine Mütze ein Stück tiefer ins Gesicht, als könne er sich auf diese Weise unsichtbar machen.

»Los, worauf wartet ihr? Geht rüber und sagt Hallo«, verlangte Tina, sehr zum Unmut ihres Mannes.

»Das wäre ihm sicher nicht recht, wo er doch in Begleitung ist. Am Ende vermasseln wir ihm sein Rendezvous.«

»Blödsinn, Uwe! Das ist unhöflich, ihn nicht zu begrüßen. Wenn ihr nicht geht, gehe ich.«

»Tina, bitte!«, versuchte Uwe vergeblich, seine Frau aufzuhalten, denn sie marschierte bereits mit forschen Schritten schnurstracks auf den Rechtsmediziner und dessen Begleitung zu.

»Zu spät«, bemerkte Britta mit einem süffisanten Grinsen. »Was hast du gegen ihn, Uwe?«

Dieser stieß einen tiefen Seufzer aus. »Nichts, aber wenn er in meiner Nähe ist, macht er mich mit seiner zappeligen Art nervös. Er muss als Kind Espresso statt Muttermilch bekommen haben. Obendrein ist er ein furchtbarer Erbsenzähler und sofort beleidigt, wenn man wagt, seine Ergebnisse in Frage zu stellen.«

»Trotz allem ist er ein ausgezeichneter Mediziner und arbeitet präzise und schnell, was für unsere Arbeit stets von Nutzen war«, hielt Nick dagegen.

»Das will ich keineswegs in Frage stellen. Er ist trotzdem ein komischer Vogel«, stellte Uwe klar.

»Jeder Mensch hat eben seine Eigenheiten und …« Ich beendete den Satz nicht, da ich plötzlich von einem brennenden Schmerz an der Hand heimgesucht wurde. »Autsch!«

»Anna, was hast du?«, fragte Nick erschrocken.

»Irgendetwas hat meine Hand gestreift«, jammerte ich und besah die starke Rötung auf meinem linken Handrücken.

»Vermutlich hat dich jemand im Vorbeigehen mit einer brennenden Fackel erwischt!«, nahm Britta an und blickte sich suchend um, konnte den Verursacher jedoch nicht ausfindig machen. Dann wandte sie sich mir erneut zu. »Zeig mal, ist es sehr schlimm?« Sie knipste ihre mitgebrachte Taschenlampe an und beleuchtete die Stelle.

»Ich glaube nicht, aber es tut ziemlich weh«, erwiderte ich und verzog das Gesicht, während die anderen die Köpfe zusammensteckten und kritisch meine Verletzung im schmalen Lichtschein beäugten.

»Mama! Aua? Pusten?«, fragte Christopher.

»Ja, mein Schatz, das ist eine gute Idee«, erwiderte ich und pustete demonstrativ auf die Wunde.

»Da hat sich eine fiese Brandblase gebildet. Du solltest die Hand schnellstmöglich kühlen und mit einer Brandsalbe versorgen, damit sich die Wunde nicht entzündet und eine unschöne Narbe bildet«, meldete sich Jan zu Wort.

»Jan hat recht, Anna. Du solltest solch eine Verletzung nicht auf die leichte Schulter nehmen«, pflichtete Britta ihrem Mann umgehend bei.

»Nun macht bitte kein Drama daraus, die Hand ist ja noch dran«, war ich bemüht, die Angelegenheit herunterzuspielen.

»Komm, lass uns zum Rettungswagen gehen. Dort können sie die Verbrennung fachgerecht versorgen«, schlug Nick vor.

»Danke, aber das schaffe ich allein. Bleib du lieber bei Christopher. Ich komme gleich wieder.«

Im grellen Licht der beiden Scheinwerfer, die vor den Feuerwehrwagen positioniert waren und den größten Teil des Festplatzes ausleuchteten, marschierte ich zum Rettungswagen. Hinter den Feuerwehrfahrzeugen abseits vom wärmenden Feuer und der Beleuchtung wurde es schlagartig kalt und dunkel. Beim Näherkommen konnte ich erkennen, dass im hinteren Teil des Rettungswagens Licht brannte, das Fahrerhaus war unbeleuchtet und schien unbesetzt zu sein. Von der Besatzung war weit und breit niemand zu sehen. Plötzlich hörte ich ein knackendes Geräusch direkt hinter mir, als träte jemand auf einen trockenen Ast. Ich drehte mich um, konnte aber niemanden entdecken.

»Hallo!«, rief ich, erhielt jedoch keine Antwort. Wahrscheinlich hatte ich mich getäuscht, und das Geräusch kam drüben vom Feuer oder von einem Tier, das durch das nahgelegene Unterholz gekrochen war. Ich beschloss, um das Fahrzeug herumzugehen, in der Hoffnung, dort einen Sanitäter anzutreffen. Vermutlich saßen sie gemütlich im Innern des Wagens und hatten mein Rufen nicht gehört.

Eine der hinteren Türen war nur angelehnt. Für einen kurzen Augenblick hatte ich das Gefühl, als hätte ich jemanden am Wagen vorbeihuschen sehen.

»Hallo! Ist jemand da?«, rief ich ein weiteres Mal, als ich direkt vor der hinteren Wagentür stand. Da abermals niemand antwortete, öffnete ich kurzerhand die Tür.

KAPITEL 5

Der Schäferhund spitzte die Ohren und hob neugierig den Kopf in Richtung der Tür. Als sie geöffnet und mit ihr ein Schwall kalter Luft in die Diele gespült wurde, erklangen zeitgleich Stimmen, untermalt von ausgelassenem Gelächter.

»Es hat nicht viel gefehlt und er hätte sich die … Sönke!« Mitten im Satz hielt sie inne und starrte auf den Mann, der mit dem Rücken zur Wand am Küchentisch saß. Neben ihm lag auf einer ausrangierten Decke der Schäferhund. Seinem Ohrenspiel nach zu urteilen, verfolgte er jede Bewegung aufmerksam.

Sönke wollte sich erheben, doch der sanfte, aber bestimmte Druck, mit dem ihm seine Mutter ihre Hand auf den Unterarm legte, ließ ihn von seinem Vorhaben abweichen.

»Lange her, Bruderherz«, stellte Ole Brodsen fest, der kurz nach seiner Frau die Küche betrat. Das plötzliche Auftauchen seines Verwandten schien ihn keineswegs zu beeindrucken, denn er ging zum Kühlschrank und nahm sich ein Bier heraus. »Bier?«

Sönke schüttelte kaum merklich den Kopf.

»Was suchst du hier? Verschwinde! Wir wollen dich hier nicht haben«, fauchte Friederike und funkelte den Eindringling böse an, nachdem sie sich von dem ersten Schrecken erholt hatte.

»Halte dich zurück, Friederike! Das ist immer noch mein Haus, in dem ich bestimme, wer sich darin aufhält und wer nicht, auch wenn du das anders sehen magst«, machte Geeske Brodsen unmissverständlich deutlich und sah ihre Schwiegertochter streng an.

Friederike lag eine Antwort auf der Zunge. Nur dem warnenden Blick ihres Ehemannes war es zu verdanken, dass sie ihrer Schwiegermutter nicht widersprach, stattdessen ihren Kommentar unausgesprochen hinunterschluckte.

»Ich hätte mich nicht von dir überreden lassen sollen, herzukommen«, bemerkte Sönke an seine Mutter gewandt.

»Was willst du auf Sylt?«, erkundigte sich Ole, öffnete die Bierflasche und trank einen Schluck daraus. Anschließend zog er sich einen Küchenstuhl vor und nahm darauf Platz.

»Das ist klar! Kaum ist der Vater unter der Erde, steht der feine Herr Sohn auf der Matte und fordert sein Erbe ein. Ganz einfach!«, giftete Friederike Brodsen.

»Nein, deshalb bin ich nicht gekommen«, erwiderte Sönke ruhig, nachdem er sich mit der Antwort eine Weile Zeit gelassen hatte. Er sah zu dem Hund neben sich und kraulte ihn auf dem Kopf, was das Tier sichtlich genoss.

»Ach ja? Und weshalb bist du gekommen? Sehnsucht nach der Familie wird es kaum sein.« Sie lachte höhnisch. »Wieso bist du überhaupt schon draußen? Wenn ich mich nicht verrechnet habe, hast du deine Strafe längst nicht abgesessen. Haben sie dich etwa wegen guter Führung vorzeitig entlassen?« Er schwieg, doch seine Augen ruhten unablässig auf ihr, während sie sprach. »Allen anderen magst du vielleicht was vorspielen können, mir nicht! Für mich bist und bleibst du für immer ein Mörder!« Über ihr gesamtes Gesicht verteilt zeichneten sich hektisch rote Flecken ab, während ihre dunklen Augen winzige Giftpfeile in seine Richtung abzufeuern schienen.

»Genug. Sei endlich still, Rieke!« Ole stellte lautstark die Flasche auf dem Tisch ab und wischte sich mit dem Handrücken über den Mund.

Friederike verstummte augenblicklich. Dann schleuderte sie ihrem Mann einen wütenden Blick zu, machte auf dem Absatz kehrt und verließ wutentbrannt die Küche, deren Tür sie mit einem lauten Knall hinter sich zuschlug. Für einen Moment herrschte betretenes Schweigen.

»Ich sollte besser gehen.« Sönke Brodsen erhob sich von seinem Platz und griff nach seiner Jacke, die er über die Stuhllehne gehängt hatte. Dann bückte er sich und hob die Tasche auf, die neben ihm auf dem Boden lag. Der Hund stand sofort neben ihm bei Fuß.

»Junge, bitte bleib! Wo willst du denn mitten in der Nacht hin?«, versuchte Geeske, ihn erneut vom Gehen abzuhalten.

»Es ist besser, Mutter.« Er schulterte sein Gepäck und nickte im Vorbeigehen seinem Bruder zu, der zurückgelehnt auf seinem Stuhl lümmelte, die Bierflasche in der Hand.

»Du musst hierbleiben.« Sönke klopfte dem Hund zum Abschied auf den Rücken.

KAPITEL 6

Entsetzt wich ich zurück und stieß mir dabei gehörig den Ellenbogen an der halb geöffneten Wagentür. Ich starrte in weit aufgerissene, leblose Augen, die mich meinen Schmerz auf der Stelle vergessen ließen. Vor mir auf dem Boden des Rettungswagens lag eine Frau auf dem Rücken, den Kopf nach hinten gestreckt inmitten einer riesigen

Lache aus Blut, das aus einer weit aufklaffenden Wunde an ihrer Kehle sickerte. Mit der Hand vor den Mund gepresst, konnte ich mit Müh und Not ein Würgen unterdrücken und wandte sofort meinen Blick ab. Für einen kurzen Augenblick schloss ich die Augen und zwang mich, gleichmäßig zu atmen. Dann rannte ich so schnell mich meine Beine trugen zurück zu Nick und den anderen. Unterwegs knickte ich im Halbdunkel ein paar Mal auf dem unwegsamen Gelände um und geriet ins Straucheln. Dabei rempelte ich den einen oder anderen Biikebesucher an, der mir einige verärgerte Worte hinterherrief, doch das alles nahm ich kaum wahr. Nach wie vor schwebte vor meinem inneren Auge der grauenhafte Anblick der Frau in der Blutlache. Wie ferngesteuert erreichte ich schließlich unsere kleine Gesellschaft. Doktor Luhrmaier nebst Begleitung hatte sich unserer Gruppe in der Zwischenzeit angeschlossen.

»Anna! Sind sie hinter dir her?«, scherzte Jan.

»Was ist passiert? Du bist ja schneeweiß.« Nick unterzog mich einem kritischen Blick.

»Im Rettungswagen liegt eine Tote!« Ich japste vollkommen außer Atem und mit staubtrockener Kehle nach Luft.

»Bist du ganz sicher?«, hakte Tina vorsichtig nach.

»Absolut sicher. Ich glaube, es handelt sich um ein Verbrechen«, betonte ich und sprach leise, um möglichst kein Aufsehen bei den umstehenden Biikebesuchern auszulösen.

»Dann sollten wir keine Zeit verlieren. Komm, Uwe! Es wäre sinnvoll, wenn Sie, Herr Doktor Luhrmaier, mitkommen könnten«, forderte Nick die beiden Männer auf.

»Selbstverständlich!«, kam Luhrmaier Nicks Bitte pflichtbewusst nach und drückte daraufhin seiner verdutzten Begleiterin seinen Glühweinbecher in die Hand.

»Ich komme auch mit.«

»Willst du das wirklich, Anna?« Uwe runzelte die Stirn.

»Ja, schließlich weiß ich, wo sie liegt.« Dann wandte ich mich an Britta. »Kannst du dich bitte um Christopher kümmern? Ich weiß nicht, wie lange es dauert.«

»Kein Problem«, gab sie mit verständnisvoller Miene zurück.

»Ich zeige den beiden bloß die Stelle, dann komme ich gleich wieder«, versprach ich und versuchte, die drei Männer einzuholen, die sich längst auf den Weg gemacht hatten.

Bereits von Weitem konnte ich schemenhaft mehrere Personen erkennen, die am Rettungswagen standen und aufgeregt gestikulierten. Erst, als wir unmittelbar vor ihnen standen, erkannten wir, dass es sich um drei Jugendliche in Feuerwehruniformen handelte. Meiner Einschätzung nach waren sie nicht älter als 16 Jahre.

»Wir müssen die Bullen verständigen«, schlug einer von ihnen gerade vor, als sie uns bemerkten.

»Hier seid ihr! Wir suchen überall nach euch«, erklang eine tiefe Stimme, und wie aus dem Nichts tauchte ein Mann neben den Jungen auf. »Paul, du sollst dich sofort bei deiner Mutter melden.«

»Da drin liegt eine tote Frau!«, stammelte der Junge mit brüchiger Stimme. Sein ohnehin blasses Gesicht wirkte im Schein der Taschenlampe wie das eines Gespenstes. Er schien der jüngste und zierlichste der drei Jungen zu sein. Seine Uniform war ihm etwas zu groß.

»Damit macht man keine Witze, Junge«, entgegnete der Mann.

»Aber er sagt die Wahrheit! Da ist überall Blut«, verteidigte ihn einer der Kumpels aufgeregt.

»Uwe! Du kommst wie gerufen. Die Jungs behaupten allen Ernstes, im Rettungswagen läge ein Toter. Wenn du mich fragst, gucken die zu viel Fernsehen.«

»Deshalb sind wir hier. Ihr Jungs bleibt, wo ihr seid. Barne, kümmerst du dich bitte um die drei?«, bat Uwe den Feuerwehrmann, bevor er zielstrebig auf den hinteren Teil des Rettungswagens zusteuerte.

Nick und Doktor Luhrmaier folgten ihm, während ich mich zu den Jugendlichen stellte.

»Hallo, alles okay mit euch?«, fragte ich.

»Ja«, bestätigte einer von ihnen, worauf die anderen lediglich ein zustimmendes Kopfnicken von sich gaben.

»Ich glaube, die Jungen benötigen psychologische Hilfe, sie stehen sicherlich unter Schock«, wandte ich mich dem Mann zu, mit dem Uwe eben gesprochen hatte.

»Ich kümmere mich um sie, machen Sie sich keine Gedanken. Ich nehme sie mit zu den Eltern. Ich will nur noch auf Uwe warten, vielleicht will er sie noch etwas fragen«, erwiderte er. »Was machen Sie hier?«

»Ich habe die Tote entdeckt, als ich meine Hand versorgen lassen wollte«, erklärte ich.

Er sah zu meiner Hand. »Verbrannt?« Ich nickte. »Für solche Fälle haben wir etwas dabei. Melden Sie sich bei den Einsatzwagen.«

»Danke, ich glaube, bis nach Hause geht es auch so.«

»Hm, müssen Sie wissen«, brummte er.

In diesem Moment kam Uwe zurück. »Oh, Mann! Das ist kein angenehmer Anblick.« Er schüttelte sich angewidert. »Habt ihr in der Nähe etwas beobachtet oder gehört? Ist jemand weggelaufen?«, wollte er von den drei Jugendlichen wissen.

»Nein, wir sind eben erst gekommen. Da war niemand. Ist sowieso viel zu dunkel.«

»Was wolltet ihr hier hinten?«, fuhr Uwe fort, erhielt jedoch keine Antwort.

Einer der Jungen kaute unaufhaltsam auf seinen Fingernägeln herum, während ein anderer die Hände tief in den Taschen seiner Hose vergraben auf den Zehenspitzen auf und ab wippte. Ob vor Kälte oder Nervosität, war nicht eindeutig zuzuordnen.

»Los, sagt schon. Niemand wird euch den Kopf abreißen«, forderte der Feuerwehrmann die drei auf.

Letztlich fasste sich der Jüngste ein Herz. »Eine rauchen«, gab er kleinlaut zu, ohne aufzusehen.

»So so!«, erwiderte Uwe.

»Bitte sagen Sie unseren Eltern nichts.« Alle drei schauten bekümmert drein.

»Werde ich nicht. Trotzdem solltet ihr damit besser erst gar nicht anfangen«, stellte Uwe klar.

»Schlimme Sache. Wisst ihr, wer die Tote ist?«, erkundigte sich Barne.

»Nein, aber das herauszufinden, dürfte kein Problem darstellen, da sie im Dienst war«, gab Uwe zurück.

»Soll ich nachsehen, ich kenne sie bestimmt«, schlug Barne vor, doch Nick hielt ihn zurück.

»Das wird nicht nötig sein, danke. Je weniger brauchbare Spuren vernichtet werden, desto besser. Ich habe einen Streifenwagen angefordert, er müsste jeden Augenblick eintreffen. Ich habe den Kollegen ausdrücklich gesagt, sie sollen von der anderen Seite kommen. Das ist unauffälliger.«

»Kann ich zu meiner Mutter?«, erklang Pauls schüchterne Stimme.

»Ja, klar. Barne, bist du so nett und begleitest die Jungen? Falls wir weitere Fragen haben, melden wir uns direkt. Danke für deine Hilfe.«

»Keine Ursache.«

»Ach, und Barne? Es wäre gut, wenn das alles vorerst unter uns bleibt. Ich will unbedingt ein allgemeines Chaos vermeiden. Das gilt im Übrigen auch für euch! Wenn nur ein Foto irgendwo im Netz auftaucht, gibt es mächtig Ärger! Haben wir uns verstanden?« Uwe deutete auf die Jungen, die eingeschüchtert nickten. »Dann ist ja gut.«

Der Feuerwehrmann tippte zur Bestätigung an den Schirm seiner Mütze und gab den Jugendlichen ein Zeichen, ihm zu folgen.

»Ich hoffe, die Nachricht hat nicht längst die Runde gemacht, sonst ist hier bald der Teufel los. Brauchbare Spuren kannst du dann endgültig vergessen«, machte Nick seine Bedenken mit einem Stirnrunzeln deutlich. »Soll ich Staatsanwalt Achtermann informieren oder willst du das übernehmen?«

»Ich wäre dir außerordentlich dankbar, wenn du das erledigen könntest. Und wenn du gerade dabei bist, gib gleich der Kriminaltechnik Bescheid. Aber was rede ich, du weißt, was zu tun ist.« Uwe winkte ab und streckte vorsichtig den Rücken durch, was ihm augenscheinlich starke Schmerzen bereitete, denn er verzog gequält das Gesicht. Ein Streifenwagen holperte langsam den Feldweg entlang und hielt unmittelbar neben dem Rettungswagen. Das Martinshorn und das Blaulicht ließen die Beamten ausgeschaltet, um keine Aufmerksamkeit zu erregen. Zwei Polizisten in Uniform stiegen aus und kamen auf uns zu. Während sie mit Nick und Uwe sprachen, trat ich von einem Fuß auf den anderen, da mich die Kälte innerlich wie äußerlich mehr und mehr vereinnahmte. Meine Zehen waren mittlerweile taub geworden. Momentan kam ich mir reichlich überflüssig vor und fragte mich, ob meine Anwesenheit überhaupt notwendig war. Nick telefonierte, und ich beschloss zu warten, bis Nick das Gespräch beendet hatte. Solange wanderte ich ein Stück auf und ab und beobachtete die Beamten bei der Arbeit. Ich konnte sehen, wie Doktor Luhrmaier sich indes über die Tote beugte, um sie zu begutachten. Man musste wohl dafür geboren sein und über ein verdammt starkes Nervenkostüm verfügen, um diesen Job machen zu können, überlegte ich. Jetzt kehrte Nick seinen Kollegen den Rücken und kam – das Handy am Ohr – auf mich zu.

»Alles okay mit dir?«, fragte er, nachdem er aufgelegt hatte, und streichelte mir mit dem Handrücken behutsam über meine eisige Wange.

»Bis auf die Tatsache, dass ich mich zunehmend in einen Eisblock verwandle, geht es mir gut.« Seine dunklen Augen unterzogen mich einem prüfenden Blick. »Ehrlich, Nick. Es geht schon wieder. Braucht ihr mich noch? Sonst würde ich gerne zu den anderen zurückgehen. Christopher ist bestimmt schon unruhig.«

»Geh ruhig.« Nick küsste mich auf die Stirn. Am liebsten hätte ich mit ihm gemeinsam den Heimweg angetreten, doch momentan war er unabkömmlich. Das ist der Preis dafür, mit einem Polizisten verheiratet zu sein, fielen mir die Worte meiner Mutter ein, wenn ich mich ab und zu in ihrer Gegenwart bedauernd über Nicks Abwesenheit geäußert hatte.

»Am besten nehmen euch Britta und Jan mit, dann kann ich den Wagen behalten. Es wird eine Weile dauern, bis wir fertig sind.«

»Das machen sie bestimmt. Bis dann!«

Mit hochgezogenen Schultern, die Arme zum Schutz gegen die Kälte um meinen Körper geschlungen, machte ich mich auf den Weg zu Britta und den anderen. Um das prasselnde Feuer, das ein ganzes Stück heruntergebrannt war, standen Dutzende Besucher. Sie feierten ausgelassen und fröhlich und ahnten nicht, was keine 100 Meter von ihnen entfernt in der kalten Dunkelheit geschehen war.

»Anna! Da bist du ja!«, rief mir Britta entgegen. »Alles in Ordnung? Wisst ihr, wer die Tote ist?«, fragte sie nun wesentlich leiser.

»Sie gehört zum Team des Rettungswagens, Genaueres weiß ich nicht«, erklärte ich und nahm ihr Christopher ab, der auf ihrem Arm eingeschlafen war.

»Ist sie ermordet worden?«

»Wie gesagt, Tina, ich kenne keine Details, aber alles deutet auf ein Gewaltverbrechen hin.«

»Das ist schrecklich«, bestätigte Doktor Luhrmaiers charmante Begleitung Ellen Seiler.

Für einen Moment standen wir ratlos und schweigend da und starrten ins lodernde Feuer, dessen züngelnde Flammen nach allem gierig griffen, was in ihre Nähe kam.

»Traurig, dass der Abend so endet«, befand Britta. »Ich nehme an, Nick wird eine Weile hier bleiben müssen. Aber du kommst mit zum Essen, oder?«

»Ehrlich gesagt, ist mir der Appetit vergangen. Ich wäre euch dankbar, wenn ihr mich und Christopher nach Hause bringen könntet. Nick behält den Wagen.«

»Natürlich bringen wir euch nach Hause«, bot Jan prompt an.

»Du musst etwas essen, Anna. Ich glaube nicht, dass es gut ist, wenn du allein zu Hause sitzt und vor dich hin grübelst«, hielt Britta dagegen.

»Na gut, aber lange bleiben wir nicht. Christopher schläft, und ich bin vollkommen durchgefroren.«

»Dann lasst uns gleich aufbrechen. Ich bringe nur eben die leeren Becher weg.« Mit diesen Worten machte sich Jan auf den Weg zum Getränkestand. Erste Schneeflocken fielen in Zeitlupe vom Himmel.

KAPITEL 7

»Wer hätte gedacht, dass Luhrmaier eine Freundin hat. Und dazu solch eine smarte?«, bemerkte Uwe, als er auf dem Beifahrersitz in Nicks Wagen saß.

»Sie ist nur eine Bekannte. Seiner Aussage nach haben sie sich heute zum ersten Mal persönlich getroffen«, korrigierte Nick seinen Freund und Kollegen.

»Meinetwegen. Ich dachte immer, Luhrmaier lebt einzig allein für seine Arbeit und hätte für Frauen nicht viel übrig. Da habe ich mich wohl in ihm getäuscht.«

»Offensichtlich.«

Nick lenkte den Wagen in die Straße Halemdüür in Westerland und drosselte das Tempo, um das Haus in der Dunkelheit nicht zu verpassen, in dem Bente Johannsen wohnte.

»Das muss es sein. Wir haben Glück. Sieht aus, als wäre noch jemand wach, in einem der Fenster brennt Licht«, stellte Uwe mit einem Blick aus der Seitenscheibe fest, als sie vor dem Haus mit einer grünen Tür hielten.

»Das Überbringen einer Todesnachricht würde ich nicht unbedingt als Glück bezeichnen.«

»Glaub mir, ich kann mir auch Schöneres vorstellen«, erwiderte Uwe und schälte sich unter Ächzen und Stöhnen aus dem Beifahrersitz.

»War nicht so gemeint.«

»Weiß ich doch.«

Die beiden Männer gingen über einen schmalen, gepflasterten Weg auf das Haus zu. An der Hauswand lehnten zwei Kinderfahrräder, gleich daneben standen zwei Paar bunte Kindergummistiefel. Bei ihrem Anblick schnürte es Nick regelrecht die Kehle zu. In diesem Augenblick ahnten die Kinder nicht, dass sie ihre Mutter niemals wiedersehen würden. Uwe schien seinem Kollegen das Unbehagen anzumerken.

»Alles okay mit dir, Nick? Soll ich lieber alleine gehen?«

»Nein«, antwortete Nick und schüttelte sich innerlich.

Wenige Sekunden, nachdem Uwe die Klingel betätigt hatte, erhellte sich der Hausflur, und die Haustür wurde von einer kleinen Frau geöffnet, die die Beamten mit fragendem Blick ansah. Sie trug ein gemustertes Kleid in Weinrot mit einer grauen Strickjacke darüber.

»Oh, ich dachte, meine Tochter hat ihren Schlüssel vergessen. Was führt Sie zu uns?«

»Guten Abend, wir sind von der Kripo Westerland. Dürfen wir reinkommen?« Die beiden Männer hielten der Frau ungefragt ihre Dienstausweise hin.

»Wer macht so etwas? Und vor allem warum?«, fragte sie und sah die Beamten durch einen Tränenschleier hindurch an, als sie ihnen kurz darauf im Wohnzimmer des Hauses gegenüber saß.

»Das wissen wir momentan nicht. Frau Heimke, können Sie uns sagen, ob Ihre Tochter in letzter Zeit Ärger oder Probleme hatte?«, hakte Uwe behutsam nach.

»Nicht, dass ich wüsste. Bente hat nie etwas in der Richtung erwähnt, weder in Bezug auf die Arbeit noch privat. Sie war äußerst beliebt mit ihrer offenen Art und Hilfsbereitschaft, müssen Sie wissen. Ich verstehe das nicht.« Sie sank schluchzend in sich zusammen und wirkte dadurch zerbrechlicher und kleiner als ohnehin.

»Soll ich Ihnen ein Glas Wasser holen?« Nick beobachtete sie.

»Nein danke, es geht. Entschuldigen Sie bitte.« Sie richtete sich auf und wischte sich mit dem Papiertaschentuch die Tränen aus dem Gesicht.

»Sie müssen sich nicht entschuldigen.«

Daraufhin huschte für einen kurzen Moment ein zaghaftes Lächeln über ihr Gesicht.

»Wohnen Sie gemeinsam mit Ihrer Tochter in diesem Haus?«, erkundigte sich Uwe und sah sich in dem Raum nach Hinweisen um, die für die Ermittlungen von Bedeutung sein könnten. Doch außer einer Unmenge an Deko-artikeln in maritimen Stil sowie diversen Fotos an den Wänden, zumeist Kinderfotos, fiel ihm nichts auf, was sie in der Sache weiterbringen könnten.

Ina Heimke schüttelte traurig den Kopf. »Nein, ich wohne im Norden von Westerland und passe auf die Kinder auf, wenn meine Tochter Früh- oder Spätdienst hat. Hin und wieder übernachte ich hier.« Erneut rollten Tränen über ihre Wangen. »Oh Gott, ich weiß gar nicht, wie ich das den Kindern beibringen soll? Sie sind doch noch klein.« Sie presste sich das durchnässte Taschentuch zum wiederholten Male vor Mund und Nase, während sie den Kopf zur Seite drehte, um sich zu schnäuzen. »Entschuldigung!«, schluchzte sie mit erstickter Stimme, um Haltung bemüht.

»Wie alt sind die Kinder?«, erkundigte sich Nick.

»Das Mädchen ist sechs und der Junge vier.«

»Wo ist der Vater?«, wollte Uwe wissen, während Nick sich Notizen machte.

»Meine Tochter hat sich von ihrem Mann getrennt. Erik lebt in Düsseldorf.«

»Wie lautet sein vollständiger Name?« Nick sah von seinen Aufzeichnungen auf.

»Erik Johannsen«, erwiderte Bentes Mutter. »Sicher benötigen Sie seine Adresse? Ich kann sie Ihnen geben.«

»Danke.« Uwe nickte. »Wie lange liegt die Trennung zurück?«

»Das ist ungefähr zwei Jahre her. Zwischen Bente und Erik besteht ein gutes Verhältnis, schon allein wegen der Kinder. Es gab diesbezüglich keine Streitigkeiten, falls das wichtig für Sie sein sollte«, erläuterte Ina Heimke unaufgefordert.

»Hat Ihre Tochter in der Zwischenzeit einen neuen Partner?« Nick hatte beim Betreten des Hauses ein paar Sportschuhe im Flur stehen sehen, die eindeutig auf einen Mann hindeuteten.

»Ja, seit einem knappen Jahr lebt sie mit ihrem Freund zusammen. Er heißt Alex Vechter. Er müsste jeden Augenblick nach Hause kommen.« Ihr Blick wanderte zu der Uhr neben dem Bücherregal. »Alex arbeitet als Koch in einem Restaurant in Westerland«, fügte sie hinzu.

Plötzlich tauchte ein Mädchen im Türrahmen auf. Seine blonden Löckchen umrahmten sein zierliches Gesicht, und auf seinem Nachthemd prangte das Bild von Disneys Eiskönigin.

»Lea, mein Spätzchen! Warum schläfst du denn nicht?« Ina Heimke sprang auf und eilte auf das Kind zu.

»Wer sind die Männer, Oma?«, fragte das Mädchen, schmiegte sich eng an seine Großmutter und zeigte auf die Beamten.

Bevor sie antworten konnte, wurde ein Schlüssel im Türschloss gedreht. Die Haustür öffnete sich, und ein hochgewachsener Mann mit blonden Haaren und Dreitagebart stand im Flur.

»Was ist hier los?« Sein Blick wanderte nervös zwischen den Anwesenden hin und her.

»Herr Vechter?«, vergewisserte sich Uwe.

»Ja. Und wer sind Sie?«

»Wilmsen, Kripo Westerland. Wir müssen Ihnen eine traurige Mitteilung machen.«

KAPITEL 8

Nachdem ich eine Ewigkeit wach gelegen hatte, fiel ich anschließend in einen dermaßen festen Schlaf, dass ich Nick nicht kommen hörte. Erst gegen 6.30 Uhr erwachte ich das erste Mal und bemerkte ihn schlafend neben mir. Leise schlüpfte ich aus dem Bett und schlich auf Zehenspitzen ins angrenzende Badezimmer. Kaum hatte ich meine Hände abgetrocknet, bohrte sich Peppers Schnauze durch den Türspalt. Er hatte mich gehört und schob sich nun durch die Tür, um mich schwanzwedelnd zu begrüßen. Dabei schlug er mit seiner Rute rhythmisch gegen den Türrahmen.

»Leise, Pepper, du weckst Herrchen auf!«, flüsterte ich und bugsierte ihn von der Tür weg.

»Der ist bereits wach«, erklang plötzlich Nicks Stimme hinter mir.

»Oh, tut mir leid, wir wollten dich nicht wecken.«

»Guten Morgen, Sweety! Ist nicht schlimm, ich konnte sowieso nicht mehr schlafen.«

Er gab mir einen Kuss und legte seine Arme um mich. Ich genoss die wohlige Wärme, die von ihm ausging, und drückte mich eng an seinen starken Körper.

»Das muss gestern spät geworden sein. Ich habe dich nicht kommen hören, obwohl ich ewig nicht einschlafen konnte.«

»Es war nach 2 Uhr. Christopher und du habt geschlafen wie die Murmeltiere, als ich kam. Ich wurde nur von Pepper begrüßt«, bemerkte er mit einem Grinsen.

»Das Feuer und die vielen Menschen waren aufregend für Christopher, er war zwischendurch sogar auf Brittas Arm eingeschlafen. Soll ich uns ein schönes Frühstück machen?«

»Nichts lieber als das.«

Kurze Zeit später saßen wir in der Küche an dem großen Esstisch. Vor mir stand ein Becher mit dampfendem Tee, während Nick bereits die zweite Tasse Kaffee trank.

»Seid ihr gestern in irgendeiner Weise weitergekommen?«, wollte ich von Nick wissen, während ich meinen Toast mit selbst gemachter Brombeermarmelade bestrich.

»Bei der Toten handelt es sich um die Notärztin, Bente Johannsen. Sie wohnt in Westerland und hat zwei Kinder.«

»Schrecklich! Wie hat die Familie die Nachricht aufgenommen? Haben sie eine Vorstellung, warum ihr jemand das angetan haben könnte?«

»Nein. Sowohl ihre Mutter als auch ihr Lebenspartner haben keine Erklärung für die Tat. Schwierigkeiten oder Ärger wollen beide nicht bemerkt haben«, berichtete Nick mit einem Schulterzucken.

»Vielleicht hat sie absichtlich keinem etwas davon erzählt, weil sie niemanden beunruhigen wollte«, zog ich in Betracht.

»Möglich.« Nick biss von seinem Toast ab.

»Konnte Doktor Luhrmaier Näheres zu den Todesumständen sagen? Gibt es Spuren, die Hinweise auf den Täter geben?«

Nick hielt mitten im Kauen inne. Dann schluckte er und lachte. »Du klingst beinahe wie Staatsanwalt Achtermann!«

»Entschuldige, ich wollte dich nicht löchern, ich bin nur neugierig.«

»Das ist verständlich, schließlich hast du die Tote gefunden. Laut Doktor Luhrmaier handelt es sich zweifelsfrei um ein Gewaltverbrechen. Der Frau wurde die Kehle durchgeschnitten, auf mehr wollte er sich allerdings ohne nähere Obduktion nicht festlegen.«

»Warum war Luhrmaier eigentlich vor Ort, und woher kennt er diese Ellen?«, hakte ich nach und nahm einen Schluck Tee, der mittlerweile soweit abgekühlt war, dass ich nicht Gefahr lief, mir die Lippen zu verbrennen. Die Verletzung an meiner Hand tat nach wie vor weh.

»Er will in vier Wochen am Syltlauf teilnehmen und sich im Vorfeld mit den örtlichen Gegebenheiten vertraut machen. Die beiden haben sich über eine Marathonplattform im Internet kennengelernt. Mehr Informationen konnte Uwe ihm nicht entlocken.«

»Glaubst du, dahinter steckt mehr als sportliches Interesse?«

Ein Schmunzeln lag auf Nicks Gesicht. »Ist da etwa jemand neugierig?«

»Nein, nur wissbegierig«, hielt ich dagegen. Dann sah ich zu der Uhr über der Küchentür. »Es ist Zeit für Christopher aufzustehen. Ich werde mal nach ihm sehen«, beschloss ich.

»Mach das. Ich drehe derweil eine Runde mit Pepper und fahre anschließend ins Büro. Da wartet eine Menge Arbeit auf uns.«

KAPITEL 9

»Es tut Ihnen leid? Ist das alles, was Sie dazu zu sagen haben?« Er wanderte wutschnaubend vor ihrem Schreibtisch auf und ab.

»Bitte beruhigen Sie sich, Herr Spötter. Ich kann verstehen, dass Sie über den Ausgang des Verfahrens enttäuscht sind, aber am Ende entscheidet nun mal der Richter. Wir können selbstverständlich gegen das Urteil in Revision gehen, wenn das Ihr ausdrücklicher Wunsch ist«, schlug sie vor und hoffte, ihren Gegenüber mit dieser Aussicht zu besänftigen – jedenfalls für den Moment. Doch ihr Plan schien nicht aufzugehen. Auf ihren Vorschlag hin warf er ihr einen zornigen Blick zu.

»Wir gehen nirgendwo hin!«, schnaubte er, wobei er das erste Wort besonders betonte.

Die Anwältin konnte erkennen, wie er vor Wut die Zähne aufeinanderbiss und seine Kiefermuskeln dabei deutlich hervortraten. Kurzzeitig bekam sie Angst, und ihr Blick heftete sich an die oberste Schreibtischschublade, in der ein Pfefferspray für alle Fälle griffbereit deponiert war. In der Vergangenheit hatte sie aufgebrachte Mandanten stets mit Worten und gesundem Menschenverstand beruhigen können, sodass es bislang glücklicherweise nie zum Einsatz gekommen war.

»Sie haben mir zugesichert, dass ich schadlos aus der Sache herauskomme, Frau Seiler! Durch dieses Urteil bin ich finanziell endgültig ruiniert. Das habe ich allein Ihrer

Unfähigkeit zu verdanken!«, schnaubte Martin Spötter und fuchtelte beim Sprechen wild mit den Armen.

»Sie wissen genauso gut wie ich, dass das nicht meine Schuld ist. Hätten Sie von Beginn an mit offenen Karten gespielt, hätte ich die Verteidigung vollkommen anders aufbauen können«, konterte sie verärgert. Einerseits war es unklug, sich mit ihrem Mandanten in seiner momentan hochemotionalen Lage auf ein Streitgespräch einzulassen, darüber war sie sich durchaus im Klaren, andererseits wollte sie diese Schuldzuweisung nicht ohne Weiteres auf sich sitzen lassen. Objektiv betrachtet, konnte Spötter sich glücklich schätzen, keine Freiheitsstrafe kassiert zu haben, doch diesen Gedanken behielt sie vorläufig lieber für sich.

»Das ist interessant. Versuchen Sie etwa, mir den schwarzen Peter zuzuschieben? Das wird ja immer besser! Ich bezahle Sie, damit Sie sich für meine Interessen einsetzen. Wissen Sie was?« Plötzlich kam er ihr bedrohlich nah und stützte sich mit beiden Händen direkt vor ihr auf der Schreibtischplatte ab. Der Geruch seines Aftershaves kitzelte ihr derart heftig in der Nase, dass sie nur mit Mühe ein Niesen unterdrücken konnte. Intuitiv lehnte sie sich in ihrem Stuhl ein Stück zurück. »Von Ihnen lasse ich mich nicht verarschen. Wir sind noch nicht fertig, Frau Seiler!«, zischte er. Sein Gesicht befand sich unmittelbar vor ihrem, sodass sie die kleinen bernsteinfarbenen Sprenkel in seinen Augen deutlich erkennen konnte.

»Herr Spötter …«, schlug sie einen versöhnlichen Ton an, doch er fiel ihr augenblicklich ins Wort.

»Die Sache wird Ihnen noch leidtun, sehr leid sogar.« Er richtete sich auf, holte tief Luft und schnappte sich seine Jacke, die er über der Sessellehne abgelegt hatte.

Ohne sie eines letzten Blickes zu würdigen, riss er die Bürotür auf.

»Soll ich das als Drohung auffassen?«, rief sie ihm hinterher.

»Ist mir scheißegal, wie Sie das auffassen!«, blaffte er im Hinausgehen zurück und versetzte dem Garderobenständer neben der Tür zum Abschied einen wütenden Tritt.

Dann war er aus ihrem Blickfeld verschwunden. Sie konnte das lautstarke Zuschlagen der Tür zum Treppenhaus hören, bevor es für einen kurzen Moment mucksmäuschenstill wurde. Einzig das gleichmäßige Ticken des Sekundenzeigers der Wanduhr, der unbeeindruckt seine Runden drehte, durchbrach die Stille.

Svenja war zusammengezuckt, als die Tür ins Schloss krachte. Irritiert steckte sie den Kopf aus der Tür und lugte in den Flur. Niemand war zu sehen. Schulterzuckend wandte sie sich ihrer Arbeit zu. Sie stand in der kleinen Teeküche und war dabei, Quark und Naturjoghurt in einer Schale zu vermischen. Dann nahm sie das Vorratsglas mit Nüssen und Haferflocken aus dem Regal und gab eine Handvoll über die Quarkmischung, wie sie es seit Wochen täglich tat. Anschließend öffnete sie die durchsichtige Plastikschale mit Blaubeeren, deren lange Reise von Chile bis nach Sylt exakt an dieser Stelle endete, und hielt sie unter fließendes Wasser, bevor sie sie mit einem Küchenkrepp behutsam abtupfte. Mittlerweile war diese Tätigkeit zu einem morgendlichen Ritual geworden und hatte beinahe meditative Züge angenommen. Als die kleinen blauen Kugeln in die Schale kullerten, fasste Svenja den Entschluss, ihrer Chefin den Vorschlag zu unterbreiten, künftig lieber auf heimisch produzierte Tiefkühlware zurückzugreifen, denn frische Blaubeeren im Februar gingen in Anbetracht der weltweiten Klimaerwärmung – vom horrenden Preis ganz zu schweigen – gar nicht, sagte sie sich. Plötzlich stach ihr eine Beere ins Auge, die noch ein Stück grünen Stängel besaß. Behutsam sortierte sie sie mit spitzen Fingern aus, trennte sie vom Stielansatz und ließ sie blitzschnell in ihrem Mund verschwinden.

»Hm, schmeckt nach nichts«, murmelte sie enttäuscht und fühlte sich gleichzeitig in ihrem Entschluss bestärkt. Mit der Schale und einem Kaffeebecher in der Hand marschierte die junge Frau zum Büro ihrer Chefin.

»Moin, Boss! Was sollte dieser Krach eben?«

»Guten Morgen, Svenja! Wie oft soll ich Ihnen noch sagen, dass Sie mich nicht ›Boss‹ nennen sollen.«

»Verstanden. Warum eigentlich nicht?«

»Weil … ach, ich möchte es nicht. Sie sind früh dran heute, ich habe Sie gar nicht kommen hören«, stellte die Anwältin fest.

»Ich war mega leise, weil Sie Besuch hatten. Was wollte der Typ eigentlich um diese Zeit in der Kanzlei? Mann, war der sauer!« Sie schüttelte ihre Hand, als hätte sie sich verbrannt.

»Sagen wir mal, unser Mandant war mit dem Ausgang seines Verfahrens nicht in allen Punkten einverstanden.« Ellen Seiler war bemüht, in Gegenwart ihrer Auszubildenden entspannt zu wirken, obwohl sie der Auftritt Martin Spötters mehr aufgewühlt hatte, als sie bereit war zuzugeben.

»Nach dem Urteil geht ihm der Arsch richtig auf Grundeis. Würde mir auch, wenn meine Kohle weg wäre. Echt krasser Auftritt.« Sie grinste breit.

»Svenja, bitte arbeiten Sie an Ihrer Ausdrucksweise!«

»Sorry, ich geb' mir Mühe«, entschuldigte sich die junge Frau und stellte die Tasse sowie die Schale auf dem Schreibtisch ihrer Chefin ab. »Bitte sehr, Ihr Kaffee und das Müsli, Frau Seiler. Oder hätten Sie lieber einen Beruhigungstee? Sie sehen aus, als könnten sie dringend einen vertragen. Ich mach einen, kein Ding«, bot sie an und spielte an ihrem langen Ohrring herum.

»Danke für das Angebot, aber den hätte Herr Spötter nötiger gebraucht«, erwiderte die Anwältin mit einem Lachen und griff nach der Tasse. »Hoppla, der ist aber stark!«, bemerkte sie, nachdem sie den ersten Schluck getrunken hatte.

»Ich dachte, nach dem gestrigen Abend brauchen Sie vielleicht einen starken Kaffee. Wie ist das Date mit Ihrem Doktor denn gelaufen?«, erkundigte sich die junge Frau neugierig und ließ sich in einen der beiden Ledersessel fallen.

»Erstens ist es nicht mein Doktor und zweitens war das kein Date«, stellte Ellen klar. Svenja zog eine Augenbraue, in der ein kleiner silberner Ring steckte, hoch. »Doktor Luhrmaier und ich interessieren uns beide leidenschaftlich für den Laufsport. Josef, ich meine Herr Doktor Luhrmaier, will dieses Jahr das erste Mal beim Syltlauf mitmachen, und ich habe ihm lediglich ein paar Tipps zu den örtlichen Besonderheiten gegeben. Mehr nicht«, betonte die Anwältin sachlich.

»Schon klar«, klang Svenja wenig überzeugt.

»Glauben Sie, was Sie wollen. Im Übrigen bin ich niemandem gegenüber Rechenschaft schuldig, mit wem ich mich treffe.« Noch im selben Moment taten ihr ihre schroffen Worte leid, schließlich konnte Svenja nichts für ihren Unmut. Doch die junge Frau ließ sich nicht von ihrer schlechten Laune abschrecken.

»Meinetwegen müssen Sie nicht die toughe Anwältin raushängen lassen. Kommen Sie schon! Ein klitzekleines Bisschen können Sie mir doch verraten. Wie ist er denn so, Ihr neuer Freund?«, ließ sich Svenja nicht abwimmeln und ignorierte den fassungslosen Blick ihrer Vorgesetzten, der in Anbetracht dieser Hartnäckigkeit die Worte fehlten.

»Sie geben vermutlich nie auf?«

»Richtig erkannt.« Die junge Frau verschränkte siegesbewusst die Arme vor der Brust und legte grinsend den Kopf schief.

»Josef, also Herr Doktor Luhrmaier, ist ein äußerst kultivierter Mann, und uns verbinden viele gemeinsame Interessen«, begann Ellen Seiler und ärgerte sich im selben Moment, dass sie sich letztendlich hatte weichkochen lassen. Ihr Privatleben ging niemanden etwas an, an vorderster Stelle ihre Auszubildende. Trotz allem ließ sie die Beharrlichkeit, die die junge Frau an den Tag legte, insgeheim schmunzeln. Menschen, die unbeirrt ihr Ziel verfolgten, konnte sie an ihrer Seite durchaus gebrauchen.

»Josef?« Svenja rollte mit den Augen und zog skeptisch den rechten Mundwinkel nach oben. »Was ist das denn für ein spießiger Name! Wenn der Typ so verstaubt ist, wie sein Name klingt, dann gute Nacht!«

»Ich darf doch sehr bitten«, konterte Ellen Seiler entrüstet.

»Sorry, Boss, war nicht persönlich gemeint«, gab die Auszubildende daraufhin kleinlaut zurück.

»Das hoffe ich. Damit ist unser Gespräch zu dem Thema ohnehin beendet.«

»Och nö, das ist total unfair! Sie haben gar nichts richtig erzählt«, protestierte Svenja und setzte einen beleidigten Schmollmund auf.

»Ich bin überzeugt, auf Ihrem Schreibtisch wartet genügend Arbeit, die dringend erledigt werden muss. Schließlich bezahle ich Sie nicht für Plauderstündchen. Ich hoffe, ich habe mich klar ausgedrückt?«, erklärte Ellen Seiler mit strenger Miene. Normalerweise missfiel ihr diese Art, mit Angestellten umzugehen, doch im Fall ihrer Auszubildenden blieb ihr nichts anderes übrig, als sie auf diese Weise in die Schranken zu weisen. In den allermeisten Fällen hielt der Erfolg nicht lange an.

»Sie sind aber echt empfindlich heute Morgen«, bemerkte Svenja, erhob sich von ihrer Sitzgelegenheit und rückte ihren äußerst kurzen Rock in die richtige Position.

»Gestern beim Biikebrennen hat es einen Todesfall gegeben«, berichtete Ellen Seiler unerwartet und nestelte an dem Kragen ihrer Bluse.

»Echt jetzt?«

»Würde ich über solch ernste Angelegenheit Scherze machen?«

»Nee, das ist ja krass.«

»Svenja, können Sie sich bitte dieses blöde ›krass‹ abgewöhnen? Wenigstens während der Zeit in der Kanzlei«, forderte Ellen Seiler die junge Frau auf, auch wenn es vermutlich vergeblich war.

»Verstanden, ich passe in Zukunft auf. Was ist denn nun gestern passiert?«

»Eine Frau ist ums Leben gekommen, mehr kann ich Ihnen dazu nicht sagen. Herr Doktor Luhrmaier ist Rechtsmediziner und offiziell mit dem Fall betraut. So, und jetzt machen Sie sich bitte an Ihre Arbeit, der Terminkalender platzt aus allen Nähten. Gleich kommt das Ehepaar Gronert, da benötige ich vorher einige Kopien«, stellte Ellen Seiler mit Blick in ihren Terminplaner fest.

»Ein Mordfall? Hier auf Sylt?« Svenjas Augen leuchteten vor Aufregung.

»Von Mord hat niemand gesprochen«, wiegelte die Anwältin ab und bereute, das Thema überhaupt erwähnt zu haben.

»Das ist echt krass! Dann schnippelt Ihr Freund also an Toten rum? Für mich wäre das nichts.« Sie verzog angewidert das Gesicht.

»Haben Sie mich verstanden? Ich benötige die Kopien, gleich!«

»Geht klar, Boss!« Svenja tippte sich an die Stirn, als wolle sie salutieren, drehte sich auf dem Absatz um und verließ im Stechschritt das Zimmer. Ellen konnte ihr bloß mit einem Kopfschütteln nachsehen.

KAPITEL 10

»Moin, Nick! Entschuldige, dass ich spät dran bin. Bist du schon lange hier?« Uwe schlurfte zu seinem Schreibtisch, nachdem er seine dicke Winterjacke an den Garderobenständer gehängt hatte.

»Ungefähr seit einer Stunde. Ich war früh wach, außerdem liegt ein gewaltiger Berg Arbeit vor uns. Was macht dein Rücken?«

»Erinnere mich nicht.« Uwe winkte ab. »Gibt es etwas Neues im Fall Bente Johannsen?«

»Bislang nicht. Doktor Luhrmaier ist mit dem ersten Zug aufs Festland gefahren, um die Obduktion selbst durchzuführen. Urlaub hin oder her.«

»Dachte ich mir, emsig wie eine Biene, der Mann«, murmelte Uwe, während er ein mit Wurst belegtes Brötchen aus einer Bäckertüte zog und vor sich auf einen Teller drapierte. Das seitlich herausschauende Salatblatt wanderte direkt in den Mülleimer. Der kräftige Wurstgeruch verbreitete sich in Windeseile im gesamten Raum.

»Was hältst du von ihrem Lebensgefährten, Alex Vechter? Ich lasse gerade sein Alibi überprüfen.« Nick stand auf und stellte das Fenster auf Kipp.

»Hegst du Zweifel an seiner Aussage? Auf mich wirkte er gestern ehrlich betroffen«, bekräftigte Uwe und biss genussvoll in sein Frühstücksbrötchen.

»Wir werden sehen. Ich habe vorhin die Düsseldorfer

Kollegen gebeten, dem Ehemann, Erik Johannsen, einen Besuch abzustatten.«

»Das ist gut. Was wissen wir über ihn?«

»Er arbeitet in einem renommierten Architekturbüro in Düsseldorf als Architekt. Er ist ziemlich erfolgreich, hat mehrere internationale Auszeichnungen erhalten und ist auf seinem Gebiet äußerst gefragt. Dazu habe ich in den Medien einschlägige Berichte gefunden. Erkennungsdienstlich liegt nichts gegen ihn vor, habe ich auch nicht erwartet. Zurzeit lebt er mit einer Frau namens … warte, ich habe es gleich.« Er überflog auf der Suche nach dem Namen seine Notizen. »Gloria Brandtner zusammen. Sie ist Inhaberin einer Unternehmensberatung in Köln. Mehr ließ sich in der Kürze der Zeit nicht herausfinden«, fasste Nick die Ergebnisse seiner morgendlichen Recherchearbeit zusammen.

»Gute Arbeit, Nick, bin gespannt, was die Kollegen aus Nordrhein-Westfalen zu berichten haben.« Uwe quälte sich mit schmerzverzerrtem Gesicht aus seinem Stuhl, wobei er sich mit beiden Händen auf der Schreibtischplatte abstützte.

»Uwe, das kann man sich ja nicht länger mit ansehen. Du musst unbedingt zu einem Arzt und dir helfen lassen.«

»Halb so wild, wenn ich erst in Schwung gekommen bin, geht es wieder. Ich will mir bloß einen Kaffee holen«, erwiderte Uwe mit vor Schmerzen zusammengebissenen Zähnen.

»Sag doch was, ich bringe dir einen.« Nick stand auf und ging zu ihrer neuesten Errungenschaft, einem modernen Kaffeevollautomaten, den ihnen Staatsanwalt Matthias Achtermann vor Kurzem geschenkt und somit ein

Versprechen eingelöst hatte, als hinter ihm plötzlich ein lauter Schmerzensschrei ertönte. Erschrocken drehte er sich um und erblickte Uwe, dessen massiger Oberkörper quer über der Tischplatte lag, die Stirn auf der Tastatur seines Computers.

»Uwe!« Nick eilte seinem Freund zu Hilfe.

»Verdammt, tut das weh!«, jammerte dieser, der nicht in der Lage war, sich aus eigener Kraft aus seiner misslichen Lage zu befreien.

»Warte, ich helfe dir hoch!«

»Ah!«, schrie Uwe auf, als Nick ihm vorsichtig unter die Achseln griff, um ihn hochzuziehen.

»Ich rufe sofort einen Rettungswagen, ob du willst oder nicht«, entschied Nick und wählte umgehend die Notrufnummer.

»Die sollen sich bitte beeilen«, presste der Gepeinigte schweißgebadet und mit hochrotem Kopf hervor.

KAPITEL 11

Er zog ein letztes Mal an seiner Zigarette, stieß den Rauch genüsslich aus und ließ die Kippe neben sich auf den Bürgersteig fallen, wo er sie austrat und mit der Fußspitze auf die Straße kickte. Die Hände tief in den Taschen seiner Winterjacke verborgen, überquerte er die Straße. Er betrat das Grundstück seines alten Freundes Lorenz Peters in der Breslauer Straße im Süden Westerlands und klingelte an der Tür.

»Hey, Sönke! Da bist du!« Lorenz umarmte seinen Freund zur Begrüßung. »Komm rein oder willst du vor der Tür Wurzeln schlagen?«

Nur zögerlich folgte Sönke Brodsen der Aufforderung seines Freundes und betrat die wärmende Behausung.

»Ich koche uns einen Kaffee, und dann erzählst du, wie es dir ergangen ist. Warum hast du dich nicht eher gemeldet, ich hätte dich abgeholt.« Er gab einige Löffel Kaffeepulver in den Filter der Maschine und schaltete sie ein. »Setz dich!« Er nickte mit dem Kopf zu der Eckbank in der Küche.

In der Mitte des Küchentisches stand eine silberne Schale, in der sich kunstvoll zu einer Art Pyramide aufgetürmt ungefähr ein Dutzend Orangen befand. Sönke nahm Platz und rieb die Handflächen gegeneinander, mehr aus Nervosität als vor Kälte.

»Ordentlich kalt heute, was? Schade, Birte ist kurz weggefahren, du hast sie knapp verpasst. Sie hätte sich bestimmt gefreut, dich wiederzusehen«, begann Lorenz um Lockerheit bemüht ein Gespräch und stellte zwei Keramikbecher auf den Tisch, von denen an einem eine Stelle am Henkel abgeplatzt war.

»Schon gut, Lorenz. Du weißt ebenso wie ich, dass Birte alles andere als erfreut wäre, mich anzutreffen. Schon gar nicht in eurem Haus. Ich habe wegen Totschlags im Gefängnis gesessen, wer möchte schon gerne einen Straftäter in den eigenen vier Wänden beherbergen«, gab Sönke unverblümt zurück. Dass er absichtlich gewartet hatte, bis Lorenz' Frau das Haus verlassen hatte, um ihr nicht über den Weg zu laufen, verschwieg er geflissentlich. In der Küche war es sehr warm, daher schob er die Ärmel seines Pullovers hoch, sodass ein Stück eines Tattoos zum Vorschein trat.

»Oh, das hattest du früher nicht, oder?«

»Heute ist alles anders als früher, Lorenz.«

Lorenz füllte schweigend den frischen Kaffee in die Becher.

»Ich wusste nicht, dass du entlassen wurdest, sonst hätte ich dich abgeholt.«

»Den genauen Termin haben sie mir erst kürzlich mitgeteilt.« Sönke trank einen Schluck.

»Was hast du jetzt vor?«

Sönke zuckte die Achseln. »Ich werde mir eine Arbeit und eine Wohnung suchen.«

»Auf Sylt?«

»Spricht etwas dagegen?«, erwiderte er und sah seinem Gegenüber dabei fest in die Augen.

»Na ja, ich hatte gedacht, du seist froh, alles hinter dir lassen zu können und irgendwo ein neues Leben anzufangen.«

»Du meinst, weil es für diverse Leute auf der Insel bequemer wäre, wenn ich nicht zurückkehre?« Sein Freund setzte zu einer Antwort an, schwieg jedoch. »Ich bin unschuldig, Lorenz, und das weißt du genauso gut wie ich. Ich will, dass diejenigen zur Rechenschaft gezogen werden, die mir das angetan haben. Kannst du das verstehen?«

»Natürlich verstehe ich das. Ich glaube nur, du solltest die Vergangenheit ruhen lassen.«

»Sicher. Ich dachte, du bist mein Freund?«

»Das bin ich auch. Gerade deshalb bitte ich dich, keine unüberlegten Aktionen vorzunehmen. Du könntest es bitter bereuen. Sieh lieber nach vorne und vergiss das alles.«

»Vergessen, wenn das so einfach wäre. Ich werde nichts unternehmen, was mir schaden könnte«, erwiderte Sönke und setzte den Kaffeebecher abermals an die Lippen.

»Hoffentlich. Wo wirst du wohnen? Wenn du nicht weißt, wo du unterkommen sollst, kannst du gern unser Gästezimmer nutzen, bis du etwas Passendes gefunden hast.«

Ehe Sönke auf das Angebot seines Freundes eingehen konnte, ertönte eine Frauenstimme. »Ich bin's, Liebling, habe was vergessen.«

Eilig näherten sich Schritte. Dann erschien eine Frau in einem Winterparka und einem dicken Wollschal um den Hals im Türrahmen. »Irgendwann …« Beim Anblick des Besuchers verstummte sie augenblicklich und starrte ihn an.

»Schneckchen, wir haben Besuch«, erklärte Lorenz überflüssigerweise.

»Das sehe ich selbst. Ich möchte, dass du augenblicklich unser Haus verlässt«, wandte sie sich an Sönke, ohne den Blick von ihm zu nehmen. Der Angesprochene erhob sich auf der Stelle und griff nach seiner Jacke.

»Halt!«, entgegnete Lorenz scharf. »So nicht, Birte! Das ist ebenso mein Haus. Sönke, setz' dich wieder!«

»Na schön, wenn das so ist, dann gehe ich eben. Die Wahl liegt ganz bei dir«, schleuderte sie ihrem Mann wütend entgegen und stapfte wutentbrannt aus dem Raum.

»Birte, bitte sei nicht kindisch!«, rief Lorenz ihr hinterher, doch da krachte die schwere Haustür bereits mit lautem Knall ins Schloss. Er seufzte.

»Ich glaube, es ist besser, wenn ich gehe. Ich möchte nicht, dass meinetwegen der Haussegen schief hängt.«

»Birte beruhigt sich sicher bald. Sie ist sehr impulsiv und hat nicht damit gerechnet, dich nach der langen Zeit plötzlich anzutreffen«, versuchte Lorenz, das Verhalten seiner Frau zu entschuldigen.

»Danke für den Kaffee und das großzügige Angebot«, sagte Sönke, als er sich draußen vor der Haustür von seinem Freund verabschiedete.

»Gern. Melde dich, wenn du Hilfe brauchst oder auch einfach so. Vielleicht trinken wir mal ein Bier zusammen.«

»Vielleicht«, gab Sönke zurück und war im Begriff, sich umzudrehen.

»Warte!« Lorenz lief zurück ins Haus und kam gleich darauf mit einem Schlüssel zurück, dessen Anhänger einen silbernen Anker zierte. »Hier!«

»Was soll ich damit?«, fragte Sönke und zog die Stirn kraus.

»Das ist der Schlüssel zu meinem Gartenhaus in Hörnum. Du kannst dort wohnen, bis du eine feste Bleibe gefunden hast.«

»Ich dachte, du hättest die olle Bude längst verkauft, weil Birte sie nie leiden mochte?«, erwiderte Sönke erstaunt und nahm den Schlüssel an sich.

»Glücklicherweise kann ich das eine oder andere immer noch selbst bestimmen. Ende letzten Jahres habe ich das Häuschen komplett renoviert. Dusche und Heizung funktionieren ganz wunderbar. Ich habe auch eine kleine Küche eingebaut«, verkündete Lorenz mit einem gewissen Stolz in der Stimme und zwinkerte seinem Freund aufmunternd zu.

»Danke, Lorenz.«

Da Uwe in der Nordseeklinik lag, musste sich Nick ohne die Unterstützung seines Chefs dem Fall Johannsen annehmen. Soeben hatte er die Rückmeldung der Düsseldorfer Kollegen erhalten, als das Telefon abermals klingelte und Staatsanwalt Matthias Achtermann sich nach dem aktuellen Stand der Ermittlungen erkundigte.

»Ich grüße Sie, Herr Scarren! Wie ist die Lage? Haben Sie nähere Erkenntnisse zur toten … Wie hieß die Frau gleich?«

»Bente Johannsen. Moin, Herr Staatsanwalt«, half Nick dem Gedächtnis des Staatsanwaltes auf die Sprünge.

»Richtig, Johannsen. Hat sich die Rechtsmedizin in der Zwischenzeit bei Ihnen gemeldet?«, fragte er als Nächstes.

»Bislang wurden uns keine Ergebnisse mitgeteilt«, gab Nick wahrheitsgemäß Auskunft.

»Sie gehen dennoch nach wie vor von einem Tötungsdelikt aus, sehe ich das richtig?«

»Das ist korrekt. Der Frau wurde die Kehle durchgeschnitten, woran sie aller Wahrscheinlichkeit nach verblutet ist. Das war jedenfalls Doktor Luhrmaiers erster Eindruck, als er sich die Tote vor Ort angesehen hat«, bestätigte Nick.

»Dann wird das seine Richtigkeit haben, denn unser allseits geschätzter Doktor täuscht sich in der Regel nie. Gibt es erste Ansatzpunkte, wer als Täter infrage kommen könnte?«, hakte er nach.

»Wir stehen erst am Anfang der Ermittlungen. Eben habe ich mit den Kollegen aus Düsseldorf telefoniert, die mit dem dort lebenden Ehemann der Toten gesprochen haben.«

»Interessant. Der Ehemann lebt nicht auf Sylt? Dann handelt es sich vermutlich nicht um eine klassische Beziehungstat? Das hätte ich als Erstes in Betracht gezogen«, brachte der Staatsanwalt seine Verwunderung zum Ausdruck.

»Das Paar lebt seit einer geraumen Weile getrennt voneinander. Die Beziehung der beiden wird nach Aussage der Mutter des Opfers als freundschaftlich bezeichnet.«

»Der Klassiker. Erst schlagen sie sich beinahe die Köpfe ein, aber anschließend herrscht pure Harmonie. Was sagen die Kollegen, hat der Noch-Ehemann ein glaubhaftes Alibi?«

»Nach eigener Aussage hatte er vor drei Tagen das letzte Mal telefonischen Kontakt mit dem Opfer. Zum Todeszeitpunkt hat er sich nach eigenen Angaben in Düsseldorf aufgehalten. Die Kollegen haben seine Aussage dahingehend überprüft und bestätigt«, führte Nick weiter aus und ließ währenddessen einen Kugelschreiber durch die Finger wandern.

»Dann hat er ein wasserdichtes Alibi und scheidet folglich als Täter aus. Schade, es hätte gern einfach sein dürfen. Gibt es weitere Personen aus dem direkten Umfeld der Toten, die ein mögliches Motiv haben könnten?«, ließ der Staatsanwalt nicht locker.

»Da wäre Alex Vechter, der Lebensgefährte von Frau Johannsen. Er arbeitet als Koch in einem Restaurant in Westerland und gibt an, zur Tatzeit dort gewesen zu sein.«

»Sein Alibi haben Sie sicherlich ebenfalls überprüft, nehme ich an«, fiel ihm Achtermann ungeduldig ins Wort.

»Ich wollte mich gerade auf den Weg dorthin machen, um mir einen persönlichen Eindruck zu verschaffen«, erwiderte Nick, auf den der Staatsanwalt an diesem Tag einen ungewöhnlich nervösen Eindruck machte.

»Sehr schön, dann höre ich umgehend von Ihnen, sobald Neuigkeiten vorliegen.«

»Natürlich, Herr Achtermann.«

»Grüßen Sie bitte Ihren Kollegen Wilmsen!«

»Werde ich ausrichten, er befindet sich zurzeit ...«, setzte Nick an, doch der Staatsanwalt hatte aufgelegt, und so blieben seine Worte ungehört. Im Anschluss an das Telefonat machte er sich auf den Weg zu dem Restaurant, um Alex Vechters Alibi zu überprüfen.

KAPITEL 12

Da Christopher die nächsten Stunden im Kindergarten verbrachte, zog ich mich in mein Büro zurück, um den lästigen Papierkram zu erledigen, der sich im Laufe der letzten Wochen zu einem stattlichen Stapel aufgetürmt hatte. Ich hatte die letzten Unterlagen für den Steuerberater zusammengesammelt, als es an der Haustür klingelte. Eilig lief ich die Treppe nach unten, wo Pepper schwanzwedelnd wartete.

»Tina! Komm rein«, begrüßte ich Uwes bessere Hälfte.

»Hallo, Anna, ich hoffe, ich komme nicht ungelegen.«

»Nein, ich erledige gerade lästigen Papierkram, da bin ich über jede Art von Abwechslung dankbar. Magst du etwas trinken?«

»Ein Beruhigungstee wäre genau das Richtige.«

Zunächst nahm ich an, es handle sich um einen Scherz, aber bei näherer Betrachtung sah Tina in der Tat ein wenig mitgenommen aus.

»Geht es dir nicht gut?«

Sie folgte mir durch den gläsernen Gang, der den Rest des Hauses mit der Küche verband. Einst war unser Haus ein alter Bauernhof, der vom Vorbesitzer aufwendig umgestaltet und saniert worden war. Ich hatte das Haus vor ein paar Jahren überraschend geerbt, eine verrückte Geschichte, die mir allerdings nicht nur positive Erinnerungen bescherte.

»Uwe hat einen schweren Bandscheibenvorfall und liegt im Krankenhaus«, platzte Tina unvermittelt mit der Nachricht heraus, die ihr sogleich Tränen in die Augen trieb.

»Was? Komm, setz dich erst mal und dann erzählst du mir alles in Ruhe«, forderte ich sie auf und bot ihr einen Stuhl an.

Sie nahm am Esstisch Platz, während ich uns einen Tee zubereitete. Ihr Blick streifte die Küchenuhr über der Tür. »Er wird gerade operiert, ich mache mir solche Sorgen.«

»Ist es so schlimm?« Ich reichte ihr ein Papiertaschentuch, das sie dankend entgegennahm.

»In der letzten Zeit hat er ab und zu über Rückenschmerzen geklagt, wollte aber partout nicht zum Arzt gehen. Wir haben uns deswegen regelmäßig in der Wolle gehabt, aber du weißt ja, wie störrisch er manchmal sein kann. Männer brauchen keinen Arzt!« Sie lachte kurz auf und trocknete sich mit dem Taschentuch die Augen.

»Kenne ich. Nick ist ähnlich, was das Thema angeht«, pflichtete ich ihr bei.

»Heute Morgen ist er auf der Dienststelle regelrecht zusammengebrochen und musste mit dem Rettungswagen in die Klinik gebracht werden. Dort wurde ein MRT von seiner Lendenwirbelsäule gemacht und ein schwerer Bandscheibenvorfall diagnostiziert.«

»Der unbedingt operiert werden muss?« Ich goss das kochende Wasser in die Teekanne und stellte sie anschließend auf den Tisch neben die Schale mit den Friesenkeksen. »Bitte, nimm dir!« Ich schob das Schälchen in ihre Richtung.

»Danke. Ja, eine Operation ist erforderlich, weil die Bandscheibe einen Nerv so stark einquetscht, dass er den linken Fuß nicht mehr heben kann. Eine konservative Behandlung ist in diesem Fall nicht möglich. Das Risiko für bleibende Schäden wäre zu groß, hat mir die behandelnde Ärztin erklärt.«

»Ach, Tina, das tut mir leid. Eine Bandscheibenoperation ist heutzutage kein Hexenwerk mehr. Vertraue den Ärzten!«, versuchte ich, ihr Mut zuzusprechen und strich ihr beruhigend über den Oberarm. »Du wirst sehen, bald springt er wieder durch die Gegend wie ein junges Reh.«

Sie lachte. »Schön wär's. Ich weiß nicht, wie oft ich ihm versucht habe klarzumachen, dass er etwas für seine Gesundheit tun muss. Jetzt bekommt er die Quittung für sein Übergewicht.«

»Zu viel Körpergewicht muss nicht zwingend der Auslöser sein. Auch schlanke Menschen und sogar Spitzensportler sind vor einem Bandscheibenvorfall nicht gefeit. Viele wissen nicht einmal, dass sie einen haben, weil sie nichts bemerken und keinerlei Symptome auftreten.«

»Trotzdem, ein paar Kilos weniger auf den Rippen würden Uwe auf keinen Fall schaden«, betonte sie.

Nach wenigen Minuten verließ Nick das Restaurant im Herzen Westerlands. Sowohl der Restaurantinhaber, als auch zwei seiner Angestellten hatten bestätigt, dass sich Bente Johannsens Lebensgefährte, Alex Vechter, bis spät in die Nacht in der Küche aufgehalten habe. Der Ansturm der Gäste auf das traditionelle Grünkohlessen am gestrigen Abend war derart gewaltig gewesen, dass das Küchenpersonal mit der Zubereitung des Nachschubs kaum hinterherkam, betonte der Restaurantchef Nick gegenüber. Somit schied Vechter als potenzieller Täter definitiv aus. Als Nächstes beschloss Nick, sich in der Nordseeklinik umzuhören, in der das Opfer zuletzt beschäftigt war.

Er hoffte, dort wichtige Erkenntnisse zu erhalten. Den Besuch in der Klinik würde er zum Anlass nehmen, sich gleichzeitig nach Uwes Gesundheitszustand zu erkundigen. Nick sprach zunächst mit Bente Johannsens Vorgesetztem, Doktor Bernhard Bremers, der einen äußerst reservierten Eindruck vermittelte.

»Wir sind alle überaus bestürzt über den Tod von Frau Johannsen und hoffen, dass die Polizei den Täter schnell findet. Wir werden selbstverständlich alles tun, um Sie bei der Aufklärung zu unterstützen«, versicherte er mit gnädiger Arroganz.

»Wie lange hat Frau Johannsen als Notärztin gearbeitet?«, wollte Nick wissen und schlug sein Notizbuch auf, um jeden noch so kleinen Hinweis festzuhalten, der im Nachhinein für die Ermittlungen von Bedeutung sein könnte.

»Das muss ungefähr ein knappes halbes Jahr her sein«, überlegte der Arzt angestrengt. »Wenn Sie es auf den Tag genau wissen wollen, müsste ich bei der Personalabteilung nachfragen.«

»Ja, tun Sie das, vielen Dank. Bestanden im Arbeitsumfeld von Frau Johannsen irgendwelche Spannungen?«

»Spannungen?«, wiederholte er überrascht. »Wollen Sie andeuten, dass Sie den Täter in den Reihen des Krankenhauspersonals vermuten?« Zwischen den Augen zeichnete sich eine steile Falte ab.

»Wir ermitteln in alle Richtungen. Bestanden Feindschaften oder Missgunst unter Kollegen?«, fuhr Nick unbeirrt fort, ohne auf die Frage seines Gegenübers explizit einzugehen.

»Diesbezüglich ist mir nichts zu Ohren gekommen. Da muss ich Sie leider enttäuschen, was allerdings nicht heißt, dass es nicht hin und wieder zu kleineren Unstimmigkeiten kommen kann. Ich denke, das ist nichts Ungewöhnliches bei der großen Anzahl an Beschäftigten. Wäre etwas Gravierendes vorgefallen, wüsste ich bestimmt davon«, bekräftigte er, wischte mit der flachen Hand über die glatte Schreibtischplatte und besah anschließend die Handinnenfläche, als müsse er sich über ihre Sauberkeit Gewissheit verschaffen. »Frau Johannsen war extrem ehrgeizig und pflichtbewusst, darüber hinaus freundlich und absolut loyal. Ich habe mich manchmal gefragt, wie sie das alles unter einen Hut gebracht hat.«

»Was genau meinen Sie?«

»Soweit ich weiß, lebt sie von ihrem Mann getrennt. Sie musste sich neben der Arbeit auch um die beiden Kinder kümmern.«

»Wie beurteilen Sie die fachliche Kompetenz von Frau Johannsen?«, erkundigte sich Nick, dem nicht verborgen blieb, dass Doktor Bremers' Augenlider bei dieser Frage nervös zuckten.

»Worauf wollen Sie hinaus, Herr Kommissar?«

»Waren Sie mit der Arbeit von Frau Johannsen zufrieden? Gab es in der näheren Vergangenheit Anlass zu Beschwerden? Vielleicht von Patienten?«, führte Nick näher aus.

»Nein, zu keinem Zeitpunkt«, konterte Doktor Bremers prompt. »Sie ist … Sie war eine Spitzenkraft. Eigentlich …« Er stockte mitten im Satz.

»Eigentlich?« Nick beäugte den Mediziner erwartungsvoll.

»Vergessen Sie es. Ich denke, sie wäre eine ausgezeichnete Chirurgin geworden. Das ist allerdings nur meine persönliche Meinung und spielt im Grunde keine Rolle.« Er holte hörbar Luft. »Herr Kommissar, es tut mir leid, ich stehe momentan enorm unter Zeitdruck. Wenn Sie also keine weiteren Fragen haben, würde ich das Gespräch gern an dieser Stelle beenden.«

»Zurzeit habe ich keine weiteren Fragen.« Plötzlich hielt Nick inne. »Eine Bitte hätte ich noch, Herr Doktor Bremers.«

»Ja?«

»Ich würde mir gern den Spind von Frau Johannsen ansehen. Sie hatte doch gewiss einen.«

»Selbstverständlich stehen dem Personal in den Umkleiden Ablagemöglichkeiten zur Verfügung. Melden Sie Ihr Anliegen im Schwesternzimmer«, erwiderte der Arzt mit einem wohlgefälligen Lächeln.

»Danke, dass Sie sich die Zeit genommen haben, Doktor Bremers.« Nick reichte dem Arzt seine Visitenkarte. »Sollte Ihnen im Nachhinein etwas einfallen, was von Bedeutung sein könnte, zögern Sie bitte nicht, sich zu melden.«

»Sie können sich darauf verlassen, Herr Kommissar.« Er legte die Karte direkt neben das Telefon auf seinem Schreibtisch und begleitete Nick zur Tür.

Da Uwe momentan keinen Besuch empfangen konnte – er befand sich im Aufwachraum –, entschied Nick, zurück zur Dienststelle zu fahren. Die Ausbeute aus Bente Johannsens Spind war dürftig ausgefallen. Außer einem Notizbuch, in dem Adressen und Termine standen, befanden sich darin diverse Kleidungsstücke und ein paar andere persönliche Dinge. Als er seinen Wagen fast erreicht hatte, vernahm er eine rufende Frauenstimme hinter sich.

»Hallo, warten Sie bitte!« Eine kleine Frau in weißer Schwesternkleidung kam über den Parkplatz schnurstracks auf ihn zugelaufen. Ihr langer, dunkler Zopf schwang beim Laufen hin und her wie das Pendel einer Uhr. »Sie haben sich doch eben über Bente informiert?«, fragte sie, leicht außer Atem von ihrem Sprint.

»Habe ich das?« Er musterte die rundliche Frau, deren Namensschild verriet, dass sie mit Vornamen Heike hieß.

»Ich habe nicht gelauscht, sondern wurde zufällig Zeuge ihres Gespräches«, rechtfertigte die junge Frau sich.

»Das habe ich auch nicht behauptet. Was kann ich für Sie tun?«

»Also, ich weiß nicht, ob das wichtig ist.« Mit geröteten Wangen stand sie vor ihm und wirkte plötzlich verunsichert.

»Das kann ich nicht beurteilen, solange Sie mir nicht sagen, worum es geht«, entgegnete Nick in aller Ruhe.

»Na ja, da gibt es so eine Geschichte, die unter Umständen von Bedeutung sein könnte. Ich möchte deshalb aber keinen Ärger bekommen, verstehen Sie?«

»Was ist das für eine Geschichte, Frau …?«, begann Nick, dem der Sinn nicht im Entferntesten nach Tratsch und Klatsch aus dem Krankenhausalltag stand.

»Mommsen, mein Name ist Heike Mommsen«, erklärte sie pflichtbewusst und deutete auf das Namensschildchen an ihrer Dienstkleidung.

»Frau Mommsen, ich möchte nicht unhöflich erscheinen, aber wenn Sie lieber keine Aussage machen möchten, stehlen Sie mir offen gesagt Zeit.«

Das Rot ihrer Wangen verstärkte sich schlagartig, und sie blickte kurz zu Boden, bevor sie erneut ansetzte. »Das war folgendermaßen: Bente, also Frau Johannsen, war eine hervorragende Ärztin, ab und zu vielleicht ein bisschen chaotisch, aber medizinisch hatte sie es echt drauf.« Nick hörte aufmerksam zu und hoffte, Frau Mommsen käme bald zum entscheidenden Punkt. »Sie hätte beruflich noch ungeheuer viel erreichen können.«

»Worauf wollen Sie hinaus?«, bat Nick um eine nähere Erklärung. Wenn er eines hasste, dann vage Brocken hingeworfen zu bekommen, aus denen er seine eigenen Schlüsse ziehen sollte.

»Bente hatte sich um eine andere Stelle beworben, aber sie wurde abgelehnt.« Erneut zögerte sie zunächst, jedoch in Anbetracht Nicks mahnenden Blickes, sprach sie schnell weiter. »Bei uns auf der Chirurgie war eine offene Stelle zu besetzen, auf die sich Bente beworben hat. Allerdings wurde ein anderer Kollege vorgezogen, obwohl sie meiner Ansicht nach die weitaus besseren Qualifikationen besaß. Dieser Ansicht waren übrigens mehrere Personen im Kollegium und von der getroffenen Wahl ziemlich überrascht. Wenn Sie mich fragen, war die Entscheidung reine Willkür, eine persönliche Retourkutsche«, verkündete sie mit voller Überzeugung.

»Warum denken Sie, es könne nicht mit rechten Dingen zugegangen sein? Wer hat die Entscheidung getroffen?«

»Bente war sehr hübsch, müssen Sie wissen. Die Männer haben sich regelmäßig nach ihr umgesehen«, betonte sie und sah Nick ins Gesicht. »Der Arzt, der sie abgelehnt hat, hat ebenfalls versucht, bei ihr zu landen, wenn ich das salopp formulieren darf. Er soll sogar zudringlich geworden sein, das habe ich jedenfalls gehört. Daraufhin soll sie gedroht haben, ihn anzuzeigen. Das hätte ihn seine Karriere gekostet«, erklärte sie schnippisch.

»Wer war der Arzt?«, fragte Nick sogleich.

Die Krankenschwester sah nach links und rechts, als wolle sie sich vergewissern, dass sie niemand hörte, und sagte dann: »Doktor Frank Gustafson.«

Als Nick den Namen hörte, stockte ihm für einen Augenblick der Atem. Gleichzeitig war er bemüht, sich sein Erstaunen nicht anmerken zu lassen.

»Vielen Dank, Frau Mommsen. Würden Sie Ihre Aussage vor Gericht wiederholen?« Die junge Frau sah ihn überrascht an, nickte aber zustimmend.

»Okay.« Dann verabschiedete er sich und stieg in seinen Wagen. Die Erkenntnis, dass Doktor Frank Gustafson, der Freund seiner Schwester Jill, somit in den Fokus der Ermittlungen rückte, möglicherweise als Täter infrage kam, musste Nick erst mal sacken lassen.

Der Vormittag war wie im Flug vergangen. Nachdem Tina gegangen war, stellte ich eine Waschmaschine an, bevor ich mich erneut an meinen Schreibtisch setzte. Eine Dreiviertelstunde verblieb mir, bis ich mich auf den Weg zum Kindergarten machen musste. Ich verstaute alle Originale meiner Unterlagen für die Steuererklärung in einem großen braunen Umschlag und klebte ihn zu. Die Kopien legte ich ordnungsgemäß in einem Ordner ab. Pepper lag zusammengerollt unter meinem Schreibtisch und schnarchte leise vor sich hin. Seine Augenlider und Lefzen zuckten dabei heftig im Schlaf. Sobald ich mich erhob, öffnete er die Augen und folgte mir nach unten. Er verfügte nicht nur über ein ausgesprochen gutes Gehör, er besaß darüber hinaus eine Art innere Uhr, die ihm zu signalisieren schien, wann Fütterungszeit war. Pepper stand erwartungsvoll vor mir und sah aus seinen treuen Augen zu mir auf.

»Ich weiß, was du mir sagen willst.« Mit einem Schmunzeln streichelte ich ihm über den Kopf. »Komm!«

Dicht gefolgt von unserem Pelzträger marschierte ich in die Küche und holte eine Dose Hundefutter aus der Vorratskammer. Kaum berührte der Futternapf den Boden, hing er sogleich mit seiner Schnauze darin und ließ es sich schmatzend schmecken.

»Langsam, Pepper, dir wird schlecht, wenn du so schlingst!«, mahnte ich, obwohl ich wusste, dass es zwecklos war. Kopfschüttelnd machte ich mich daran, die Spülmaschine auszuräumen, als das Telefon klingelte.

»Wie schön, dass ich dich erwische!« Die Stimme am Ende der Leitung gehörte meiner Mutter.

»Mama! Alles in Ordnung bei euch?«

»Die Frage sollte ich wohl eher dir stellen«, entgegnete meine Mutter vorwurfsvoll.

»Warum?«

»Aus den Medien habe ich erfahren, dass gestern eine Frau gewaltsam ums Leben gekommen ist. Quasi bei euch um die Ecke! Da fragst du noch? In diesem Fall dürfen dein Vater und ich uns durchaus berechtigte Sorgen machen. Oder siehst du das anders?«

Wenn meine Mutter wüsste, dass ich die Tote gefunden hatte, würde sie umgehend ihre Sachen packen und vor unserer Tür stehen. In diesem Wissen entschied ich, ihr nicht mehr zu erzählen, als sie aus der Zeitung kannte.

»Ich kann deine Bedenken verstehen, Mama, aber ihr braucht euch um uns wirklich keine Sorgen zu machen.

Die Polizei steht zwar erst am Anfang der Ermittlungen, dennoch bin ich überzeugt, sie werden den Täter bald finden«, versicherte ich mit all meiner Überzeugungskraft.

Im Hintergrund erklang die Stimme meines Vaters, ich verstand jedoch nicht, was er sagte.

»Nein, Volker, das hat bis später Zeit«, hörte ich meine Mutter antworten, die offenbar mit ihm sprach. Dann war ich wieder an der Reihe. »Kind, ich muss Schluss machen, wir haben eine Menge zu organisieren.«

»Oh, das klingt gewaltig«, scherzte ich. »Verrätst du mir, was ihr organisieren müsst? Plant ihr ein Straßenfest? Wäre ein bisschen zu früh für die Jahreszeit.«

»Später, Anna, später«, entgegnete meine Mutter forsch und ließ meine eigentliche Frage unbeantwortet. »Ich muss Schluss machen. Wir hören bald voneinander! Tschüss!«

Mit einem nachdenklichen Stirnrunzeln legte ich das Telefon beiseite und machte mich daran, das restliche Geschirr in den Schränken zu verstauen. Währenddessen überlegte ich, welches Geheimnis meine Mutter zu hüten schien, von dem sie mir vorerst partout nichts erzählen mochte. Sie hatte aufgekratzt geklungen, was vermuten ließ, dass sie etwas im Schilde führte.

KAPITEL 13

Nachdem Geeske Brodsen einige Besorgungen getätigt hatte, war sie zurück nach Morsum gefahren. Jetzt stand sie am Herd und rührte gedankenverloren in einem Topf, aus dem ein deftiger Geruch aus Gemüse und Speck emporstieg. Erschrocken drehte sie sich mit dem Kochlöffel in der Hand um, als Friederike mit geöffneter Jacke und dicken Winterstiefeln in die Küche gestürmt kam. Die getigerte Katze, die eben noch um ihre Beine gestrichen war, flüchtete blitzartig nach draußen. Geeske sah ihre Schwiegertochter, deren Haar ungekämmt wirkte, erschrocken an. Schwarze Schatten aus verlaufener Wimperntusche hatten sich unter ihren Augen ausgebreitet, was darauf schließen ließ, dass sie vor Kurzem geweint haben musste.

»Bente ist tot! Er hat sie umgebracht!«, schluchzte sie und durchsuchte die Küchenschublade nach einem Päckchen Taschentücher.

»Bente ist tot? Rieke, was ist passiert?«, erkundigte sich die alte Frau und legte den Kochlöffel in die Spüle.

»Sie wurde eiskalt ermordet, und du weißt ebenso gut wie ich, dass er es war«, fügte die junge Frau aufgebracht hinzu und kämpfte erneut gegen die aufsteigenden Tränen.

»Jetzt zieh erst mal die Jacke aus und setz dich!«, forderte Geeske ihre Schwiegertochter auf, die sich kraftlos auf die Eckbank fallen ließ.

»So, Rieke, trink einen Schluck, und dann erzähl in

aller Ruhe, was los ist!« Geeske Brodsen reichte ihr ein Glas Wasser.

»Man hat sie gestern bei der Morsumer Biike mit durchgeschnittener Kehle gefunden. Im Rettungswagen.« Sie griff nach dem Glas, stürzte den Inhalt in einem Zug hinunter und wischte sich anschließend mit dem Handrücken über den Mund. »Ich weiß, wer dafür verantwortlich ist. Er hatte nicht nur die Möglichkeit, sondern ist dazu auch in der Lage«, verkündete sie entschlossen und starrte auf das leere Glas vor sich, als wolle sie es hypnotisieren.

»Rieke, das darfst du nicht einmal denken!«

Die Angesprochene hob den Kopf und sah ihrer Schwiegermutter mit hasserfülltem Blick ins Gesicht. »Siehst du, du denkst also dasselbe wie ich.« Ein beinahe triumphierender Ausdruck umspielte ihre Mundwinkel.

»Nein, und das weißt du genau«, hielt Geeske entschieden dagegen und erhob sich abrupt von ihrem Stuhl. Sie stellte sich ans Fenster und sah hinaus in die triste Winterlandschaft.

»Weiß ich das?« Ein spöttisches Lachen entsprang Friederikes Kehle. »Du weißt sehr genau, dass nur einer für die Tat infrage kommt. Es ist an der Zeit, dass du der Wahrheit endlich ins Auge siehst, Geeske.« Mit diesen Worten, die schneidend wie der Februarwind waren, griff sie nach ihrer Jacke und rauschte davon.

Geeske zog die Strickjacke enger um den Körper und blieb eine Weile vor dem Fenster stehen. Ihr Blick wanderte zum Deich hinüber, auf dem sich in den Sommermonaten Hunderte von Schafen tummelten. Der Himmel darüber erschien in einem einheitlichen Grau, aus dem zusehends mehr Schneeflocken fielen und spielerisch umherwirbelten, als folgten sie einer stillen Melodie, bevor sie lautlos auf den Dächern, Feldern und kargen Sträuchern ihren endgültigen Platz fanden. Die Worte ihrer Schwiegertochter hallten lange in ihrem Kopf nach und ließen sie innerlich frösteln. Hatte Friederike recht? Weigerte sie sich aus Liebe zu ihrem Sohn, der Wahrheit ins Auge zu sehen? Eine Stimme dicht hinter ihr riss sie aus ihren Gedanken. Überrascht fuhr sie herum. »Sönke, ich habe dich nicht kommen hören.«

»Ich wollte dich unter keinen Umständen erschrecken, Mutter, aber die Haustür stand weit offen.«

»Schon gut, mein Junge. Rieke muss in der Aufregung vergessen haben, sie zu schließen. Es ist etwas Schreckliches geschehen.«

»Ich habe es gehört, ich bin Friederike auf dem Weg hierher begegnet.« Für einige Sekunden herrschte bedrückende Stille. »Sie ist der festen Überzeugung, ich hätte sie umgebracht.« Er blieb im Türrahmen stehen, ohne Anstalten zu machen, näher zu kommen.

»Bente war Friederikes beste Freundin, da ist es verständlich, dass sie vollkommen durcheinander ist. Du darfst ihre Äußerung nicht persönlich nehmen, sie weiß in ihrer Trauer nicht, was sie sagt.« Er erwiderte darauf nichts. »Ach, Junge«, seufzte sie, als würde sich die ohnehin tonnenschwere Last auf ihren Schultern um ein Vielfaches verstärken.

»Sie ist nicht die Einzige, die mich mit Bentes Tod in Verbindung bringt. Nachdem was damals geschehen ist, liegt die Vermutung sehr nah. Aus Riekes Sicht kann ich ihr Verhalten sogar verstehen.«

Seine Mutter sah ihn mit trauriger Miene an. Sie öffnete den Mund, brachte jedoch keine Silbe hervor, als wäre sie der Worte in all der Zeit überdrüssig geworden.

KAPITEL 14

Staatsanwalt Matthias Achtermann hatte es sich auf einem der Besucherstühle bequem gemacht, nachdem er das Büro verwaist vorgefunden hatte. Gelangweilt wischte er zum wiederholten Male über das Display seines Handys, um den Eingang möglicher E-Mails zu überprüfen, als die Tür aufschwang und Nick hereinkam.

»Einen wunderschönen guten Morgen, Herr Scarren!«, strahlte der Staatsanwalt dem erstaunten Nick entgegen. »Ich hoffe, Sie sehen es mir nach, dass ich während Ihrer Abwesenheit in Ihrem Büro Quartier bezogen habe.« Er genoss die Überraschung im Gesicht seines Gegenübers in vollen Zügen. »Sicher wundern Sie sich über mein unangekündigtes Erscheinen.«

»Ein bisschen.«

»Ich habe etwas privater Natur auf der Insel zu erledigen und dachte, dass ich dies nutze, um auf diese Weise auf dem neuesten Stand der Ermittlungen zu bleiben. Die Bahn war heute überaus pünktlich, daher habe ich beschlossen, zunächst einen Abstecher zu Ihnen zu machen, bevor ich ins Hotel gehe. Es liegt praktisch auf dem Weg«, verkündete er und rückte die Bügelfalte seiner Anzughose zurecht. »Liegen derweil erste Erkenntnisse im Fall Bente Johannsen vor? Hat sich Doktor Luhrmaier gemeldet?«

Wie gehabt, war der Staatsanwalt von Kopf bis Fuß entsprechend des neuesten Trends gekleidet. Die Farbe seiner Krawatte harmonierte perfekt mit seinem Schal, den er lässig um den Hals trug. Sein Mantel aus feinem Wollstoff ruhte fein säuberlich zusammengefaltet neben seiner Aktentasche aus hellbraunem Leder in Krokooptik über der Stuhllehne neben ihm. Das Ganze wirkte wie ein perfekt arrangiertes Stillleben in einem Hochglanzmodemagazin. Achtermanns Ruf, er würde nichts dem Zufall überlassen, angefangen bei seiner Kleidung bis hin zu der Wahl seiner Freunde, eilte ihm weit über die Grenzen Kiels voraus.

»Vor heute Nachmittag rechne ich nicht mit einem Obduktionsergebnis, selbst das ist eher eine unwahrscheinliche Prognose«, erklärte Nick in ruhigem und sachlichem Ton, während er sich an der Kaffeemaschine zu schaffen machte.

»Sie haben selbstverständlich recht, diese Tatsache war mir kurzzeitig entfallen. Wie dumm von mir.« Er wedelte die Äußerung mit der Hand beiseite, als wolle er ein lästiges Insekt verscheuchen. »Sind Sie eigentlich mit dem neuen Kaffeevollautomaten zufrieden?«, wechselte Achtermann nicht völlig uneigennützig das Thema.

»Ja, vielen Dank«, bestätigte Nick wunschgemäß.

Das moderne Hightechgerät war ein Geschenk des Staatsanwaltes gewesen, als er im vergangenen Jahr dem Polizeirevier einen Besuch abstattete und die dort in die Jahre gekommene Kaffeemaschine entdeckt und als potenzielle Gefahrenquelle eingestuft hatte. Uwe war bis heute der Ansicht, Achtermann wäre es nicht um ihre Sicherheit gegangen, sondern erwartete ewige Dankbarkeit verbunden mit dem einen oder anderen Gefallen. »Gibt es sonst irgendwelche Hinweise auf den oder die Täter? Was haben die Zeugenaussagen ergeben?«, erkundigte sich der Staatsanwalt ungeduldig und rieb sich die schlanken Hände.

Nick nahm in aller Ruhe seine Tasse und setzte sich an seinen Schreibtisch, bevor er auf die Fragen einging. Er wunderte sich über das Auftauchen des Staatsanwaltes, der für gewöhnlich alles daransetzte, sämtliche Angelegenheiten möglichst per Telefon zu erledigen oder einen Stellvertreter zu schicken. Er kam einzig und allein auf die Insel, wenn es unausweichlich war. Was konnte seinen plötzlichen Sinneswandel ausgelöst haben?

»Nein, bislang haben wir keinen konkreten Verdacht. Das Gespräch mit der Mutter der Toten hat keine nennenswerten Ansatzpunkte ergeben. Das erwähnte ich bereits in unserem Telefonat heute Morgen. Momentan klopfen wir das nähere Umfeld des Opfers ab. Am unmittelbaren Tatort hielten sich drei Jugendliche auf, deren Personalien und Aussagen wir aufgenommen haben. Die Kollegen der Spurensicherung sind augenblicklich dabei, alle Spuren auszuwerten. Mehr kann ich Ihnen leider zum jetzigen Stand der Ermittlungen nicht sagen. Sobald sich Hinweise auf den möglichen Täter ergeben, informiere ich Sie umgehend«, betonte Nick und hoffte, den Wissensdurst des Staatsanwaltes vorerst gestillt zu haben. Doch prompt wurde er eines Besseren belehrt.

»Daran zweifle ich keine Sekunde. Wie wurde die Tote eigentlich entdeckt?« Staatsanwalt Achtermann hatte ein Bein über das andere geschlagen, sodass der Blick auf himbeerfarbene Socken mit grauen Streifen frei wurde. Nick konnte ein Stirnrunzeln nicht verhindern, das sein Gesprächspartner allerdings nicht bemerkte, da er einen prüfenden Blick auf seine Fingernägel richtete.

»Meine Frau hat die Tote gefunden, als sie sich medizinische Hilfe holen wollte«, räumte Nick ein.

»Ihre Frau?«, wiederholte er erstaunt. »Wenn mich meine Erinnerung nicht täuscht, ist das nicht das erste Mal, dass Ihre Frau an einem Leichenfund beteiligt ist. Man könnte annehmen, sie verfügt über besondere Fähigkeiten«, bemerkte der Staatsanwalt.

Nick zuckte lediglich die Achseln. »Ich würde eher von Zufall sprechen.«

»Sicher. Ich glaube selbstverständlich nicht an irgendwelchen übersinnlichen Mumpitz«, setzte Achtermann schnell nach und vollführte eine abwertende Handbewegung.

Dann schlug er unvermittelt mit der flachen Hand auf die Tischplatte, was Nick regelrecht zusammenzucken ließ, und erhob sich von seinem Platz.

»So, ich werde mich nun auf den Weg in mein Hotel begeben.« Er streckte den Rücken durch und warf anschließend rasch einen kritischen Blick auf seine Armbanduhr. »Mittlerweile dürfte mein Zimmer bezugsfertig sein. Im Anschluss werde ich mir einen kleinen Imbiss gönnen. Normalerweise würde ich Sie gern bitten, mir

Gesellschaft zu leisten, aber ich habe diverse Telefonate zu führen«, erklärte Staatsanwalt Achtermann mit entschuldigender Miene. »Sie können mich jedoch jederzeit auf meinem Handy erreichen, sollten sich im vorliegenden Fall Neuigkeiten ergeben«, bekräftigte er mit ausholender Geste. Nun zog er den Mantel an, wickelte sich den Schal fester um den Hals und griff nach seiner Tasche. Als er die Hand nach der Türklinke ausstreckte, hielt er plötzlich mitten in der Bewegung inne, drehte sich zu Nick um und machte ein paar Schritte in seine Richtung.

»Irgendetwas wollte ich noch von Ihnen«, begann er und tippte sich nachdenklich mit dem Zeigefinger gegen die Lippen. »Ach, jetzt fällt es mir ein. Letzte Woche bin ich Generalstaatsanwalt Skjellberg zufällig über den Weg gelaufen. Er hat mich gebeten, Ihnen und Ihrem Kollegen Wilmsen seine herzlichen Grüße auszurichten. Und selbstverständlich auch Ihrer Frau, Herr Scarren.«

»Danke, ich werde sie weiterleiten«, betonte Nick, der insgeheim hoffte, der Staatsanwalt würde nun gehen, damit er endlich in Ruhe seiner Arbeit nachgehen konnte.

»Gut.« Achtermann drehte sich zur Tür, um sich gleich darauf erneut zu Nick umzudrehen. »Wo ist eigentlich der Kollege?« Er deutete auf Uwes verwaisten Platz.

»Herr Wilmsen?«

»Ja. Genehmigt er sich etwa ein zweites Frühstück?« Er zwinkerte Nick verschwörerisch zu.

»Nein, Herr Wilmsen ist im Krankenhaus. Er wurde vor wenigen Stunden operiert.«

Die Miene des Staatsanwalts wurde schlagartig ernst. »Oh, das tut mir leid zu hören. Aber warum erfahre ich das nebenbei? Ist es sehr schlimm?«

»Ein Bandscheibenvorfall«, klärte Nick ihn knapp auf.

»Wie unschön, das kann äußerst unangenehm sein.« Sein gequälter Gesichtsausdruck ließ vermuten, er habe in der Vergangenheit auf diesem Gebiet eigene, schmerzhafte Erfahrungen machen müssen. »Wie geht es ihm?«

»Ich konnte bislang leider nicht persönlich mit ihm sprechen. Die Operation soll er nach Aussage seiner Frau gut überstanden haben.«

»Bitte richten Sie ihm meine Genesungswünsche aus, wenn Sie ihn sprechen sollten.« Er machte eine kurze Pause, als müsse er angestrengt nachdenken. Auf Nick wirkte er an diesem Vormittag ungewöhnlich zerstreut, als wäre er gedanklich nicht immer bei der Sache. »Da der Kollege sicherlich einige Zeit ausfallen wird, werde ich mich um einen Ersatz für ihn bemühen. Sie wissen, ich verfüge über diverse Kontakte.« Für diese Äußerung erntete er einen gleichermaßen überraschten wie irritierten Blick, was ihn zu einer weiterführenden Erklärung veranlasste. »Ich weiß, dass es nicht zu meinen Befugnissen zählt, mich um Personalangelegenheiten zu kümmern. Dennoch sehe ich in diesem besonderen Fall dringenden Handlungsbedarf, schließlich handelt es sich um ein schweres Gewaltverbrechen, das schnellstmöglich aufgeklärt werden muss.«

»Diesbezüglich stimme ich Ihnen zu, Herr Achtermann, aber unsere Vorgesetzten wissen Bescheid und werden sich um eine Vertretung kümmern«, versuchte Nick, die Bedenken des Staatsanwaltes zu zerstreuen.

»Trotz allem kann es nicht schaden, wenn ich meine Beziehungen in diese Richtung spielen lasse und für adäquate Unterstützung sorge. Das dürfte sicherlich auch in Ihrem Sinne sein.« Ohne Nicks Antwort abzuwarten, verabschiedete er sich und verließ das Westerländer Polizeirevier in Richtung Innenstadt. Vor der Tür schlug ihm der kalte, böige Wind entgegen, der ihn um Haaresbreite seiner edlen Kopfbedeckung beraubt hätte.

Im Supermarkt herrschte um die Mittagszeit gähnende Leere, was zur Folge hatte, dass ich mit meinen Besorgungen schneller fertig war als erwartet. Ich legte meine Einkäufe auf das Band, als ich am gegenüberliegenden Bäckerstand in der Warteschlange einen großen Mann entdeckte, den ich sofort als unseren Freund Doktor Gustafson identifizierte. Er hatte den Blick konzentriert auf sein Handy gerichtet.

»Hallo, Frank! Schön, dich zu sehen«, sprach ich ihn an, als ich ihn mit meinem Einkaufswagen erreicht hatte.

»Anna!«, erwiderte er erfreut und ließ sein Handy in der Jackentasche verschwinden. Dann gab er mir einen flüchtigen Kuss auf die Wange.

»Wie geht es dir? Wir haben uns eine Ewigkeit nicht gesehen.« Obwohl er ohnehin von schlanker Statur war, erschien er mir heute eine Spur schmaler als sonst.

»Momentan habe ich wahnsinnig viel zu tun in der Klinik.« Er massierte verlegen sein linkes Ohr. »Wie geht es dir? Alles klar zu Hause und im Betrieb? Du bist nominiert worden, ist mir zu Ohren gekommen?«

»Woher weißt du das?«

»Wenn es um dich geht, weiß ich alles«, erwiderte er grinsend.

»Flirtest du etwa mit mir, du alter Charmeur?« Ich boxte ihn spielerisch gegen den Oberarm. »Es geht uns gut, ich kann mich wirklich nicht beklagen.«

»Das freut mich. Ehrlich.« Er betrachtete mich mit einem Blick, den ich nicht zu deuten vermochte.

»Wir haben dich beim Biikebrennen in Morsum vermisst. Warst du dieses Jahr bei einem der anderen Feuer auf der Insel?«

»Nein, ich musste für einen Kollegen einspringen und habe lange gearbeitet. Danach war ich zu müde«, startete er eine Erklärung, die nicht der Wahrheit entsprach, dafür kannte ich ihn mittlerweile zu gut. Er brillierte als Arzt – und Frauenschwarm –, aber als Schauspieler gab er eher eine miserable Figur ab.

»Schade«, gab ich mit einem Schulterzucken zurück und musste wohl oder übel akzeptieren, dass Frank offenkundig nicht bereit war, mehr über die wahren Hintergründe seines Nichterscheinens preiszugeben. Ich widerstand dem Impuls und fragte nicht weiter nach.

Schweigend gingen wir ein Stück nebeneinander her zum Parkplatz. Als sich schließlich unsere Wege trennten und ich mich von ihm verabschieden wollte, hielt mich Frank plötzlich am Arm zurück.

»Anna, kann ich dich …«, setzte er an, und ich meinte, einen Hauch Verzweiflung in seinem Blick zu erkennen.

»Ja, Frank?« Ich wartete darauf, dass er seinen Satz beendete. Erst jetzt im Tageslicht fielen mir die dunklen Schatten auf, die unter seinen Augen lagen, und ich wurde stutzig.

»Ich wollte dich fragen …« Erneut brach er mitten im Satz ab und fuhr sich nervös mit der Hand über das Gesicht.

»Frank, was ist los mit dir? Geht es um Jill? Kann ich dir irgendwie helfen?«, hörte ich mich sagen, während sich die möglichen Gründe für Franks merkwürdiges Verhalten in meinem Kopf stapelten.

»Nicht so wichtig. Ich wollte nur sagen, dass ich mich gefreut habe, dich wiederzusehen. Jetzt muss ich dringend los.« Er setzte ein gezwungenes Lächeln auf und ließ mich stehen.

Verdutzt blickte ich ihm nach, wie er mit großen Schritten seinem dunklen Porsche entgegeneilte, einstieg und losfuhr, als wäre der Teufel hinter ihm her. Im Eifer des Gefechts hätte er um Haaresbreite eine Passantin angefahren, die sich nur mit einem Satz zur Seite in Sicherheit bringen konnte. Gleichermaßen erschrocken wie verärgert, rief sie ihm eine regelrechte Schimpfsalve hinterher. Derart rücksichtslos hatte ich Frank bislang nicht kennengelernt. Was war bloß in ihn gefahren? Machte ihm die räumliche Trennung seiner Freundin Jill, die sich derzeit auf einer Eismeerexpedition befand, derart zu schaffen, oder steckte ein anderer Grund hinter seinem sonderbaren Verhalten? Während ich die Einkäufe in den Kofferraum lud, fasste ich den Entschluss, ihn in den nächsten Tagen anzurufen, um der Sache auf den Grund zu gehen.

Nachdem der Staatsanwalt gegangen war, machte sich Nick an die Arbeit, alle Fakten, die im Fall Bente Johannsen zum jetzigen Zeitpunkt vorlagen, zu analysieren und die nächsten Schritte einzuleiten. Zunächst musste er unbedingt mit Frank sprechen und den Andeutungen der Krankenschwester Heike Mommsen auf den Grund gehen. Da Uwe für die nächsten Wochen außer Gefecht gesetzt war, würde er den Kollegen Oliver Mirske bitten, ihn verstärkt zu unterstützen, solange kein geeigneter Ersatz für Uwe gefunden war. Oliver sowie der Kollege Ansgar Kreutzer waren bereits in der Vergangenheit mehrere Mal bei den Ermittlungen unterstützend tätig gewesen. Nick hatte gerade das Büro verlassen, als auf dem Weg zu dem Kollegen sein Handy klingelte.

»Das ging aber schnell, Herr Doktor«, bemerkte Nick und lief geschmeidig die Treppe ins Erdgeschoss hinunter.

»Guten Tag erst einmal, so viel Zeit muss sein, Herr Scarren«, rügte der Rechtsmediziner den Beamten, was Nick mit einem Augenrollen zur Kenntnis nahm. Er hatte auf einem Treppenabsatz einen Zwischenstopp eingelegt, um Luhrmaiers Ausführungen besser folgen zu können.

»Es kommt sicherlich nicht überraschend für Sie, wenn ich Ihnen mitteile, dass der Tod durch Fremdverschulden herbeigeführt wurde. Ich wollte dies der Ordnung halber wenigstens erwähnt haben«, fuhr er in seiner komplizierten, aber für ihn typischen Art fort.

»Okay, davon war auf den ersten Blick auszugehen«, bestätigte Nick kurz angebunden.

»Folglich kann ein Suizid definitiv ausgeschlossen werden. Anhand der Art der vorliegenden Verletzung ist ein offensichtlicher Tötungswille unverkennbar«, führte der Mediziner weiter aus.

»Dachte ich mir, wer schneidet sich schon selbst die Kehle durch«, erwiderte Nick mehr zu sich selbst als an seinen Gesprächspartner gerichtet.

»Das ist eine weit verbreitete Annahme, Herr Scarren. Tatsächlich kommt diese Methode bei Suiziden öfter vor, als fälschlicherweise angenommen wird«, wurde Nick umgehend von Doktor Luhrmaier berichtigt.

»Was Sie nicht sagen«, murmelte Nick und vergrub seine Hand in der Hosentasche, wo er auf etwas stieß, was sich nach Papier anfühlte. Gleich darauf zog er einen Zehneuroschein hervor. Davon würde er sich gleich eine Kleinigkeit zu essen kaufen, überlegte er.

»Herr Scarren! Hören Sie mir überhaupt zu?«

»Selbstverständlich. Ich war gerade etwas abgelenkt«, räumte Nick wahrheitsgemäß ein.

Am anderen Ende der Leitung konnte man hören, wie Doktor Luhrmaier tief Luft holte, um mit seinen Ausführungen fortzufahren.

»Das Opfer wurde mit einem einzigen Schnitt durch die Kehle getötet, und zwar mit einer extrem scharfen Klinge. Die Wundränder verlaufen glatt, und der Schnitt ist länger als tief.«

»Was vermuten Sie in Bezug auf die Tatwaffe?« Nick hatte sich zwischenzeitlich ein Stockwerk tiefer in einer Nähe des Getränkeautomaten auf einem Stuhl niedergelassen, wo er ungestörter telefonieren konnte.

»Meines Erachtens handelt es sich um ein Messer mit einer extrem scharfen Klinge, vermutlich ein Filiermesser.«

»Filetiermesser meinen Sie wahrscheinlich«, rutschte es Nick ohne zu überlegen heraus.

»Nein. Ich meine es genauso, wie ich es gesagt habe. Filiermesser ist eine weitere Bezeichnung für diese Gattung Messer. Sie verfügen meist über eine spitz zulaufende, äußerst scharfe Klinge, wie man sie vorzugsweise für das Filetieren von Fisch verwendet. Üblich ist eine Klingenlänge von ungefähr 20 Zentimetern«, ließ es sich der Rechtsmediziner nicht nehmen, seinem Gesprächspartner die Details genauestens zu erläutern.

»Danke für die Info. Haben Sie Abwehrspuren finden können, die darauf schließen lassen, dass sich das Opfer vor seinem Tod in irgendeiner Art und Weise gewehrt hat? Wurde sie möglicherweise zuvor betäubt?«, wechselte Nick das Thema.

»Damit kann ich leider nicht dienen, Herr Scarren. Auch konnten keinerlei Anzeichen für eine Betäubung oder ähnliche Ruhigstellung festgestellt werden. Was ich hingegen mit Bestimmtheit sagen kann, ist, dass der Täter sein Opfer von hinten angegriffen hat.«

»Was macht Sie so sicher?«, hakte Nick vorsichtig nach, um den Mediziner nicht erneut zu reizen.

»Zum einen der Schnitt und zum anderen weist die Kopfhaut am Hinterkopf eindeutige Kratzspuren auf. Darüber hinaus wurden einzelne Haare regelrecht herausgerissen. Beides lässt den Schluss zu, dass der Angreifer sein Opfer mit einer Hand am Kopf gepackt und diesen nach hinten gerissen haben muss, um gleichzeitig mit der anderen Hand den Schnitt zu vollziehen. Dies würde auch die starke Überstreckung der Halswirbelsäule erklären. Im Übrigen handelt es sich bei dem Täter um einen Rechtshänder. Das möchte ich an dieser Stelle nicht unerwähnt lassen. Sämtliche Details finden Sie jedoch wie gehabt in meinem schriftlichen Bericht.«

»Keine weiteren Auffälligkeiten?«, wollte Nick wissen.

»Nein. Einige Laboruntersuchungen stehen noch aus, aber ich denke nicht, dass sie neue Erkenntnisse bringen werden, die uns in der Sache weiterbringen könnten.«

»Gut, haben Sie vielen Dank, Herr Doktor Luhrmaier.«

»Gern geschehen, Herr Scarren.«

»Ach, eine Frage hätte ich noch.«

»Bitte?«

»Haben Sie die Absicht, zurück nach Sylt zu kommen?«, fragte Nick und wunderte sich selbst über diese persönliche Frage.

Für einen Moment herrschte Schweigen in der Leitung, dann räusperte sich Luhrmaier künstlich. »Das steht bislang nicht fest. Warum interessiert Sie das?«

»Pure Neugierde. Entschuldigen Sie bitte, das geht mich im Grunde nichts an.«

»Wir sehen uns, so schnell werden Sie mich nicht los.«

Obwohl Nick sein Gegenüber nicht sehen konnte, war er überzeugt, ein leichtes Schmunzeln in Doktor Luhrmaiers Stimme erkannt zu haben.

KAPITEL 15

Am nächsten Tag machte ich mich auf den Weg zur Nordseeklinik, um Uwe einen Krankenbesuch abzustatten. Von Tina wusste ich, dass er mittlerweile in der Lage war, Besuch zu empfangen. Unterwegs besorgte ich einen kleinen Blumenstrauß und Schokolade, um nicht mit leeren Händen dazustehen. Als ich mit Christopher durch den Eingangsbereich kam, rief er plötzlich lauthals: »Daddy!« Dann rannte er, so schnell ihn seine kleinen Beine trugen, auf seinen Vater zu, der in die Knie ging und ihn mit offenen Armen empfang. Bei diesem Anblick meiner beiden Männer ging mir das Herz auf.

»Hallo, Nick! Warst du bei Uwe? Da wollen wir auch gerade hin.«

»Ja, ich habe kurz nach ihm gesehen, weil ich ohnehin hier zu tun habe.« Er bückte sich, um Christopher hochzuheben, der fordernd seine Arme nach ihm ausstreckte.

»Hoffentlich ist es ihm überhaupt recht, dass wir ohne Voranmeldung vorbeikommen. Wie geht es ihm denn?«

»Den Umständen entsprechend gut. Er hat sich eben in meinem Beisein über die mickrigen Essensportionen beschwert.«

»Dann scheint es ihm sogar sehr gut zu gehen, wenn er bereits ans Essen denkt.« Ich musste herzlich lachen.

»Hallo, Herr Kommissar!« Eine Krankenschwester näherte sich uns mit kurzen, schnellen Schritten. Die Gummisohlen ihrer Schuhe gaben bei jedem Schritt ein schmatzendes Geräusch von sich, woran sie sich vermutlich im Laufe der Zeit gewöhnt hatte. Mich würde dieser Ton verrückt machen, sodass ich mir längst anderes Schuhwerk zugelegt hätte. Sie dagegen schien dieser Umstand nicht zu beeindrucken. »Sind Sie der Polizist, der Doktor Gustafson sprechen möchte?«, wandte sie sich an Nick.

»Das ist richtig.«

»Gut. Wenn Sie mir bitte folgen wollen, ich bringe Sie zu ihm«, erklärte die Krankenschwester und nickte mir kurz zu.

»Erzähle ich dir später«, raunte Nick mir auf meinen fragenden Blick hin zu und setzte den protestierenden Christopher zurück auf den Boden, bevor er der Frau in Weiß folgte. Das Schmatzen ihrer Schuhe hörte ich noch, als sie längst um die nächste Ecke gebogen war.

»Hey, Nick, komm rein und setz dich!«

»Moin, Frank.«

»Was kann ich für dich tun? Du siehst aus, als wäre dein Besuch beruflicher Natur.« Er nahm hinter seinem Schreibtisch Platz.

»Ich fürchte ja«, gab Nick zurück.

»Es ist doch nichts mit Jill, oder?« Sein Gesichtsausdruck wirkte erschrocken.

»Nein, mit Jill hat das nichts zu tun. Es geht um eine andere Sache.«

»Da bin ich erleichtert. Du hast mir einen gehörigen Schreck eingejagt.« Er überschlug ein Bein über das andere, und seine Gesichtszüge entspannten sich merklich.

»Sicher hast du gehört, dass eine Mitarbeiterin des Krankenhauses gestern Abend ums Leben gekommen ist«, begann Nick.

»Ja, ich hörte davon. Furchtbar.«

»Kanntest du sie näher?«

Franks Haltung veränderte sich, und seine Augen verengten sich für einen Moment, bevor er auf die Frage einging. »Wie meinst du das?«

»So, wie ich es gesagt habe.«

»Natürlich kannte ich Bente, so riesig ist das Krankenhaus nicht, da läuft man sich des Öfteren über den Weg, ob man will oder nicht.«

»Das klingt, als wärt ihr nicht besonders gut aufeinander zu sprechen gewesen. Oder wie darf ich deine Aussage deuten?«

»Worauf willst du hinaus, Nick?«

»In welcher Beziehung standet ihr zueinander?«, wurde Nick konkreter.

»Beziehung? Sie war eine Kollegin, nicht mehr und nicht weniger«, kam postwendend die Antwort. Nick hatte das Gefühl, dass Frank die Angelegenheit unangenehm war. »Da bist du absolut sicher«, vergewisserte er sich daher.

Frank war aufgestanden und hatte sich vor das Fenster gestellt, das den Blick auf die darunterliegende Rasenfläche freigab. »Natürlich bin ich sicher. Was soll die Fragerei? Willst du andeuten, ich hätte etwas mit ihrem Tod zu tun?«

»Ich deute überhaupt nichts an, Frank. Ich weiß, dass Bente Johannsen sich vor einiger Zeit auf eine intern ausgeschriebene Stelle in der Klinik beworben, aber eine Absage erhalten hat – und zwar von dir. Waren dafür eventuell persönliche Gründe ausschlaggebend?«

»Ach so, daher weht der Wind! Die Mommsen hat dich auf die Fährte gelenkt, nehme ich an. Das hätte ich mir gleich denken können.« Frank stieß ein verächtliches Lachen aus. Er stand nunmehr mit dem Rücken zum Fenster und hatte sich mit beiden Händen auf der Fensterbank abgestützt. Nick sah ihn abwartend an, bis er erneut zu sprechen begann. »Ich habe mich aus rein fachlichen Gründen gegen Bentes Bewerbung entschieden. Jetzt komme mir bitte nicht mit diesem Geschlechterkram, aber ich habe die Stelle an einen männlichen Mitbewerber vergeben, weil er besser geeignet ist.«

»Tue ich nicht«, erwiderte Nick ruhig. »Wie hat sie die Absage aufgenommen?«

»Bente war zunächst stinksauer auf mich, obwohl ich ihr meine Beweggründe für die Entscheidung offen dargelegt habe. Irgendwann habe ich angenommen, hätte sie eingesehen, dass ich ihr mit meiner Entscheidung sogar einen Gefallen getan habe, und die Sache war abgehakt. Persönliche Befindlichkeiten spielen bei meinen Personalentscheidungen grundsätzlich keine Rolle, so gut solltest du mich inzwischen kennen.«

»Du hast ihr nicht die Beförderung verweigert, weil sie deinen Avancen nicht nachgekommen ist?«, fuhr Nick ungerührt fort in dem Bewusstsein, dass er sein Gegenüber damit an einem wunden Punkt traf.

Frank stutzte für einige Sekunden. »Die Mommsen, das kleine Miststück. Zwischen Bente und mir war nie etwas, auch wenn die Mommsen das Gegenteil behauptet hat. Ich weiß, dass sie mir eine Affäre mit Bente anhängt, doch das ist kompletter Schwachsinn. Bente hatte einen Freund, und ich bin mit deiner Schwester liiert, wie du weißt.« Frank gab sich keine Mühe, mit seinem Ärger hinter dem Berg zu halten.

»Hast du eine Erklärung dafür, warum die Mommsen dir schaden will? Frank, es ist ernst, es geht um Mord.«

Frank rieb sich mit den Händen über das Gesicht. »Klar war Bente enttäuscht und verärgert über die Absage. Doch wie ich eingangs sagte, hat sie meine Entscheidung nach einer Weile eingesehen und akzeptiert. Sie war relativ jung, vielleicht hätte ich in zwei oder drei Jahren eine andere Stelle mit ihr besetzt. Sie war oft zu chaotisch und manchmal mit den Gedanken nicht bei der Sache. Unter uns gesprochen würde ich sagen, sie war der Doppelbelastung als Alleinerziehende mit dem Job und zwei kleinen Kindern nicht immer gewachsen. Die Auswirkungen von Nachtschichten und Überstunden darf man nicht unterschätzen, selbst wenn man recht jung ist. Wenn du in unserem Job mit den Gedanken ständig woanders bist, kann das Leben kosten. Eine falsche Dosierung oder ein verkehrtes Medikament, und der Schaden ist irreversibel.«

»Sie war immerhin Notärztin. Da musste sie ebenso schnell und verantwortungsbewusst handeln. Ihr Chef Doktor Bremers hat sie mir gegenüber als außerordentlich engagiert und kompetent dargestellt. Er meinte, aus ihr wäre eine hervorragende Chirurgin geworden«, bemerkte Nick daraufhin.

»Sicher, ich zweifle nicht grundsätzlich an ihren Fähigkeiten. Ich stehe nach wie vor zu meiner Entscheidung, und das aus rein medizinischer Sicht«, machte er seinen Standpunkt klar. »Zu dem Kollegen Bremers möchte ich mich lieber nicht näher äußern. Er kann mich nicht ausstehen und versucht, mir bei jeder sich bietenden Gelegenheit einen reinzuwürgen.«

»Warum?«

»Nick, du kannst echt hartnäckig sein. Er mag mich nicht, weil ich nicht nur bedeutend besser aussehe als er, sondern darüber hinaus fachlich mehr draufhabe«, kehrte Frank für einen Moment zu seiner gewohnten Art zurück. Dann wurde er ernster und fuhr mit einem Achselzucken fort: »Im Ernst, ich nehme an, er ist scharf auf meinen Posten und lässt daher kein gutes Haar an mir. Ehrlich gesagt, ist es mir aber egal.«

»Und was hast du der Mommsen getan, weshalb sie nicht gut auf dich zu sprechen ist?«

Frank schwankte zwischen Verärgerung und Resignation. »Vor ein paar Monaten hat die Mommsen mir nach dem Nachtdienst regelrecht aufgelauert«, begann er.

»Aufgelauert?«, wiederholte Nick und musste schmunzeln.

»Ja, sie tauchte urplötzlich in meinem Büro auf. Ich habe sie nicht kommen hören und mich furchtbar erschrocken. Daran erinnere ich mich sehr genau, denn es war sehr spät an diesem Abend geworden, und ich war total erledigt. Der Tag war verdammt lang und hart gewesen. Bei einer Patientin kam es zu unerwarteten Komplikationen und sie wäre mir beinahe unter den Händen weggestorben.«

»Was wollte die Mommsen von dir an dem Abend?«

»Fragst du das wirklich?«

Nick zuckte ahnungslos die Schultern.

»Ihre Absichten waren eindeutig, oder wie würdest du das nennen, wenn eine Frau anfängt, sich vor dir auszuziehen.«

»Oh, das lässt allerdings wenig Spielraum für Interpretationen zu.« Nick war die Überraschung deutlich anzusehen. »Und dann?«

»Wie und dann? Sag mal, Nick, was denkst du von mir? Selbstverständlich habe ich sie aufgefordert, mein Büro auf der Stelle zu verlassen.«

»Was sie auch getan hat?«

»Natürlich. Sie hat mit hochrotem Gesicht hektisch ihre Sachen geschnappt und ist aus dem Büro gestürmt. Seitdem spricht sie kein Wort mehr mit mir, es sei denn, es ist zwingend erforderlich.«

»Verstehe«, brummte Nick nachdenklich. »Mir gegenüber hat sie angedeutet, du hättest dir bei der Johannsen einen Korb geholt und wolltest sie anschließend dafür bestrafen, indem du ihr die Stelle nicht gegeben hast.«

Frank stieß hörbar die Luft aus und hatte Mühe, nicht die Beherrschung zu verlieren. »Interessante Geschichte. Jetzt verstehe ich erst, warum du mich in der Mordsache Johannsen befragst. Glaubst du allen Ernstes, ich hätte die Johannsen umgebracht, weil ich nicht bei ihr landen konnte?« Er lachte freudlos auf.

»Sag du es mir, Frank.« Nick fixierte ihn.

»Nick, ich bitte dich! So gut müsstest du mich mittlerweile kennen.« Als Nick schwieg, fuhr er fort. »Die Anschuldigungen sind allesamt frei erfunden. Ich weiß, dass du mich nach wie vor für einen Weiberhelden hältst. Okay, ich gebe zu, dass ich früher nichts habe anbrennen lassen. Damals hat es mich gewurmt, dass du anstelle meiner Annas Herz erobert hast.« Er grinste, doch bevor Nick zu einer Antwort ansetzen konnte, sprach er weiter: »Lass mich bitte ausreden. Menschen ändern sich, und auch ich habe diesbezüglich in den letzten Jahren viel gelernt. Ich versichere dir, dass ich zu keiner Zeit an Bente Johannsen interessiert war. Seit ich mit Jill zusammen bin, interessieren mich andere Frauen ohnehin nicht mehr.«

»Okay, Frank. Mehr Fragen habe ich momentan nicht.«

»Gern. Die Sache ist wirklich traurig. Ich hoffe, ihr findet denjenigen bald, der ihr das angetan hat.«

»Das hoffen wir auch.«

»Auf die Erklärung der Mommsen bin ich sehr gespannt. Die kommt mir nicht ungeschoren davon. Gerüchte schön und gut, aber was sie sich da geleistet hat, geht eindeutig zu weit«, betonte Frank, während er Nick hinausbegleitete. »Ich lasse mir von einer zweitklassigen Krankenschwester nicht auf der Nase herumtanzen. Sie wurde bereits in einer anderen Angelegenheit abgemahnt.«

»Danke für deine Zeit. Ich muss zurück aufs Revier«, verabschiedete sich Nick und war dankbar, nicht in Heike Mommsens Haut stecken zu müssen.

Während der kurzen Rückfahrt ins Büro überlegte Nick, inwieweit er Franks Aussage Glauben schenken durfte. Einerseits war der Lebenspartner seiner Schwester stets aufrichtig gewesen, andererseits wusste Nick, dass Frank kein Kostverächter in Hinblick auf das weibliche Geschlecht war. Das hatte er vor wenigen Minuten selbst zugegeben. Nick brauchte sich nur in Erinnerung zu rufen, wie der Arzt damals Anna Avancen gemacht hatte und er selbst seine Chancen immer stärker dahinschwinden sah. Sagte Frank in Bezug auf Bente Johannsen die Wahrheit, oder handelte es sich lediglich um einen geschickten Schachzug? Hatte Frank die Episode mit Heike Mommsen in seinem Büro frei erfunden? Er würde ein weiteres Mal mit der Krankenschwester sprechen müssen.

Der Wind riss die Wolkendecke an einigen Stellen auf, sodass sich durch die Lücken ein paar Sonnenstrahlen schummeln konnten. Dies nahm ich zum Anlass, um mit Christopher und Pepper einen Nachmittagsspaziergang zu unternehmen, um die bestellten Medikamente, die ich für Ava und Carsten Carstensen aus der Apotheke abgeholt hatte, bei ihnen vorbeizubringen. Das alte Ehepaar wohnte ganz in unserer Nähe, und gelegentlich erledigte ich für die beiden einige Besorgungen in der Stadt, wenn ich dort zu tun hatte. Jetzt machten wir uns – dick eingepackt in Winterjacke, Mütze und Handschuhe – auf den Weg. Während Pepper mit der Schnauze dicht über dem Boden geschäftig vorneweg lief und überall intensiv schnüffeln musste, blieb unser kleiner Sohn alle paar Meter stehen und bückte sich nach den spärlichen Schneeresten rechts und links am Wegesrand, die er mir stolz präsentierte. Die Luft war herrlich klar. Als wir nach einer gefühlten Ewigkeit endlich das Haus der Carstensens erreicht hatten, sah ich vor dem Haus auf dem Grasstreifen einen alten Passat stehen. Entweder hatten sie Besuch, oder der Wagen gehörte jemandem, der ihn lediglich abgestellt hatte, um mit seinem Hund eine Runde durch die Morsumer Felder zu drehen.

»Wen haben wir denn da? Das ist ja eine nette Überraschung«, grüßte Ava fröhlich, als sie uns vor der Tür stehend erblickte.

»Moin, Ava! Wir wollten euch einen Besuch abstatten«, erwiderte ich.

»Na, dann kommt schnell rein ins Warme, bevor ihr draußen festfriert.«

Wir folgten ihr in die Wohnstube, wo ein gemütliches Feuer im Ofen knisterte. Avas Mann Carsten hatte gerade ein weiteres Holzscheit hineingelegt. Hinter der Scheibe fing es augenblicklich an, laut zu knacken, leuchtende kleine Funken wirbelten herum, während helle Flammen gierig an dem trockenen Scheit züngelten.

»Seht mal, wir haben Besuch«, wandte sich Ava ihrem Mann und einer Frau zu, die kerzengerade auf dem Sofa saß. Ihre Knie waren derart dicht gegeneinander gepresst, dass kein Blatt Papier dazwischen passte. Ich schätzte sie auf Anfang 70, ich konnte allerdings auch vollkommen daneben liegen, denn im Schätzen war ich nie besonders gut gewesen.

»Moin, Anna! Da ist ja auch mien Lütter! Deine Mama hat einen wahren Eskimo aus dir gemacht, was?« Carsten lachte und streckte die Arme nach Christopher aus, der ihm freudig entgegenlief. Pepper hatte sich einen Platz in der Diele gesucht, mit seinem dicken Winterfell war es ihm in der Nähe des Kaminofens viel zu warm.

»Ich weiß nicht, ob ihr euch kennt. Geeske, das ist Anna Scarren. Die Landschaftsarchitektin, der das Haus von Johannes von Waldenbach jetzt gehört. Du erinnerst dich sicher an ihn?« Die grauhaarige Frau nickte zustimmend. »Anna, das ist Geeske Brodsen, sie wohnt ebenfalls in Morsum, im Hooger Wai. Du bist sicher schon oft mit Pepper dort vorbeigekommen.«

»Schön, Sie kennenzulernen«, begrüßte ich die Frau und reichte ihr die Hand. Ihr Händedruck war fest, was ich in Anbetracht ihrer zarten Gestalt nicht vermutet hatte.

»Ich freue mich auch. Und wer ist der junge Mann?« Sie zwinkerte Christopher zu, der schüchtern hinter Carstens Bein hervorlugte.

»Das ist Christopher. Fremden gegenüber ist er anfangs ein bisschen scheu«, räumte ich ein.

»Das ist in dem Alter normal. Ich will euch nicht länger stören.« Sie legte sich ihren Schal um den Hals und erhob sich von ihrem Platz.

»Meinetwegen müssen Sie nicht aufbrechen, ich wollte nur schnell etwas vorbeibringen.« Ich reichte Ava die kleine Tüte aus der Apotheke.

»Danke, Anna, du bist ein wahrer Schatz.«

»Ich muss sowieso nach Hause. Vielen Dank für den Tee.« Mit diesen Worten verabschiedete sich Geeske Brodsen.

»Wie geht es euch?«, fragte ich Ava, während ihr Mann die Besucherin zur Tür begleitete.

»Danke, wir können nicht klagen«, gab sie zurück.

»Geht es Carsten besser?«

»Unkraut vergeht nicht, das weißt du doch, Anna«, erklang seine Stimme hinter mir.

»Er sollte ein weiteres Mal zum Arzt gehen, aber er weigert sich«, betonte Ava mit strenger Miene.

»Mir geht es gut, was soll ich da? Je öfter man zum Arzt geht, desto kränker wird man.«

»Da siehst du es, stur wie ein Esel. Dagegen bin ich machtlos.«

»Ich glaube, Männer gehen im Allgemeinen nicht gern zum Arzt«, bekräftigte ich mit einem Augenzwinkern in Carstens Richtung. Das Thema war mir nicht fremd, denn sowohl Nick als auch mein Vater, der deshalb regelmäßig mit meiner Mutter in Streit geriet, gehörten dieser Gruppe Mann an.

»Was sie nicht vor Krankheiten bewahrt. Willst du lieber wie Fiete enden?«, fragte Ava ihren Mann, der umgehend abwinkte und sich Christopher widmete.

»Wer ist Fiete?«, wollte ich wissen.

»Fiete Brodsen war Geeskes Mann. Vor Kurzem ist er verstorben«, berichtete Ava.

»Die Sache mit seinem Sohn hat ihn ins Grab gebracht, da hätte ihm kein Arzt der Welt helfen können«, erwiderte Carsten.

»Was war mit ihm?« Meine Neugierde war geweckt.

»Das ist eine lange Geschichte und traurig dazu«, begann Ava.

»Inwiefern traurig?«

»Manchmal ist es besser, die Vergangenheit ruhen zu lassen, Anna. Du solltest dich nicht mit den Problemen anderer Leute belasten, sondern den Blick nach vorne richten. Der kleine Kerl hier ist die Zukunft. Nicht wahr, Christopher?« Carsten wuschelte ihm durchs Haar, worauf er fröhlich zu lachen begann.

Ich sah zu Ava, die sich ebenfalls über die Äußerung ihres Mannes zu wundern schien, was ihre zusammengezogenen Augenbrauen verrieten.

»Im Grunde hat Carsten recht. Trotz allem finde ich Geschichten, die in meiner unmittelbaren Nachbarschaft passieren, ungemein interessant«, blieb ich beharrlich.

»Stimmt. Man kann seine Mitmenschen besser verstehen und weiß, was sie bewegt. Das hat überhaupt nichts mit Neugierde und Klatsch zu tun, falls du das annehmen solltest.« Ava schenkte ihrem Mann einen Seitenblick, der daraufhin belustigend den Mund verzog.

Ich sah auf meine Uhr und erschrak. »Was? So spät schon? Jetzt müssen wir uns aber sputen, wenn wir vor Einbruch der Dunkelheit nach Hause kommen wollen.«

»Ich kann euch fahren«, bot Carsten an.

»Das ist lieb von dir. Wir werden schneller gehen, dann schaffen wir das«, versicherte ich.

KAPITEL 16

»Frau Seiler?«

»Was gibt es, Svenja?« Ellen Seiler hob den Kopf und blickte zur Tür.

»Es ist gleich 17 Uhr, und ich wollte fragen, ob Sie mich noch brauchen? Ansonsten würde ich gern gehen«, erkundigte sich die Auszubildende.

»Mein letzter Mandant für heute hat eben abgesagt, Sie können gehen.«

»Supi! Sie sollten auch Feierabend machen. Morgen ist schließlich auch ein Tag.«

»Ich mache nicht mehr lange. Schönen Feierabend, Svenja.«

»Okay. Soll ich die Tür zumachen?«

»Nein, lassen Sie sie ruhig offen.«

»Geht klar, Boss! Tschüss!«

Nach einer halben Stunde klappte Ellen Seiler den Aktendeckel zu, schaltete ihren PC aus und holte ihren Mantel aus dem Schrank. Obwohl auf ihrem Schreibtisch ein gewaltiger Berg unerledigter Korrespondenz wartete, beschloss sie, für heute Schluss zu machen. Ihre Auszubildende hat recht, die Arbeit würde bis morgen warten können. Zu Hause würde sie sich ein heißes Bad gönnen, das ihre verspannten Nackenmuskeln lösen würde, und dazu ein Glas Rotwein und ein gutes Buch. Mit dieser verlockenden Vorstellung vor Augen löschte sie das Licht in ihrem Büro, als sie plötzlich ein Knacken am Ende des Flures vernahm. Sie blieb stehen und lauschte angestrengt. Zu diesem Zeitpunkt dürfte sich außer ihr niemand mehr in der Kanzlei aufhalten. Hatte Svenja vergessen, die Tür zu schließen, und ein Fremder hatte sich unbemerkt Zutritt verschafft? Mit wachsendem Unbehagen und klopfendem Herzen bewegte sich Ellen Seiler Schritt für Schritt zum Ausgang.

»Hallo? Ist da jemand?« Sie spürte einen dicken Kloß im Hals, und ihr Stresspegel schnellte binnen Sekunden in die Höhe.

Nichts rührte sich. Bis auf das gleichmäßige Brummen des Wasserspenders im Wartebereich, den sie sich vor knapp zwei Wochen von einer Firma hatte aufschwatzen lassen, war es absolut still. So still, dass sie ihren Herzschlag in den Ohren rauschen hören konnte. »Du bist überarbeitet und hörst Gespenster, Ellen«, sagte sie laut zu sich selbst und schüttelte den Kopf. Dann schaltete sie das Licht im Empfangsbereich aus und schloss die Eingangstür hinter sich ab. Im Treppenhaus begegnete sie einer Frau, die in einem der oberen Stockwerke wohnte und wie jeden Tag um diese Zeit von der Arbeit kam. Sie wünschten einander einen schönen Feierabend, und gleich darauf fand sich Ellen vor dem Haus auf der Straße wieder. Mittlerweile war es dunkel, der kalte Ostwind blies zwischen den Häusern hindurch und ließ sie unangenehm frösteln. Im Gehen durchwühlte sie ihre Handtasche auf der Suche nach den Handschuhen, jedoch ohne Erfolg. Bestimmt hatte sie vergessen, sie heute Morgen zurück in die Tasche zu stecken, und sie lagen ordentlich oben im Garderobenschrank in ihrem Büro. »Was soll's?« Das kleine Stück bis zu ihrem Wagen würde es auch ohne gehen, überlegte sie und verbarg beide Hände schützend in den Manteltaschen. In den Straßen der Innenstadt tummelten sich nur vereinzelt Passanten, da die meisten Geschäfte gerade schlossen. Zügigen Schrittes marschierte Ellen Seiler durch das frühabendliche Westerland zu ihrem Wagen. Als sie in die Elisabethstraße einbog, wurde sie das Gefühl nicht los, dass ihr jemand folgte. Abrupt blieb sie stehen und drehte sich um. Doch da war niemand, abgesehen von einigen Fußgängern, die dick eingemummelt und mit Einkaufstüten in den Händen an ihr vorbeizogen, ohne Notiz von ihr zu nehmen. Sie setzte ihren Weg fort und konnte bald ihren Wagen erkennen. In dem Augenblick, als sie die Fahrertür öffnete, sah sie im Spiegelbild der Schaufensterscheibe eines Ladens einen Mann auf der gegenüberliegenden Straßenseite stehen. Lässig an eine Hauswand gelehnt, beobachtete er sie und nickte ihr zu, als sich ihre Blicke trafen. Sie rührte sich nicht, aber ihr Kopf arbeitete auf Hochtouren. Er machte keine Anstalten, sich ihr zu nähern, sondern zündete sich eine Zigarette an und nahm einen tiefen Zug. Sie konnte die hellrote Glut aufglimmen sehen. Dann blies er in aller Ruhe genüsslich den Rauch in die Luft, stieß sich von der Wand ab und überquerte in Seelenruhe die Straße, als hätte er alle Zeit der Welt. Ellens Puls beschleunigte sich mit jedem Schritt, den er dichter kam. Als er sie beinahe erreicht hatte, drehte sie sich langsam zu ihm um. Ihr Magen zog sich krampfhaft zusammen, als sie den Zigarettenrauch einatmete.

»Hallo, Frau Seiler«, sagte er, und seine hellen Augen schienen sie regelrecht zu durchbohren.

Trotz der Kälte wurde ihr unsagbar heiß. Sie brachte kein einziges Wort über die Lippen, sondern stand wie angewurzelt vor ihm, unfähig, sich auch nur einen Zentimeter von der Stelle zu bewegen. Er dagegen schien die Situation regelrecht zu genießen, denn er griff an ihr vorbei nach der Wagentür und öffnete sie.

»Bitte sehr!«, forderte er sie mit einem Lächeln auf. »Oder wollen Sie hier festfrieren?« Er zog abermals an der Zigarette und blies ihr den Rauch direkt ins Gesicht.

Unwillkürlich kniff sie die Augen zusammen. »Natürlich nicht«, presste sie mit belegter Stimme hervor und musste husten. »Warum verfolgen Sie mich? Was wollen Sie von mir?« In kleinen Portionen kehrte ihr Kampfgeist zurück.

»Wie kommen Sie darauf, dass ich etwas von Ihnen will?«

Sie brachte einen kurzen Lacher hervor. »Sie lauern mir nicht grundlos auf. Also?«, erwiderte sie und war bemüht, sich ihre Nervosität nicht anmerken zu lassen.

»Fragen Sie mich das ernsthaft? Angenehmen Abend!« Mit einem Gesichtsausdruck, den sie nicht deuten konnte, machte er ein paar Schritte rückwärts und zog ein letztes Mal an der Zigarette, bevor er die Kippe vor sie auf den Boden warf und ging. Nach ein paar Metern drehte er sich ein letztes Mal um und tippte sich wie zu einem militärischen Gruß an die Stirn. Dann verschwand er um die nächste Häuserecke. Ellen stieg mit weichen Knien in ihren Wagen, betätigte die Zentralverriegelung und blieb für einen Moment einfach nur sitzen, den Kopf gegen die Kopfstütze gelegt. Ihr Gefühl hatte sie nicht getäuscht, er musste ihr gefolgt sein. Hatte er sich vorhin Zutritt zur Kanzlei verschafft? Wenn dem so war, warum hatte er sich nicht schon dort zu erkennen gegeben? Was bezweckte er mit seinem Verhalten? Wollte er sie einschüchtern oder verängstigen? Fragen, auf die sie keine Antworten parat hatte. Der Besuch der jungen Frau vor wenigen Tagen hatte den Stein ins Rollen gebracht. Jetzt war sie tot, und Ellen wurde plötzlich von einer Welle der Angst erfasst. War er für ihren Tod verantwortlich? Würde sie gar die Nächste auf seiner Liste sein? Heute hatte jemand von der örtlichen Polizei bei ihr angerufen und wollte sie sprechen. Den Grund für seinen Besuch hatte der Anrufer am Telefon nicht nennen wollen. Der Termin war für morgen Mittag anberaumt. Vielleicht ergab sich die Gelegenheit, ihn in diesem Zusammenhang um Hilfe zu bitten. Im Nachhinein konnte man ihr nichts zur Last legen, sie hatte seinerzeit in bestem Wissen und Gewissen gehandelt, beruhigte sie sich. Der Klingelton ihres Handys katapultierte sie unverzüglich zurück in die Gegenwart. Mit fahrigen Fingern griff sie nach dem Smartphone.

»Hallo?«

»Hallo, Ellen! Störe ich dich bei der Arbeit?«

»Nein, Josef, du störst mich nicht. Ich habe gerade Feierabend gemacht und bin auf dem Weg nach Hause«, erwiderte sie und massierte sich mit einer Hand die Schläfe. »Ich freue mich über deinen Anruf. Sehr sogar.«

»Geht es dir gut? Ich kann auch später anrufen, du klingst gestresst«, schlug Doktor Josef Luhrmaier vor.

»Alles in Ordnung. Ich bin bloß ein wenig erschöpft nach dem anstrengenden Tag.« Sie versuchte, entspannt zu klingen, und ließ den Vorfall von eben unerwähnt.

»Das beruhigt mich.«

»Machst du dir etwa Sorgen um mich?«

»Ein bisschen«, gab er nach anfänglichem Zögern verlegen zu.

Bei dieser Antwort musste sie insgeheim schmunzeln. »Das ehrt dich, Josef, ist jedoch vollkommen unnötig, ich habe alles im Griff. Wann hast du deine Rückkehr nach Sylt geplant?« Beim Sprechen wanderte ihr Blick immer wieder zwischen dem Rück- und Außenspiegel ihres Wagens hin und her. Sie konnte jedoch keine verdächtige Person entdecken.

»Das ist der ursprüngliche Grund meines Anrufes. Ich werde morgen um die Mittagszeit auf der Insel sein und wollte dich fragen, ob wir zusammen einen Happen essen wollen. Was hältst du von der Idee? Am Wochenende könnten wir laufen gehen. Du kennst die besten Strecken auf Sylt. Schließlich will ich für den Syltlauf topfit sein.«

»Klingt nach einem hervorragenden Plan. Ruf mich an, wenn du angekommen bist. Dann schaufel ich mir eine Lücke im Terminkalender frei.«

»Versprochen.«

»Josef?«

»Ja, Ellen?«

»Ach, nicht wichtig.«

»Sicher? Du wirkst besorgt, wenn ich mir die Bemerkung erlauben darf.«

»Nein, alles in Ordnung. Ich freue mich auf morgen! Gute Fahrt!«

Einen Augenblick lang starrte sie gedankenverloren auf das Smartphone in ihrer Hand, bevor sie letztendlich den Motor startete und sich auf den Weg nach Hause machte.

KAPITEL 17

Nachdem ich einmal durchgesaugt hatte, wollte ich mich auf den Weg ins Obergeschoss machen, als es an der Haustür Sturm klingelte.

»Mama? Papa? Wo kommt ihr denn her?« Verblüfft blickte ich in die Gesichter meiner Eltern.

»Ich wünsche dir ebenfalls einen guten Tag! Willst du uns nicht erst mal hereinbitten, mir fallen gleich die Arme ab«, monierte meine Mutter, und erst jetzt entdeckte ich die beiden prall gefüllten Einkaufsbeutel in ihren Händen. Ich trat einen Schritt zur Seite, um sie hereinzulassen.

»Schön, dich zu sehen, Anna.« Mit diesen Worten wurde ich von meinem Vater herzlich in den Arm genommen. Er war ungefähr ebenso bepackt wie meine Mutter und schleppte zwei überdimensionale Reisetaschen an mir vorbei in die Diele, wo sie sofort von Pepper einer genauen Inspektion unterzogen wurden.

»Warum habt ihr nicht Bescheid gesagt, dass ihr kommt? Und was hat das alles zu bedeuten?«, fragte ich mit skeptischem Blick in Anbetracht des Berges Gepäck, der sich inmitten unserer Diele auftürmte.

»Das ist keine besonders freundliche Begrüßung, mein Kind. Wir sind im Morgengrauen aufgestanden und haben uns auf den Weg gemacht«, bemerkte meine Mutter vorwurfsvoll, der mein Vater gerade aus dem Mantel half. »Wo ist Christopher? Ist dein Mann noch im Büro?«, setzte sie nach und sah sich neugierig um.

»Die beiden sind beim Kinderarzt, nur ein Routinetermin. Ich wollte die Zeit nutzen und mich an den Schreibtisch setzen.«

»Offenbar sind wir unerwünscht, Volker. Komm, lass uns gehen!« Meine Mutter reckte das Kinn und griff nach dem Mantel.

»Bitte, Mama, sei nicht albern. Das habe ich nicht so gemeint«, versuchte ich, sie vom Gehen abzuhalten. »Mögt ihr etwas trinken? Nach der Fahrt seid ihr bestimmt durstig.«

»Ein frischer Kaffee wäre schön«, erwiderte meine Mutter und suchte den Blick meines Vaters.

»Wir wollten etwas mit dir besprechen, aber nicht am Telefon«, erklärte mein Vater, als wir kurz darauf am Küchentisch saßen.

»Seit wann trinkst du Kaffee?«, fragte meine Mutter und deutete zu dem Becher in meiner Hand.

»Hin und wieder«, erklärte ich beiläufig und war mehr darauf erpicht, was mein Vater zu berichten hatte. »Was gibt es denn zu besprechen, weshalb ihr euch extra auf den Weg nach Sylt gemacht habt?«

»Also dein Ton gefällt mir ganz und gar nicht, Anna. Wir sind deine Eltern. Ich hätte erwartet, dass du dich freust, uns zu sehen, auch ohne Voranmeldung.«

»Ja, Mama, ich freue mich natürlich, euch zu sehen. Trotzdem hätte ich mir gewünscht, ihr hättet euren Besuch im Vorfeld angekündigt. Einfach, um besser planen zu können«, versuchte ich, meinen Standpunkt klarzumachen, ohne anklagend zu klingen.

»Nächstes Mal sagen wir Bescheid«, versprach mein Vater mit einem Seitenblick zu meiner Mutter, die nach wie vor beleidigt dreinblickte.

»Nun?« Ich sah erwartungsvoll von einem zum anderen.

»Um es kurz zu machen: Wir haben unser Haus verkauft«, verkündete mein Vater.

Das kam mehr als unerwartet. Sprachlos sah ich beide an. »Warum? Wollt ihr von nun an unter die Weltenbummler gehen und die Kontinente bereisen?«, scherzte ich, bevor mich der verständnislose Blick meiner Mutter traf und mein Lächeln endgültig versiegte.

»Wie kommst du denn auf die Idee? Nein, wir dachten, es könnte nicht schaden, uns ein wenig zu verkleinern. Der riesige Garten macht viel Arbeit, und ein Teil der Räume bleibt ohnehin ungenutzt. Die Nachbarn ziehen oder sterben nach und nach weg, uns hält dort nicht mehr viel. Und dann diese neuen Nachbarn neben uns!« Sie schlug theatralisch die Hände über dem Kopf zusammen. »Sie sind entsetzlich laut, vor allem diese unerzogenen Kinder, ganz zu schweigen von dem kläffenden Hund. Er sieht aus wie ein Fellstiefel mit Augen, man weiß gar nicht, wo vorn und hinten ist«, echauffierte sie sich.

Während sie sprach, zogen die Erinnerungen meiner Kindheit vor meinem inneren Auge vorbei, und ich realisierte, dass mit dem Hausverkauf auch ein Teil davon verloren ging.

»Anna? Hörst du mir überhaupt zu?«, hörte ich meine Mutter sagen.

»Ja, natürlich. Kläffender Fellstiefel«, wiederholte ich und war um Konzentration bemüht.

»Außerdem dachten wir, dass wir euch künftig stärker unterstützen können.«

Ihre eigentliche Botschaft erschloss sich mir nach wie vor nicht, weshalb ich ein entsprechend fragendes Gesicht aufsetzte. »Wie meinst du das, Mama? Wollt ihr uns von nun an regelmäßiger besuchen?«

»So könnte man es auch bezeichnen.« Mein Vater hüstelte dezent.

»Ich verstehe nicht?«

Meine Mutter lehnte sich ein Stück nach vorne, als wolle sie mir etwas verraten, was nicht für andere Ohren bestimmt war. »Wir ziehen nach Sylt. Ist das nicht wunderbar? Anna, sag doch was!«

Damit hatte sie die Bombe platzen lassen.

KAPITEL 18

Ellen Seiler saß mit hämmernden Kopfschmerzen in der weit geöffneten Kofferraumklappe ihres SUVs auf dem nahezu menschenleeren Parkplatz am Lister Hafen und band sich die Laufschuhe zu. Nachdem sie die halbe Nacht wachgelegen und gegrübelt hatte, schickte sie gleich in der Frühe eine WhatsApp an ihre Kollegin mit der Bitte, den ersten Mandantentermin an diesem Morgen zu übernehmen. Das Laufen war das einzige Mittel, sowohl den Kopfschmerz zu vertreiben, als sich auch von quälenden Gedanken zu befreien. Der Himmel war wolkenverhangen, und ein leichter Wind fuhr ihr durch das halblange, rötliche Haar. Sie zog das Stirnband ein Stück tiefer in die Stirn und schlüpfte in die Handschuhe. Dann startete sie ihre Laufstrecke in nördliche Richtung, wählte den Weg hinter dem Erlebniszentrum »Naturgewalten«, vorbei am Hotel »Strand« und dem Alfred-Wegener-Institut, um anschließend den Möwenbergdeich entlang zu laufen. Mit jedem Meter und jedem Atemzug, der frische Nordseeluft in ihre Lungen pumpte, spürte sie, wie die tonnenschwere Last von ihr abfiel. In flottem Tempo lief sie die asphaltierte Deichkrone entlang und genoss die Ruhe und Einsamkeit. Besonders in den Sommermonaten lockt dieser in den Jahren 2013 und 2014 sanierte Deich unzählige Urlauber für Rad- und Wandertouren an. Die flache Meeresbucht unterhalb des Ellenbogens wird Königshafen genannt. Als eine der größten Buchten der deutschen Nordseeküste bietet sie sowohl Vögeln als auch Seehunden ein ideales Rückzugs- und Ruhegebiet. Doch jetzt, Ende Februar, verirrten sich nur wenige Menschen früh morgens hierher, sodass Ellen lediglich zwei Personen begegnete, die ihren Hund ausführten. Rechterhand erkannte man das größere der beiden Leuchtfeuer von Listland – Sylt Ost –, das aus der Entfernung wie eingebettet inmitten einer Miniaturlandschaft wirkte. Das ablaufende Wasser hatte eine eigene kleine Inselwelt geschaffen, auf der vereinzelt Seevögel nach Nahrung suchten. Links vom Deich lag der Feuerplatz der Lister Biike, auf dem nur noch ein Haufen Asche an das vergangene Fest erinnerte.

Nach drei Kilometern erreichte Ellen das Metalltor am Ende des Deiches, schlüpfte hindurch und überquerte die Möwenbergstraße. Sie lief weiter in Richtung der Jugendherberge parallel zur Straße. Anschließend bog sie auf das Jugendherbergsgelände ab und folgte dem unbefestigten Weg durch die mit Heide bewachsene Dünenlandschaft. Im Spätsommer glich die Fläche einem dichten, violetten Teppich, jetzt hielt sie in tristen Brauntönen einen erholsamen Winterschlaf. Ellen erhöhte das Tempo und erreichte alsbald den Holzbohlenweg, der zur Aussichtsplattform Jensmetten-Berg führte. Bereits viele Male hatte sie bei ihren Lauftouren den Blick von dort über Listland schweifen lassen, dabei die ein- und abfahrenden Syltfähren beobachtet, die regelmäßig zwischen der Insel Sylt und Röm verkehrten, oder einfach nur den Sonnenuntergang genossen. Als die Treppe zum Aussichtspunkt in greifbare Nähe rückte, verkündete das Brummen ihres Handys, das mit einem Sportarmband an ihrem Oberarm befestigt war, den Eingang einer Nachricht. Nach ein paar Metern blieb sie stehen und blickte neugierig auf das Display. Der Absender der Mitteilung war Doktor Luhrmaier. »Sitze im Zug«, las sie, »freue mich auf später! Gruß, Josef.« Diese Botschaft zauberte schlagartig ein Lächeln auf ihr Gesicht. Sie beschloss, ihm mit einer kurzen Sprachnachricht zu antworten, und machte zeitgleich einige Dehnübungen, um in Bewegung zu bleiben und keine Erkältung zu riskieren. Während sie sprach, fiel ihr ein Mann auf, der mit den Augen den Boden absuchte. Sie sendete die Nachricht ab und näherte sich interessiert.

»Kann ich Ihnen behilflich sein? Suchen Sie etwas?« Ihr warmer Atem bildete kleine Wölkchen in der kalten Luft.

Der Mann hob den Kopf und sah zu ihr. »Mir muss vorhin hier irgendwo mein Fahrradschlüssel aus der Jackentasche gefallen sein. Als ich eben losfahren wollte, war er weg«, erwiderte er und rückte seine Mütze zurecht.

»Sind Sie sicher, dass sie ihn nicht woanders verloren haben?«

»Da oben hatte ich ihn noch, das weiß ich bestimmt.« Er deutete mit einer Kopfbewegung zum Aussichtspunkt oben auf der Düne.

»Hm«, überlegte sie. »Vielleicht ist er beim Runtergehen zwischen die Holzplanken gefallen. Haben Sie dort nachgesehen?« Sie betrat einen Treppenansatz und spähte durch die schmalen Abstände zwischen den Brettern.

Der Mann folgte ihrem Beispiel und begann mit der Suche einen Absatz darüber.

»Schauen Sie mal!«, rief er plötzlich, worauf sie sich umdrehte.

»Haben Sie ihn gefunden?«

»Da, genau vor Ihnen. Nein, ein Stück weiter rechts, das Dunkle!«

»Wo? Ich kann nichts sehen.«

»Ist er das nicht? Gleich neben Ihnen bei dem Treppenabsatz im Sand. Ich kann mich so schlecht bücken.«

»Ja, jetzt sehe ich ihn auch. Warten Sie«, rief sie und bückte sich, um das Fundstück aufzuheben.

KAPITEL 19

»Moin, Anna! Na, hast du dich von der Überraschung erholt?«, fragte Nick, als ich leicht verschlafen in der Küche erschien. Der Frühstückstisch war bereits gedeckt, und Nick versorgte gerade Christopher. Pepper kam schwanzwedelnd unter dem Tisch hervor, um mich zu begrüßen.

»Guten Morgen!«, gab ich zurück. »Ehrlich gesagt, liegt mir das Thema schwer im Magen.«

»Warum? Weil du enttäuscht bist, dass sie dich nicht um deine Meinung gefragt haben?« Er beäugte mich aufmerksam.

»Ein bisschen vielleicht. Dieser Entschluss kam vollkommen unerwartet. Meine Eltern haben diesbezüglich nie eine Andeutung gemacht, und jetzt kehren sie Hannover gänzlich den Rücken. Was ist mit all ihren Freunden und Bekannten?«

»Das hast du vor einigen Jahren auch getan«, erinnerte mich Nick.

»Das war etwas anderes. Ich hatte einen triftigen Grund für meine Entscheidung«, hielt ich dagegen.

»Nur einen?« Er schmunzelte und wischte Christopher mit dem Lätzchen einen Rest Kakao aus dem Mundwinkel.

»Ach, Nick, ich bin gerade nicht zum Scherzen aufgelegt. Ich befürchte, unser Leben wird sich von nun an komplett verändern.«

»Ich glaube, in diesem Punkt übertreibst du ein wenig, Sweety.«

»Du kennst meine Mutter. Sie mischt sich permanent in alles ein, auch wenn sie es dabei nur gut meint.« Ich stieß einen theatralischen Seufzer aus, ließ mich auf einen der Stühle fallen und stützte das Kinn auf meinen Händen ab.

»Es wird nicht so dramatisch, wie du es dir auf den ersten Blick ausmalst. Warte einfach ab! Mit ihrer freundlichen und kommunikativen Art werden deine Eltern schnell Anschluss auf der Insel finden, und du wirst sie kaum noch zu Gesicht bekommen«, gab sich Nick Mühe, meine Bedenken zu zerstreuen.

»Ich hoffe, du behältst recht. Kannst du mir bitte den Brotkorb reichen?«

»Aber gerne.«

In diesem Augenblick kündigte das aufleuchtete Display und gleichzeitige Vibrieren von Nicks Handy ein eingehendes Gespräch an. Mit einem Stirnrunzeln nahm er das Telefonat an. »Moin, Hannes, was gibt's?«

Als Nick am Ortseingang von List eintraf, parkten bereits ein Streifen- und ein Rettungswagen quer über dem Fußweg. Er stieg aus und ging auf den uniformierten Beamten zu, der am Fuße des hölzernen Übergangs wartete und mit seinem Smartphone beschäftigt war. Als er Nick erblickte, hob er den Kopf.

»Moin, Nick! Ich habe auf dich gewartet, der Notarzt ist vor Ort.«

»Moin, Oliver! Sorry, schneller ging nicht. Ist es da oben?« Er deutete zu den Dünen.

»Ja, unterhalb der Aussichtsplattform. Bei der Toten handelt es sich um eine Frau, mehr kann ich dir nicht sagen«, erklärte der Kollege Mirske. »Ansgar ist dabei, die Personalien und die Aussage der Zeugin aufzunehmen, die die Tote gefunden hat.«

»Dann will ich mal«, entschied Nick und lief leichtfüßig die Holztreppe nach oben. Der Streifenbeamte folgte ihm. Auf halber Strecke passierten sie ein schweres Holztor, bevor sie dem hölzernen Weg weiter zum Fundort der Leiche folgten. An einigen Brettern war die weiße Farbe zur Markierung der einzelnen Absätze zu großen Teilen abgeplatzt. Bereits im Näherkommen wurde Nick von dem Notarzt mit einem Kopfschütteln begrüßt.

»Moin, Herr Kommissar, Sie brauchen sich nicht zu beeilen, für die Frau kommt leider jede Hilfe zu spät.« Er sah hinter sich und streifte sich die dünnen Einmalhandschuhe von den Händen.

Nick spähte an ihm vorbei und erkannte eine Person in türkisfarbener Jacke neben den Stufen zur Aussichtsplattform inmitten von Heide und Gras auf dem sandigen Boden liegen. Ein Stück weiter oben saß eine Frau zusammengekauert auf einer der Treppenstufen und wurde von einem Rettungssanitäter versorgt. Ein kleiner weißer Hund lag zu ihren Füßen und beobachtete das Geschehen aus großen, schwarzen Knopfaugen. Daneben lehnte ein Polizeibeamter gegen das Geländer und grüßte Nick aus der Entfernung mit einem Handzeichen.

»Können Sie etwas zur Todesursache sagen, Doktor Jensen?«, wollte Nick von dem Arzt wissen, dessen Namen er dem Aufnäher an der Jacke entnahm.

»Allerdings. Kommen Sie!« Nick kam der Aufforderung nach und folgte dem Mann zu der Leiche. Die Frau lag auf dem Bauch, den Kopf leicht nach links abgewandt.

Das linke Bein war leicht angewinkelt, die Arme lagen seitlich neben dem Körper.

»Die Frau ist keinesfalls an einem Sturz verstorben, wie man vielleicht im ersten Moment annehmen könnte. Dafür ist das Gelände meiner Ansicht nach ohnehin nicht steil genug. Sehen Sie das?« Er zeigte auf eine dunkle Stelle unmittelbar neben der Leiche.

»Blut«, murmelte Nick.

»Korrekt. Der Körper der Frau weist unzählige Stichverletzungen auf. Ein Schnitt ging glatt durch die Kehle. Hier! An dieser Stelle ist eine große Menge Blut im sandigen Boden versickert. Läge sie auf einer glatten, undurchlässigen Oberfläche hätte sich eine beachtliche Lache unter ihrem Körper gebildet.«

Nick beugte sich so weit über die Tote, dass er ihr Gesicht sehen konnte, und stutzte.

»Kennen Sie die Frau?«, erkundigte sich der Arzt, der Nicks Reaktion bemerkt hatte. »Nein. Danke für Ihre Unterstützung. Den Rest übernimmt die Rechtsmedizin«, überging er die Frage absichtlich.

»Ich hätte wirklich gern mehr getan, aber dafür war es eindeutig zu spät. Meiner Meinung nach liegt sie seit mindestens einer Stunde dort. Zu dieser Jahreszeit sind nicht viele Spaziergänger auf dieser Strecke unterwegs, die ihr unter Umständen hätten helfen können. Aber selbst das stelle ich in Hinblick auf die Verletzungen infrage.« Sein nachdenklicher Blick richtete sich auf die tote Frau. »Das ist nach Bente Johannsen die zweite Tote mit durchtrennter Kehle. Ich hoffe, Sie finden den Täter schnell, bevor die ersten Meldungen über einen Frauenkiller auf der Insel die Runde machen.«

»Wir tun, was wir können«, entgegnete Nick sachlich, den der Gedanke ebenfalls zunehmend beunruhigte.

»Der Doc hat recht. Es wird unweigerlich zu solchen Schlagzeilen kommen, wenn sich die Morde herumsprechen, und das werden sie. Schneller, als uns lieb sein dürfte«, teilte Oliver seine Bedenken mit, als der Notarzt außer Hörweite war.

»Das weiß ich selbst.« Nick rieb sich nachdenklich das unrasierte Kinn.

»Du weißt, wer die Tote ist. Stimmt's?«, hakte der Kollege Mirske nach.

»Ich befürchte, ja.« Dann wählte er die Nummer des Staatsanwaltes.

»Schön, dass du vorbeikommst. Du klangst am Telefon ausgesprochen geheimnisvoll, ich bin richtig neugierig geworden«, begrüßte mich meine Freundin Britta, als wir zusammen in ihrer Wohnküche saßen.

»Sie wollen nach Sylt ziehen? Für immer?« Britta hätte sich vor Schreck um ein Haar an ihrem Wasser verschluckt, als ich mit meiner Neuigkeit herausgerückt war.

»Für immer«, bestätigte ich.

»Und sie haben vorher nie eine Andeutung in diese Richtung gemacht?«

»Niemals, das wäre mir nicht entgangen. Es sollte eine Überraschung sein«, betonte ich und stieß einen lang gezogenen Seufzer aus.

»Die ist ihnen allerdings gelungen. Und jetzt? Hast du das Haus gesehen, in das sie ziehen werden?«

»Nein. Ich bin nachher mit ihnen in Wenningstedt verabredet, bevor ich Christopher aus dem Kindergarten hole.«

»Begeistert wirkst du nicht, oder täusche ich mich? Hast du Bedenken, dass sie sich zu stark in euer Leben einmischen?« Sie musterte mich von der Seite.

»Ganz ehrlich? Ja! Speziell meine Mutter, du kennst ihre Art. Außerdem weiß ich nicht, wie sie sich das leisten wollen. Ich muss dir nicht erklären, was Wohneigentum auf der Insel kostet.«

»Dein Vater hat bei einer Bank gearbeitet, er kann mit Geld umgehen. Entschuldige, Anna, wenn ich das sage, aber du klingst, als ob deine Eltern hinterm Mond leben würden. Sie sind weder alt noch senil. Ich finde ihre Entscheidung, einen Neuanfang zu wagen, ziemlich mutig. Was sagt Nick zu alledem?«

»Er sieht die Angelegenheit wesentlich lockerer als ich. Es sind ja auch nicht seine Eltern.« Ich verzog den Mund.

»Ich glaube, deine Bedenken sind unbegründet. Deine Eltern werden schnell neue Kontakte knüpfen. Am Ende wirst du sie kaum zu Gesicht bekommen. Komm schon, Anna!« Britta lachte aufmunternd.

»Das hat Nick auch gesagt.«

Kurze Zeit später wartete ich in meinem Wagen auf dem Parkplatz an der Dünenstraße in Wenningstedt auf meine Eltern. Leichter Sprühregen hatte eingesetzt und auf der Windschutzscheibe ein feinmaschiges Netz aus winzigen Wassertröpfchen gebildet, durch das ich meine Umwelt ausschließlich verschwommen wahrnahm. Plötzlich klopfte es an der Seitenscheibe.

»Hallo, Mama!«

»Am besten folgst du Papa«, teilte sie mir ohne jeglichen Zusatz mit und marschierte zielstrebig davon. Im Rückspiegel sah ich, wie sie zu meinem Vater ins Auto stieg, und fuhr den beiden hinterher. Nachdem wir einige Male abgebogen waren, wurde mein Vater langsamer, setzte den Blinker und stoppte schließlich. Meine Mutter war aus dem Fahrzeug gesprungen, noch bevor ich mich abgeschnallt hatte.

»Anna, mein Kind, das ist es!« Ich hatte meine Mutter selten dermaßen vor Begeisterung strahlen sehen. »Na, was sagst du?« Voller Erwartung sah sie mich an.

»Nun lass sie doch erst mal reingehen«, bremste mein Vater seine Frau in ihrer Euphorie und öffnete die Gartenpforte.

Ich folgte meinen Eltern den schmal gepflasterten Weg zur Haustür. Bei dem Haus handelte es sich um eine Doppelhaushälfte mit einem überschaubaren Grundstück in einer ruhigen Seitenstraße. Mein Vater zog einen Schlüssel aus der Jackentasche und schloss auf. Beim Eintreten schlug mir stickige Luft entgegen, und ich verspürte sofort den Drang zu lüften. Der Flur war größer, als ich von außen vermutet hatte. Von dort aus führte meine Mutter mich geradewegs in den hellen, großzügigen Wohnraum, der bis auf einen Sessel unmöbliert war. Zur linken Seite schloss sich eine offene Küche an, die lediglich durch einen Tresen vom restlichen Raum getrennt war.

»Ist das nicht herrlich?«, fragte meine Mutter mit einem Funkeln in den Augen.

»Ja, schon«, gab ich zurück und sah mich um.

»Das ist längst nicht alles. Warte, bis du den Rest des Hauses gesehen hast«, fügte sie hinzu und bedeutete mir, ihr in die anderen Räume zu folgen.

»Und? Was sagst du nun?«, wollte meine Mutter wissen, nachdem die Hausbesichtigung beendet war und wir am ursprünglichen Ausgangspunkt unserer Expedition – dem Wohnzimmer – angekommen waren.

»Schön«, bestätigte ich. »Seid ihr euch absolut sicher, dass ihr ab jetzt hier leben wollt?«

»Natürlich! Für einen Rückzieher ist es ohnehin zu spät, nicht wahr, Volker?« Meine Mutter suchte den Blick meines Vaters, der zustimmend nickte.

»Wie seid ihr an dieses Haus gekommen?«, fragte ich.

»Das Haus gehörte Papas ehemaligem Chef«, ließ sich meine Mutter nicht lange bitten.

»Struckmeyer?«

»Nein, der nicht.« Mein Vater schüttelte den Kopf.

»Das hätte mich auch gewundert. Der ist doch ausschließlich in den Harz gefahren«, erinnerte ich mich dunkel.

»Das Haus gehörte Doktor Föhrer, vielleicht erinnerst du dich an ihn.«

»Der Name ist mir nicht fremd, aber an ein Gesicht erinnere ich mich nicht.«

»Du warst zu der Zeit ziemlich jung. Doktor Föhrer hat das Haus ursprünglich für seine Frau gekauft. Als sie vor acht Jahren verstorben ist, hat er es an Bekannte und Freunde als Ferienhaus vermietet.«

»Warum zieht er nicht selbst ein?«, erkundigte ich mich und nahm die Küche näher unter die Lupe. Dabei fiel mir auf, dass der Wasserhahn tropfte. Auch der Fenstergriff am Küchenfenster schien defekt zu sein, denn er ragte ein Stück ins Fenster hinein. Sofort versuchte ich, ihn in seine ursprüngliche Position zu bringen. Vergeblich, er ließ sich nicht bewegen. »Der Griff klemmt«, stellte ich fest. Mein Einwand wurde jedoch strikt ignoriert.

»Doktor Föhrer ist unheilbar krank und hat beschlossen, die letzten ihm verbleibenden Monate auf einem Weingut in Frankreich zu verbringen. Ist das nicht furchtbar, den Tod unmittelbar vor Augen zu haben? Ich weiß nicht, wie ich damit umgehen würde und ob ich in solch einem Fall überhaupt in der Lage wäre, etwas genießen zu können«, beendete meine Mutter ihren Redeschwall.

»Hat er keine Kinder, die an dem Haus Interesse haben könnten?«

»Nein, er hat nicht wieder geheiratet, und es gibt keinerlei Verwandte, denen er die Immobilie vererben könnte. Ich habe ihn neulich durch Zufall getroffen. Als er nach dir gefragt hat, habe ich ihm erzählt, dass du mit deiner kleinen Familie seit ein paar Jahren auf Sylt lebst. Somit kamen wir auf das Thema.« Mein Vater machte eine kurze Pause. »Deine Mutter und ich haben in letzter Zeit oft darüber gesprochen, ob wir unser Haus in Hannover nicht verkaufen sollten, da es für uns beide viel zu groß ist. Der riesige Garten macht ebenfalls viel Arbeit.« Er sah zu meiner Mutter. »Ihr braucht keine Angst zu haben, dass wir euch ständig auf die Pelle rücken«, räumte er mit einem Schmunzeln ein und traf damit den Nagel auf den Kopf.

»Wann wollt ihr einziehen? Wenn man genauer hinsieht, muss einiges repariert oder erneuert werden«, wich ich aus.

»Stimmt. Das eine oder andere kann ich selbst machen, für alles andere hat mir Doktor Föhrer einen Mann genannt, der in den letzten Jahren diverse Reparaturen erledigt und nach dem Rechten gesehen hat. Bis zum Sommer sollten wir das geschafft haben, nicht wahr, Maria?« Er legte liebevoll einen Arm um meine Mutter, die ihn selig anlächelte.

»Na, dann! Herzlich willkommen auf Sylt!« Ich schloss meine Eltern nacheinander in die Arme.

»Danke, mein Kind!« Meine Mutter wischte sich hastig ein paar Tränen der Rührung aus den Augen. »Bitte entschuldige, dass wir dich derart überfallen haben. Ich hoffe, du bist uns deshalb nicht bis in alle Ewigkeit böse.«

»Nein, ich bin nicht böse auf euch. Ich hätte es bloß besser gefunden, wenn ihr mich von Beginn an in eure Planung eingeweiht hättet«, beruhigte ich sie, während ich meine Eltern mit hängenden Köpfen nebeneinanderstehend betrachtete wie Schulkinder, auf die eine Standpauke daniedergeht. Dann warf ich einen Blick auf meine Uhr. »Du meine Güte! Ich muss los und Christopher aus dem Kindergarten abholen.«

»Das können wir doch in Zukunft übernehmen, dann ...«, begann meine Mutter. Als ich tief Luft holte, um zu einer Antwort anzusetzen, schob sie kleinlaut hinterher: »Ich meine selbstverständlich nur gelegentlich. Falls ihr verhindert sein solltet oder so.«

Ein Anruf von Britta rettete mich vor weiteren Diskussionen. Ich signalisierte meinen Eltern mit einer Geste, dass ich mich später melden würde, und verließ mit dem Handy am Ohr das Haus.

KAPITEL 20

»Endlich ein bekanntes Gesicht! Ich dachte schon, ihr habt mich völlig aus eurem Gedächtnis gestrichen«, erklang Uwes Stimme, als Nick zur Tür des Krankenzimmers hereinkam.

»Moin, Uwe! Wie könnten wir dich vergessen«, erwiderte er mit einem Augenzwinkern und legte eine Papiertüte auf das kleine Schränkchen neben Uwes Bett.

Seit Nicks letztem Besuch war ein zusätzliches Bett in das Zimmer gestellt worden, in dem ein hagerer Mann lag und lustlos in einer Zeitschrift blätterte.

»Bist du auch Bulle?«, fragte er grimmig. »Euch riecht man schon auf zehn Kilometer«, fuhr er missmutig fort.

»Was ist in der Tüte?«, wollte Uwe wissen und ging auf die Bemerkung seines Bettnachbarn ebenso wenig ein wie Nick.

»Ein Bürgermeister, den isst du doch so gerne.«

»Oh, lecker und dazu einen frischen Kaffee!« Uwe lief allein bei dem Gedanken das Wasser im Mund zusammen.

»Du solltest lieber nicht so Zeug essen, sonst gibt's gleich den nächsten Vorfall. Übergewicht kann tödlich sein«, meldete sich der Bettnachbar erneut zu Wort.

»Rauchen erst recht«, konterte Uwe mit einem Augenrollen. »Komm, Nick, ich brauche dringend frische Luft.«

»Kann ich dir beim Aufstehen behilflich sein?« Nick wollte seinem Kollegen zu Hilfe eilen, als dieser sich mit lautem Stöhnen und schmerzverzerrtem Gesicht auf die Seite rollte.

»Nee, lass mal! Ich muss mich seitlich aufrichten, hat die Ärztin gesagt«, erwiderte Uwe und stützte sich mit beiden Händen auf der Bettkante ab. »Reichst du mir bitte die Dinger dort?«

»Willst du tatsächlich laufen?« Nick reichte ihm die Gehhilfen.

»Wir machen einen kleinen Ausflug in die Cafeteria, da ist die Stimmung wesentlich besser als hier«, erwiderte er mit einem Blick zu seinem Mitbewohner.

»Ich weiß nicht, ob das eine gute Idee ist, wenn du in deinem Zustand durch die Gegend läufst«, gab sein Freund und Kollege zu bedenken.

»Keine Sorge, Nick, ich soll mich sogar bewegen. Liegen war gestern.« Uwe richtete sich behutsam auf. »So, kann losgehen.« Dann setzte er vorsichtig einen Fuß vor den anderen.

»Mit deinem Zimmerkumpel hast du nicht gerade das große Los gezogen. Der würde mir so was von auf den Keks gehen«, bemerkte Nick, als sie den langen Flur nebeneinander hergingen.

»Du meinst das Räucherstäbchen? Ach, mit dem werde ich spielend fertig.«

»Räucherstäbchen?«, wiederholte Nick grinsend.

»Sieh ihn dir doch an. Alle fünf Minuten steht er auf, um eine zu rauchen. Der ernährt sich quasi von Rauch, dazu hat er eine Haut wie aus Leder. Wahrscheinlich überlebt der uns alle eines Tages, so gut, wie der konserviert ist.«

Wenig später hatten die beiden Männer die Cafeteria erreicht. Da Uwe nach der OP möglichst nicht sitzen sollte, nahmen sie ihren Kaffee an einem der Stehtische ein.

»Das war köstlich, vielen Dank noch mal.« Uwe schluckte den letzten Bissen seines Gebäcks hinunter.

»Gerne.«

»Was machen die Ermittlungen im Fall Johannsen? Bislang haben wir nur über mich gesprochen«, wollte Uwe wissen und schüttelte die letzten Krümel aus dem Bart.

»Was das angeht, sind wir keinen Schritt vorangekommen. Die Alibis der Personen aus ihrem direkten Umfeld, die als Täter infrage kommen könnten, sind alle wasserdicht.«

»Dann müssen wir den Täter woanders suchen. Vielleicht wurde sie nur zufällig von ihm ausgewählt«, überlegte Uwe. »Sag mal, habe ich das richtig verstanden, Frank zählt zum Kreis der Verdächtigen? Er hat diesbezüglich eine Bemerkung fallen lassen und schien mächtig sauer zu sein«, erkundigte sich Uwe.

Nick seufzte. »Wäre ich an seiner Stelle auch. Eine Krankenschwester hat ihn mit ihrer Aussage belastet. Dem musste ich nachgehen.«

»Du glaubst nicht ernsthaft, Frank hätte diese Ärztin ermordet? Er ist zwar ein Ladykiller, aber eher in anderem Sinne.« Durch Uwes dichten Bart schummelte sich ein schelmisches Grinsen.

»Nein, das kann ich mir auch nicht vorstellen.«

»Lass uns bitte zurückgehen, Nick. Ich kann nicht länger stehen und muss mich hinlegen. Wir können uns während des Gehens weiter unterhalten«, bat Uwe.

»Heute Vormittag wurde eine weitere Frauenleiche gefunden. Dieses Mal in List.«

»Wie bitte? Und das erzählst du mir erst jetzt?«

»Du bist krankgeschrieben und offiziell raus aus den Ermittlungen«, wehrte Nick entschuldigend ab.

»Kennen wir ihre Identität schon?«, fuhr Uwe unbeirrt fort, als säßen sie im Büro.

»Ja. Du kennst sie ebenfalls flüchtig.«

Uwe hielt kurz inne und sah seinen Freund erschrocken an. »Wer?«

»Ellen Seiler. Sie war Luhrmaiers Begleitung beim Biikebrennen, du erinnerst dich?«

»Verdammt!«, brummte Uwe. »Wie ist sie ums Leben gekommen?«

»Eine Spaziergängerin hat sie heute Vormittag am Aussichtspunkt Jensmetten-Berg gefunden. Sie wurde offenbar ebenfalls mit einem Schnitt durch die Kehle getötet, genau wie Bente Johannsen.«

»Weiß Luhrmaier Bescheid?«, fragte Uwe nach, was Nick mit einem Kopfnicken bestätigte.

»Er ist überraschend am Tatort aufgetaucht, da er mit Ellen Seiler verabredet war.«

»Am Tatort? Ich dachte, er wäre wieder in Kiel?«

»Das war er auch zwischenzeitlich. Er ist aber zurückgekommen, weil die beiden mittags zusammen essen wollten. Bei seiner Ankunft am Bahnhof ist er zufällig Achtermann in die Arme gelaufen, der ihn ohnehin gerade informieren wollte«, brachte Nick seinen Freund auf den neuesten Stand.

»Was wollte denn Achtermann am Bahnhof?«

»Keine Ahnung. Er tut die ganze Zeit sehr geheimnisvoll.«

»War da mehr? Ich meine, ging das zwischen Luhrmaier und dieser Anwältin über eine lockere Bekanntschaft hinaus?«

Nick zuckte mit den Schultern. »Die Frage kann ich dir nicht beantworten, dafür kenne ich Luhrmaier zu wenig, als dass er mir gegenüber sein Privatleben offenlegen würde. Ich weiß nur, dass sie sich über eine Plattform für Laufbegeisterte im Internet kennengelernt haben.«

»Hm. Wie hat er reagiert?«

»In erster Linie professionell wie immer. Er hat sofort mit den Untersuchungen vor Ort begonnen.«

»Ich habe nichts anderes erwartet. Und in zweiter Linie?«, hakte Uwe nach.

»Man konnte ihm deutlich anmerken, dass ihm der Anblick äußerst zugesetzt hat. So abgebrüht ist er nicht, dass ihn das kaltlassen würde. Job hin oder her. Sobald persönliche Gefühle ins Spiel kommen, sieht die Sache immer anders aus. Das wissen wir doch selbst.«

»Wohl wahr. So, da wären wir.« Sie hatten die Tür zu Uwes Krankenzimmer erreicht.

»Kommst du noch mit rein?«

»Nein, ich muss weiter.«

»Irgendetwas beschäftigt dich. Spuck es aus!«

»Eigentlich hätte ich heute einen Termin mit der Seiler gehabt.«

»Weshalb?«

»In Bente Johannsens Terminkalender habe ich einen Eintrag gefunden. Sie hat sich vor ihrem Tod ausgerechnet mit Ellen Seiler getroffen. Ich hätte gern gewusst, worum es bei dem Gespräch ging.«

»Das ist in der Tat sonderbar, gerade im Hinblick darauf, dass nun beide Opfer eines Verbrechens geworden sind«, überlegte Uwe.

»Was die beiden zu besprechen hatten, werden wir

wahrscheinlich nicht mehr erfahren. Es sei denn, weitere Personen waren involviert. Da liegt eine Menge Arbeit vor uns.«

»Du hältst mich auf dem Laufenden, okay?«, bat Uwe, worauf sein Freund zögerlich reagierte. »Los, Nick, ich langweile mich zu Tode den ganzen Tag. Tina hat mir mein Tablet mitgebracht, du kannst mich also bequem per E-Mail kontaktieren. Bitte, Nick! Ihr könnt jede Hilfe gebrauchen, und ich komme mir nicht so unnütz vor.«

»Schon überredet, aber das bleibt unbedingt unter uns. Offiziell bist du krankgeschrieben und raus aus allen Ermittlungen«, gab Nick klein bei.

»Ich werde schweigen wie ein Grab«, versprach Uwe und zwinkerte Nick verschwörerisch zu.

»Okay, und lass dich von dem Lederstrumpf da drinnen nicht unterkriegen!«

»Wohl kaum«, versicherte Uwe mit gequälter Miene.

Zurück auf dem Revier erlebte Nick eine Überraschung. Staatsanwalt Achtermann erwartete ihn bereits – in Schale geworfen wie immer. Er war in Begleitung einer jungen Frau und eines Mannes im etwa selben Alter, denen Nick beiden zuvor noch nie begegnet war.

»Da sind Sie ja, Herr Scarren! Darf ich Ihnen die Kollegen Kussav und Schirmer vorstellen? Sie arbeiten seit Kurzem in der OFA in Kiel und werden Sie ab sofort bei den Ermittlungen unterstützen. Das ist alles mit der Polizeidirektion Flensburg abgesprochen. Da es nun innerhalb kürzester Zeit eine zweite Tote gegeben hat, besteht dringender Handlungsbedarf.« Als Nick schwieg, fügte er hinzu. »OFA bedeutet Operative Fallanalyse. Frau Kussav und Herr Schirmer sind ganz frisch dabei, werden für Sie und Ihr Team aber sicherlich eine wertvolle Bereicherung darstellen.«

»Ich weiß, was OFA bedeutet«, entgegnete Nick zerknirscht.

»Hallo, ich bin Antonia Kussav, alle nennen mich nur Toni.« Die junge Kollegin reichte ihm die Hand.

»Ich bin Nick Scarren.« Nick erwiderte den Händedruck.

»Henning Schirmer«, stellte sich der zweite Kollege vor und reichte Nick ebenfalls die Hand.

»Das hätten wir erledigt«, ergriff Staatsanwalt Achtermann abermals das Wort. »Dann will ich die Herrschaften nicht länger von der Arbeit abhalten.« Demonstrativ wanderte sein Blick auf seine Armbanduhr. »Ich habe gleich einen wichtigen Termin, aber wie wäre es heute Abend mit einem gemeinsamen Abendessen?« Er sah voller Erwartung in die Runde.

»Sehr gerne, Herr Staatsanwalt«, erwiderte Henning Schirmer prompt.

»Ich kann heute Abend leider nicht, vielleicht ein anderes Mal«, erwiderte Nick aus einem Impuls heraus. Abendessen mit Achtermann gehörten nicht zu seinen Lieblingsveranstaltungen, zudem fühlte er sich müde und abgeschlagen. Vielleicht kündigte sich eine Erkältung an. Darüber hinaus wollte er unbedingt nach langer Zeit einen gemeinsamen Abend mit Anna verbringen. In den letzten Wochen hatten sie kaum Zeit füreinander gehabt, eine Einladung und ein Termin jagten den nächsten.

»Was halten Sie davon, Herr Achtermann, wenn wir das Essen auf einen späteren Termin verschieben, damit der Kollege Scarren auch daran teilnehmen kann?«

»Diesen Vorschlag wollte ich gerade machen, Frau Kussav.« Achtermann setzte eine verständnisvolle Miene auf und lenkte ein. »Nun dann, ich muss mich auf den Weg machen. Viel Erfolg! Halten Sie mich auf dem Laufenden!«

Als der Staatsanwalt gegangen war, standen sich die drei Beamten für einen Augenblick schweigend gegenüber, bis Antonia Kussav als Erste das Wort ergriff.

»Sorry für das Überfallkommando vorhin. Ich kann mir vorstellen, dass Sie nicht begeistert sind, derart überrumpelt worden zu sein. Ich hatte fest angenommen, dass unser Erscheinen im Vorfeld angekündigt wurde, aber offensichtlich war das nicht der Fall. Trotzdem hoffe ich auf eine gute und vertrauensvolle Zusammenarbeit.«

»An mir soll es nicht liegen«, gab Nick nüchtern zurück.

»Was sind die Fakten?«, kam Henning Schirmer gleich zum Thema.

»Zwei tote Frauen. Beide wurden mit Stichverletzungen getötet, wobei die Obduktion des zweiten Opfers aussteht«, fasste Nick das Wichtigste zusammen.

»Sind das die beiden Frauen?« Die junge Kollegin vom LKA trat näher an das Wandbord heran, an dem diverse Notizen und Fotos angebracht waren.

»Ja. Bei der linken handelt es sich um Bente Johannsen, Notärztin aus Westerland. Die andere heißt Ellen Seiler, eine Rechtsanwältin. Sie stammt ursprünglich von der Insel und hat vor ein paar Jahren eine Kanzlei in Westerland übernommen«, ließ Nick die beiden Kollegen vom LKA wissen.

»Gibt es Tatverdächtige oder zumindest Hinweise auf den möglichen Täter?«, erkundigte sich Henning Schirmer interessiert.

»Nein, Konkretes können wir zum jetzigen Zeitpunkt nicht sagen. Im Fall Johannsen haben wir bislang den Lebenspartner sowie den Ex-Mann befragt. Beide scheiden als Täter aus, da sie ein glaubhaftes Alibi vorweisen können. Auch in ihrem Arbeitsumfeld gibt es keine Auffälligkeiten.« Nick ließ die Anschuldigung gegen Frank Gustafson vorerst unerwähnt, bevor er nicht ein weiteres Mal mit ihm gesprochen hatte.

»Ist dies nicht ein bisschen voreilig?«, intervenierte Schirmer, der sich zwischenzeitlich auf einem der Bürostühle niedergelassen und ein Bein lässig über das andere geschlagen hatte.

Nick überging seine Äußerung und fuhr fort: »Im Fall des zweiten Opfers konnten wir in Hinblick auf die kurze Zeit, die uns bislang zur Verfügung stand, niemanden aus ihrem Umfeld befragen«, erklärte Nick mit Blick zu Schirmer.

»Sie wurde erst vor wenigen Stunden gefunden, ist das richtig?« Antonia Kussav sah Nick aus ihren blauen Augen, die im starken Kontrast zu ihrem schwarzen Haar standen, fragend an.

»Das stimmt.« Dann deutete er zu dem Bord an der Wand. »Um 10.42 Uhr hat eine Spaziergängerin die Kollegen über den Notruf informiert, wenn Sie es genau wissen wollen.«

Sie winkte ab. »So genau muss ich es nicht wissen, danke.«

»Die Tatorte liegen räumlich weit auseinander.« Schirmer war aufgestanden und betrachtete die Inselkarte an der Wand, auf der die Fundorte der beiden Frauen mit farbigen Punkten markiert waren. »Kann Zufall sein, oder der

Täter hat die Orte bewusst weit auseinander gewählt, um für Verwirrung zu sorgen«, folgerte er.

»Sofern es sich um ein und denselben Täter handelt«, gab Nick zu bedenken, was ihm einen überraschten Blick der Kollegin einbrachte.

»Gehen Sie von unterschiedlichen Tätern aus?«

Nick zuckte mit den Achseln. »Gut möglich. Bislang steht lediglich fest, dass beide Frauen durch Fremdeinwirkung getötet wurden. Wir haben weder die Tatwaffe gefunden, noch können wir mit Gewissheit sagen, ob es sich um ein und dasselbe Messer handelt.«

»Wird Doktor Luhrmaier in diesem Fall die Obduktion durchführen?«, wollte Antonia Kussav wissen.

»Sie kennen ihn?« Sie nickte. »Momentan macht er Urlaub auf Sylt. Allerdings …« Nick zögerte und war unsicher, ob er den Umstand, dass Luhrmaier mit dem zweiten Opfer bekannt war, preisgeben sollte. Im Grunde spielte es keine Rolle. Andererseits, warum sollte er die Tatsache vor den Kollegen geheim halten? Früher oder später würden sie es ohnehin erfahren. »Doktor Luhrmaier war mit dem zweiten Opfer, Ellen Seiler, bekannt«, weihte er sie daher ein.

Daraufhin stieß Schirmer einen leisen Pfiff aus. »Sieh an! Und ich dachte, der interessiert sich ausschließlich für Tote.« Sein Lachen erstarb in dem Moment, als ihn der empörte Ausdruck seiner Kollegin traf.

»Wie gut kannten sich die beiden, wissen Sie das?«, hakte Antonia Kussav, an Nick gewandt, nach.

»Sie kannten sich noch nicht sehr lange und haben sich kürzlich das erste Mal persönlich getroffen. Sie waren zusammen beim Biikebrennen in Morsum.«

»Ist das nicht der Ort, wo die erste Leiche gefunden wurde?«, kombinierte sie, während ihr Kollege vor dem Bord auf und ab wanderte, Zeige- und Mittelfinger fest an die Schläfen gepresst, als müsse er sich stark konzentrieren.

»Ja. Im Anschluss ist er nach Kiel gefahren, um die Obduktion vorzunehmen. Seit heute Vormittag ist er zurück auf Sylt«, informierte Nick die beiden Kollegen.

»Wurden die Angehörigen des Opfers von heute Morgen bereits informiert?«, fragte Schirmer, ohne den Blick von dem Bord zu lösen, vor dem er sich breitbeinig, die Hände in die Hüften gestemmt, positioniert hatte.

»Darum wollte ich mich als Nächstes kümmern und anschließend in die Kanzlei fahren«, erwiderte Nick, dem der zunehmend bestimmende Ton des Kollegen zutiefst missfiel.

»Die Kanzlei übernehmen wir. Die Adresse?« Schirmer angelte nach seiner Jacke über der Stuhllehne und schlüpfte hinein.

»Ich schlage vor, ich begleite Herrn Scarren in die Kanzlei, und du, Henning, siehst dir zusammen mit einem anderen Kollegen die beiden Tatorte an. Vielleicht fällt dir etwas auf. Einverstanden?«, widersprach Antonia Kussav und lächelte Nick entschuldigend an.

»Meinetwegen«, brummte Henning Schirmer widerwillig.

»Der Kollege Schirmer ist manchmal ein bisschen übereifrig«, bemerkte Antonia Kussav, während sie an einer der Fußgängerampeln in der Nähe des Westerländer Bahnhofs auf Grün warteten.

»Tatsächlich? War mir gar nicht aufgefallen«, bemerkte Nick wie beiläufig.

Sie lachte. »Sie sollen nicht denken, dass wir Ihre Arbeit nicht schätzen. Unsere Aufgabe ist es, Sie und Ihre Leute zu unterstützen und auf keinen Fall in Konkurrenz zu treten.«

»Schon gut. So leicht lasse ich mich nicht einschüchtern.«

»Den Eindruck habe ich auch nicht.« Sie musterte Nick von der Seite.

Sie betraten die Kanzlei von Ellen Seiler im Herzen Westerlands und wurden von einer jungen Frau mit mehreren Piercings im Gesicht begrüßt.

»Moin! Was kann ich für Sie tun? Haben Sie einen Termin? Wenn Sie zum Boss ... Ich meine, wenn Sie zu Frau Seiler wollen, das geht nicht. Die kommt heute später«, plapperte die junge Frau munter drauf los.

»Moin, wir sind von der Kripo Westerland«, erklärte Nick und stellte sie beide vor. »Wie ist Ihr Name?«

»Svenja Jakobs, ich bin die neue Azubine«, gab sie nicht ohne Stolz in der Stimme zurück. »Kripo klingt ja spannend. Sie sehen gar nicht aus wie ein Kommissar, eher wie ein Model.« Sie kicherte albern. »Kommen Sie wegen eines Mandanten von uns?«

»Arbeitet außer Frau Seiler und Ihnen noch jemand hier, Frau Jakobs?«, wollte Nick wissen, während Antonia Kussav sich umsah und Nick das Reden überließ.

»Außer mir nur Frau Meißner. Sie ist die zweite Anwältin in der Kanzlei. So groß sind wir nicht.« Sie zuckte entschuldigend mit den Achseln.

»Können wir sie bitte sprechen?«

Die junge Frau nickte. »Klar. Einen Moment.« Sie verschwand hinter einer Bürotür, aus der sie kurz darauf in Begleitung einer weiteren Frau herauskam.

»Guten Tag! Svenja sagte, Sie seien von der Kripo. In welcher Angelegenheit können wir Ihnen behilflich sein?« Daraufhin erklärte Nick den beiden den Grund für ihr Kommen.

»Das ist ja entsetzlich«, wisperte die Anwältin Petra Meißner und sah sich nach einer Sitzgelegenheit um. »Wer macht denn so etwas?«

»Hat Frau Seiler eventuell Andeutungen gemacht, dass sie in letzter Zeit belästigt oder bedroht wurde?«, begann Nick, um sich ein näheres Bild über das Umfeld der Toten zu verschaffen.

»Nicht, dass ich wüsste«, überlegte die Anwältin nach sorgfältiger Bedenkzeit.

»Und was ist mit dem Spötter?«, warf Svenja ein.

»Wer ist das?« Nick wurde hellhörig.

»Martin Spötter war ein Mandat von Ellen, der über den Ausgang seines Prozesses leicht ungehalten reagiert hat«, berichtete Petra Meißner vorsichtig.

»Leicht ungehalten? Der hat getobt wie ein wild gewordener Stier«, korrigierte Svenja Jakobs die Anwältin. »Den hätten Sie mal erleben sollen! Der hat so die Tür zugeknallt, dass ich schon dachte, sie fliegt gleich raus. Echt krass!«

»Bitte, Svenja, übertreib nicht!«, wies Petra Meißner die junge Frau daraufhin zurecht.

»Aber wenn es doch so war«, konterte diese beleidigt. »Echt, Herr Kommissar, der war stinksauer. Vielleicht wollte er sich rächen oder so. Er ist jetzt schließlich pleite.«

»Wir werden der Sache nachgehen, vielen Dank. Jetzt würden wir gern einen Blick in Frau Seilers Büro werfen«, bat Nick an Frau Meißner gewandt.

»Selbstverständlich, bitte folgen Sie mir.« Sie ging vor den Beamten her und blieb vor einer Tür stehen. »Hier ist Frau Seilers Büro. Ich lasse Sie dann mal allein«, sagte sie und war im Begriff zu gehen, zögerte jedoch. »Da fällt mir etwas ein. Ich weiß allerdings nicht, ob das wichtig für Sie ist, Herr Kommissar.«

»Alles kann wichtig sein, Frau Meißner.«

»Ellen, also Frau Seiler, hat heute Morgen seltsam verstört am Telefon geklungen.« Sie biss sich nachdenklich auf die Unterlippe.

»Inwiefern? Können Sie ihr Verhalten näher beschreiben?«, hakte Nick nach.

Der Frau war deutlich anzusehen, dass sie nach den richtigen Worten suchte. »Sie wirkte irgendwie beunruhigt und unkonzentriert, als sie mich bat, sie zu vertreten. Sie wollte unbedingt außer der Reihe eine Runde laufen gehen.«

»Haben Sie nicht nach dem Grund gefragt?«

»Als Inhaberin der Kanzlei muss sie sich mir gegenüber nicht rechtfertigen. Sie sagte nur, sie müsse den Kopf freibekommen.«

»Hatten Sie das Gefühl, sie könnte vor etwas Angst gehabt haben?«, ergriff Antonia Kussav an dieser Stelle das Wort.

Die Anwältin überlegte. »Nein, ich glaube nicht, dass sie Angst hatte. Ellen ließ sich nicht leicht einschüchtern und drohen schon gar nicht. Ich hatte eher das Gefühl, als würde sie irgendetwas außerordentlich beschäftigen. Tut mir leid, mehr kann ich Ihnen beim besten Willen nicht sagen.« Mit entschuldigender Miene drehte sie nervös den breiten Ring an ihrem Finger.

»Haben Sie vielen Dank, Frau Meißner. Wir sehen uns ein wenig um.«

Das Büro erweckte den Eindruck, als würde die Person, die es nutzte, jeden Augenblick zur Tür hereinkommen. Auf dem Schreibtisch standen ein halb volles Glas Wasser, ein aufgeschlagener Terminkalender sowie daneben ein Kugelschreiber auf einem Notizblock.

»War wohl gestern Abend später geworden. Anscheinend hatte sie keine Lust mehr aufzuräumen oder ist Hals über Kopf aufgebrochen«, mutmaßte Antonia Kussav, während sie den Raum einer ausgiebigen Betrachtung unterzog.

»Möglich. Oder sie hat grundsätzlich alles bis zum nächsten Tag stehen gelassen. Das lässt sich leicht herausfinden.«

»Hm.« Die Kollegin öffnete eine Schublade nach der anderen und warf einen kurzen Blick hinein, während Nick sich den großen Schrank vornahm, in dem Dutzende Aktenordner und Bücher aufbewahrt wurden.

»Als Anwältin macht man sich bestimmt nicht nur Freunde«, überlegte Antonia Kussav laut, während sie eine kleine Figur aus Stein in der Hand hielt. »Schauen Sie mal! Für meinen Geschmack ein bisschen zu kitschig.«

»Was ist das?« Nick drehte sich neugierig zu ihr um.

»Das lag obenauf. Sieht aus wie ein stilisierter Engel.«

»Vielleicht eine Art Talisman?«, vermutete Nick und widmete sich erneut dem Aktenschrank.

»Wahrscheinlich«, erwiderte die Kollegin und legte das Objekt mit einem Schulterzucken zurück an seinen Platz.

»Haben Sie sonst etwas Interessantes entdeckt?«

»Wenn Sie einen Drohbrief oder Ähnliches meinen, muss ich Sie enttäuschen. Leider Fehlanzeige.«

»Ich lasse uns eine Liste mit den Prozessen der letzten Zeit geben. Vielleicht bringt uns das in irgendeiner Weise weiter.«

»Gut möglich, dass Rache an dieser Stelle ein Motiv ist. Trotz allem sollten wir das familiäre Umfeld nicht außer Acht lassen und näher beleuchten.«

Eine Stunde später saß Nick mit den beiden Kollegen des LKA auf dem Westerländer Revier, um alle bisherigen Ermittlungsergebnisse zusammenzutragen.

»Konzentrieren wir uns zunächst auf den Täter. Ich wähle an dieser Stelle bewusst die männliche Form, da ich persönlich von einem Mann ausgehe«, betonte Henning Schirmer vorab.

»Was macht dich so sicher?«, forderte seine Kollegin eine Begründung.

»Die Art, mit der er vorgegangen ist. Der Bericht zu der Obduktion des ersten Opfers hat ergeben, dass der Täter mit ziemlicher Brutalität vorgegangen sein muss. Das passt in meinen Augen nicht zu einer Frau.«

»In diesem Punkt stimme ich dir zu. Bei beiden Opfern handelt es sich um Frauen in etwa gleichem Alter«, stellte Antonia Kussav fest.

»Und beide hatten ihren Lebensmittelpunkt auf der Insel, waren also keine Touristinnen«, ergänzte Nick.

»Dann gehen Sie davon aus, dass der Täter unter den Insulanern zu finden ist?« Schirmer schenkte Nick einen fragenden Blick.

»Ja, davon bin ich überzeugt. Auf diese Weise hatte er die Möglichkeit, sie über einen längeren Zeitpunkt beobachten zu können, bevor er sie letztlich tötete. Das bestärkt meine Annahme, dass die Taten von langer Hand geplant waren und nicht aus dem Affekt heraus resultierten. Die Frage, die sich mir nun stellt, lautet: Warum hat er ausgerechnet diese beiden Frauen ausgewählt?«

»Natürlich war das geplant und kein Zufall, Herr Kollege!« Schirmer stieß einen abfälligen Lacher aus. »Oder laufen bei Ihnen die Leute alle mit dem Messer in der Hand herum und erstechen sich gegenseitig nach Lust und Laune? Von dieser Art der Freizeitgestaltung habe ich jedenfalls noch nie etwas gehört. Aber wahrscheinlich tickt man auf einer Insel ohnehin völlig anders.« Er kratzte sich am Kinn.

»Der Täter kannte die Routinehandlungen der Opfer. Im Fall Ellen Seiler wusste er, dass sie Läuferin war und ihrer Leidenschaft regelmäßig nachging«, fuhr Nick ungeachtet Schirmers Provokation fort.

»Hat sie beim Laufen immer dieselben Runden an bestimmten Tagen gewählt?«, ließ Antonia ihre Überlegung einfließen.

»Nach Frau Meißners Aussage war dies heute ein spontaner Entschluss. Gewöhnlich läuft sie jeden zweiten Tag. Welche Route sie wann nutzt, wusste sie nicht. Das lässt sich gegebenenfalls über einen Fitnesstracker herausbekommen, sofern sie einen hatte.«

»Toll, letztendlich bringt uns das in diesem Fall trotzdem keinen Schritt weiter«, fuhr Schirmer Nick sogleich in die Parade.

»Das würde ich nicht unbedingt sagen, Henning. Der Täter könnte sein Opfer an diesem Morgen beobachtet haben, ihr gefolgt sein und die Gelegenheit genutzt haben, sie zu töten.«

»Ihr Wagen wurde auf dem Parkplatz am Lister Hafen gefunden. Von dort aus ist sie vermutlich über den Deich gelaufen«, betonte Nick und fuhr mit dem Finger die Strecke auf der Karte nach.

»Woher wollen Sie wissen, dass sie ausgerechnet diese Strecke gewählt hat?« Schirmer sah ihn herausfordernd an.

»Es gibt einige ausgewiesene Strecken für Läufer auf der Insel, je nach Anspruch ist für jeden etwas dabei. Diese führt über den Deich und anschließend an der Stelle vorbei, an der sie gefunden wurde. Als trainierter Läufer schafft man die Runde unter einer Stunde. Sie ist circa acht Kilometer lang. Ich müsste mich sehr täuschen, wenn sie eine andere Strecke gewählt haben sollte.«

»Apropos, ist dir an den Fundstellen der Opfer etwas aufgefallen?«, wollte Antonia von ihrem Kollegen wissen, der Nicks Ausführungen skeptisch gefolgt war.

»An dem Feuerplatz in … Wie heißt das Kaff?«

»Morsum«, half Nick nach.

»Meinetwegen. Dort war außer einem Aschehaufen und ein paar verkohlten Baumwurzeln nicht viel zu sehen. Ich habe mir auch das nahegelegene Gelände näher angesehen und Fotos gemacht. Willst du sie dir ansehen?« Henning holte unverzüglich sein Handy hervor.

»Später, danke Henning. Und der zweite Tatort? In List war das, oder?« Sie wandte sich an Nick, der ihre Frage mit einem Kopfnicken bestätigte.

»Ebenfalls abseits vom Schuss. Von der Straße aus ist die Stelle nicht einsehbar. Selbst wenn die Frau um Hilfe gerufen hätte, hätte man sie vermutlich nicht bis dahin gehört. Bei dem Mehrfamilienhaus unmittelbar neben dem Treppenaufgang waren überall die Rollläden heruntergelassen. Vermutlich handelt es sich um Ferienwohnungen, die momentan ungenutzt sind«, vermutete Schirmer.

»Eben«, erwiderte Nick und sah in die verständnislosen Gesichter der Kollegen. »Das unterstreicht die Annahme, dass der Täter auf Sylt lebt oder sich zumindest sehr gut auskennt. Er hat seine Chance gewittert, da er sicher sein konnte, dass er ungestört handeln konnte. Anschließend konnte er in Seelenruhe zur Straße gehen und zu Fuß oder wie auch immer verschwinden, ohne, dass jemand Verdacht geschöpft hätte.«

»Er muss Blut an seiner Kleidung gehabt haben.«

»Regencape drüber, fertig. Darüber wundert sich niemand auf einer Nordseeinsel, Kollege Schirmer.«

»Ich gebe Ihnen recht. Wir sollten uns vorwiegend auf die Insulaner fokussieren«, erklärte Antonia Kussav. »Gab es eigentlich bis auf die Frau, die die Tote gefunden hat, weitere Zeugen?«

»Nein. Der Treppenaufgang liegt unmittelbar am Ortsausgang von List auf Sylt. Zum Weststrand sind es von dort vier Kilometer. Es führt ein Fuß- beziehungsweise Radweg daran vorbei, aber zu dieser Jahreszeit sind dort wenig Menschen unterwegs. Und selbst wenn jemand vorbeigekommen wäre und den Täter gesehen hätte, hilft das nicht viel. Merken Sie sich jeden, dem Sie auf der Straße begegnen? Unser Täter hätte ebenso gut sein Altglas in den beiden Containern entsorgen können, die stehen nämlich gleich am Ortseingang.«

»Frau Seilers Kollegin, …«, begann Antonia Kussav

und rief die auf ihrem Tablet gespeicherten Notizen auf, »Petra Meißner, hat ausgesagt, dass Frau Seiler einen Sohn hat. Er lebt in einem Internat in Süddeutschland. Wurde er schon benachrichtigt?«

»Bislang habe ich keine Rückmeldung der bayerischen Kollegen erhalten«, erklärte Nick mit entschuldigender Miene.

»Was ist mit dem Vater des Jungen?«, meldete sich Schirmer erneut zu Wort.

»Den konnte ich bislang nicht erreichen, da er sich nach Aussage seiner Sekretärin derzeit auf einer Geschäftsreise in Italien befinden soll«, machte Nick deutlich.

»Dann versuchen Sie es eben weiter, Italien liegt schließlich nicht am Amazonas«, gab Henning Schirmer klar zu verstehen.

»Wie bitte?« Nick zog irritiert eine Augenbraue hoch, während Antonia Kussav ihrem Kollegen einen missbilligenden Blick zuwarf.

In diesem Moment klopfte es an der Tür, und eine uniformierte Kollegin betrat den Raum.

»Entschuldige die Störung, Nick! Draußen wartet eine Frau. Sie will eine Aussage zu der toten Frau in List machen.«

»Danke, ich komme gleich.«

»Wahrscheinlich nur jemand, der sich wichtig machen will und uns von der eigentlichen Arbeit abhält«, konnte sich Kollege Schirmer eine Bemerkung nicht verkneifen.

»Kollege Schirmer, ich weiß nicht, welches Problem Sie haben. Für unsere Zusammenarbeit ist es jedenfalls alles andere als förderlich«, entgegnete Nick scharf und verließ ohne ein weiteres Wort das Büro.

»Du benimmst dich wirklich unmöglich, Henning«, setzte Antonia Kussav hinterher und folgte Nick nach draußen.

KAPITEL 21

»Hallo, Nick! Wie war dein Tag?«

Ich war vom Sofa aufgestanden und ging ihm entgegen. Er ließ wortlos seine Sporttasche neben der Garderobe in der Diele fallen und nahm mich so fest in den Arm, als hätten wir uns seit Ewigkeiten nicht gesehen.

»Alles in Ordnung mit dir?«, erkundigte ich mich und strich ihm sanft über die Wange.

Er griff nach meiner Hand und presste seine Lippen dagegen. »Ja, alles okay. Ich bin bloß vollkommen ausgelaugt.« Er hängte die Jacke an die Garderobe und zog die Schuhe aus. »Christopher schläft schon, oder?«

»Ja, er wollte nicht ohne deinen Gute-Nacht-Kuss ins Bett gehen, aber irgendwann hat ihn die Müdigkeit übermannt, und er ist sofort eingeschlafen.« Auf Nicks müdem

Gesicht erschien ein schwaches Lächeln bei meinen Worten.

»Es tut mir leid, dass es wieder spät geworden ist. Die Runde Sport brauchte ich dringend nach dem ganzen Stress heute.«

»Du musst dich nicht rechtfertigen, Nick.«

»Ich habe trotzdem ein schlechtes Gewissen, dass momentan die meiste Arbeit zu Hause an dir hängen bleibt. Ausgerechnet jetzt, wo es zwei Morde aufzuklären gilt, fällt Uwe mit einem Bandscheibenvorfall aus.« Er ließ sich neben mir auf dem Sofa nieder, streckte seine langen Beine aus und legte mit geschlossenen Augen für einen Moment den Kopf in den Nacken.

»Gibt es keinen Ersatz für die Zeit, in der Uwe arbeitsunfähig ist?«, erkundigte ich mich.

»Doch, Achtermann hat zwei Kollegen vom LKA angeschleppt. Sie sind von der OFA.« Nick zog eine Grimasse.

»Klingt nicht gerade, als wärst du begeistert. Was bedeutet OFA?«

»Die Kollegen sind von der Operativen Fallanalyse und sollen uns bei der Tätersuche unterstützen. Sie sind erst ganz frisch dabei«, erklärte Nick.

»Aha. Sind Sie wenigstens nett?«

»Wir kommen zurecht. Bislang fehlt uns sowohl der Hinweis auf einen Täter als auch ein Motiv für die Taten.«

»Gibt es niemanden, der etwas gesehen hat? Keine Zeugen?«

»Heute Nachmittag hat sich eine Frau auf dem Revier gemeldet. Ihr war am Abend vor dem Mord ein Mann aufgefallen, der sich in der Nähe des Hauses aufgehalten haben soll, in dem sich die Kanzlei Seiler befindet.«

»Konnte sie ihn näher beschreiben?«

»Nur vage. Wer rechnet schon damit, dass das einmal wichtig sein könnte.«

»Zwei tote Frauen in kurzer Zeit. Das ist wirklich schrecklich.« Für einige Sekunden sprach keiner von uns ein Wort. Nur die leisen und gleichmäßigen Atemzüge Peppers waren zu hören, der zu unseren Füßen auf dem Teppich lag und schlief.

»Wie geht es eigentlich Doktor Luhrmaier? Der Tod seiner Freundin muss ein Schock für ihn gewesen sein«, durchbrach ich die Stille.

»Er hat seine Emotionen gut im Griff, nach außen jedenfalls. Angeblich bestand zwischen ihm und der Seiler bloß eine lockere Bekanntschaft.«

»Wem will er das weismachen? Luhrmaier ist über beide Ohren in diese Frau verliebt.« Nick sah mich erstaunt an. »Hast du nicht bemerkt, wie er sie beim Biikebrennen angesehen hat? Das ist mir gleich aufgefallen.«

»Was dir alles auffällt!« Seine dunklen Augen funkelten amüsiert.

»Machst du dich über mich lustig?« Ich boxte ihm spielerisch gegen die Brust.

»Hey, das würde ich niemals wagen«, wehrte er sich lachend.

»Das will ich dir auch geraten haben. Falls du übrigens Hunger haben solltest, ich hätte Chili con carne im Angebot«, fiel mir plötzlich ein.

»Dein absolutes Lieblingsessen«, stellte Nick grinsend fest.

»Richtig erkannt. Ich mag es einfach, und die Zubereitung kostet wenig Zeit«, begann ich, mich zu rechtfertigen.

»Okay, ich nehme eine Portion, auch ohne lange Erklärungen«, sagte er und gab mir einen Kuss.

»Kommt sofort!«, erwiderte ich, sprang auf und machte mich auf den Weg in die Küche.

Als ich kurze Zeit später zurückkam, war Nick auf dem Sofa eingeschlafen und schnarchte leise.

KAPITEL 22

Henning Schirmer saß hinter Uwes Schreibtisch über einen Stapel Akten gebeugt, als die Tür aufging und Nick das Büro betrat.

»Guten Morgen, Herr Kollege!«

»Moin!«, grüßte Nick zurück und steuerte schnurstracks auf den Kaffeevollautomaten zu, um sich seinen obligatorischen Morgenkaffee zu machen. Schirmers demonstrativen Blick zur Uhr ignorierte er geflissentlich. Er hatte heute Morgen Christopher in den Kindergarten gebracht, da Anna sehr früh einen Termin in Kampen wahrnehmen musste.

»Ganz schön exquisites Teil«, bemerkte Henning Schirmer und deutete auf die Maschine.

»Für ein Provinznest wie dieses, meinen Sie?«

»Das haben Sie gesagt!«

»Aber Sie haben es gedacht«, hätte Nick am liebsten geantwortet, behielt den Satz jedoch für sich. »Wo steckt Ihre Kollegin?«, fragte er stattdessen und setzte sich auf seinen Platz.

»Toni kommt etwas später«, erwähnte Schirmer, ohne von den Unterlagen aufzusehen. »Ich habe mir erlaubt, beide Tatorte erneut zu analysieren.«

»Und? Zu welchem Ergebnis sind Sie gekommen?«

»An beiden Tatorten – und ich wähle bewusst den Ausdruck Tatort, da beide nach aktueller Spurenlage identisch mit den Fundorten sind – wurden keine Verwüstungen oder Kampfspuren gefunden. Daher erhärtet sich meine Annahme, dass der Täter die Opfer entweder überrascht oder gekannt hat. Zudem hat er sich nicht die Mühe gemacht, die Opfer zu verstecken, um somit die Tat zu vertuschen.« Nun hob er den Kopf und sah seinen Gesprächspartner direkt an.

»Er war sich seiner Sache sehr sicher. Vielleicht wollte er mit seinem Vorgehen auch eine Art Zeichen setzen«, zog Nick in Erwägung. »Eines steht fest, bei beiden Taten handelt es sich nicht um Sexualdelikte.«

Henning Schirmer blätterte einige Seiten weiter und fuhr mit dem Zeigefinger auf dem Papier entlang, bis er an einer Stelle stoppte.

»Im Fall Johannsen gab es eine Zeugenaussage einer Heike Mommsen. Sie belastet darin einen Arzt, Doktor Frank Gustafson. Warum sind Sie der Spur nicht nachgegangen?«

»Bin ich. Die Spur führt in eine Sackgasse und nicht zum Mörder. Hinter der Aussage von Frau Mommsen steckten persönliche Beweggründe.«

»Interessant. In meinen Augen liegt ein eindeutiges Motiv vor.« Nick stöhnte genervt. »Ihre ablehnende Haltung in der Sache hat nicht zufällig damit zu tun, dass dieser Arzt in gewisser Weise in einem engeren familiären Verhältnis zu Ihnen steht? Wie Sie sehen, habe ich meine Hausaufgaben gründlich erledigt. Gemäß den Dienstvorschriften …«, verkündete Schirmer mit einem triumphalen Gesichtsausdruck.

»Ich kenne die Dienstvorschriften«, schnitt Nick ihm das Wort ab. Seine Kiefermuskeln spannten sich an, dennoch zwang er sich, besonnen zu reagieren. »Im Fall Ellen Seiler sehe ich diesbezüglich weder ein Motiv noch eine Verbindung zu Doktor Gustafson. Ich dachte, wir waren uns einig, dass beide Taten demselben Täter zuzuschreiben sind.«

»Sind Sie mit Ihrer Ansicht nicht ein wenig voreilig?«, stichelte Schirmer.

»Drücken Sie sich bitte klar aus. Ich habe keine Ahnung, worauf Sie mit Ihren Andeutungen hinauswollen«, erwiderte Nick verärgert.

»Im Terminkalender von Frau Seiler befindet sich ein Adressteil.« Er legte eine Kunstpause ein, als zelebriere er seine Antwort. »Raten Sie mal, welchen Namen ich darin gefunden habe?«

»Sie werden es mir sicherlich gleich verraten.« Nick blätterte nebenbei in einigen Unterlagen.

»Den Namen Ihres Freundes Gustafson.« Triumphierend sah er zu Nick.

»Na und? Das allein beweist gar nichts.«

Während der Kollege vom LKA nach einer passenden Antwort suchte, tauchte Staatsanwalt Achtermann gefolgt von Antonia Kussav unerwartet auf.

»Guten Morgen, die Herren! Wie ich sehe, arbeiten Sie fieberhaft an den beiden Mordfällen. Wie ist der Stand der Ermittlungen? Ich brauche wohl nicht extra zu betonen, dass der Täter schnellstmöglich gefasst werden muss, bevor weitere Morde geschehen. Offensichtlich haben wir es mit einem skrupellosen Menschen zu tun.« Er warf einen besorgten Blick in die Runde.

»Wir arbeiten mit Hochdruck an der Aufklärung, Herr Staatsanwalt«, ließ Henning Schirmer verlauten. »Das Ergebnis der Rechtsmedizin liegt vor, habe ich vor wenigen Minuten erfahren. Ich habe meinen Rückruf angekündigt, sobald Herr Doktor Luhrmaier eingetroffen ist. Er will dabei sein, hat die Kollegin ausdrücklich betont.«

Wie auf Kommando öffnete sich die Tür, und der Rechtsmediziner huschte herein.

»Oh! Eben haben wir noch von Ihnen gesprochen, Herr Doktor Luhrmaier. Herr Scarren, wären Sie so freundlich?« Er deutete zum Telefon.

Nach mehreren Freizeichen erklang eine freundliche, aber energische Frauenstimme. »Dünnscheidt am Apparat.«

»Ich grüße Sie, Frau Dünnscheidt! Hier spricht Staatsanwalt Achtermann. Wir hatten vorhin …«, wollte Achtermann gerade ausholen, als er jäh unterbrochen wurde.

»Ist Doktor Luhrmaier mittlerweile eingetroffen?«, kam sie ohne jegliches Geplänkel auf den Punkt.

»Ja, einen Moment.« Achtermann signalisierte dem Mediziner, näher an das Telefon zu kommen. »So, jetzt steht er direkt vor dem Telefon«, ließ er die Gesprächs-teilnehmerin am anderen Ende der Leitung wissen.

Antonia Kussav wechselte einen kurzen Blick mit Nick und konnte sich mühsam ein Grinsen verkneifen.

»Josef? Bist du sicher, dass du das hören willst?«, erklang die Stimme der Ärztin.

»Bitte, Dorothea, was kannst du uns sagen?«, überging der Mediziner die Frage.

»Die Tote weist insgesamt 17 Stichverletzungen auf, wovon der Schnitt durch die Kehle tödlich war. Der Tod war bereits eingetreten, als ihr die übrigen Verletzungen zugefügt wurden. Alle Einstiche befinden sich ausschließ-lich im Bereich des Oberkörpers.«

»Klarer Fall von Übertötung«, meldete sich Schirmer zu Wort und sah nach Bestätigung heischend in die Runde.

»Können Sie nähere Angaben zur Tatwaffe machen, Frau Doktor Dünnscheidt?«, bat Nick um weitere Infor-mationen.

»Bei der Tatwaffe handelt es sich um ein extrem schar-fes Messer mit einer spitz zulaufenden, dünnen Klinge. Schätzungsweise 20 Zentimeter lang. Die Stichverletzun-gen weisen äußerst glatte Wundränder auf, die nicht mehr über Gewebebrücken miteinander verbunden sind.«

»Wie im Fall Johannsen«, flüsterte Antonia Kussav Nick zu, der direkt neben ihr stand.

»Hast du Hinweise auf Abwehr- oder Kampfspuren finden können, Dorothea?«, wollte Doktor Luhrmaier von der Ärztin wissen.

»Nein, zumal sie Handschuhe getragen hat. Die wenige Zentimeter große Verletzung an der rechten Schläfe hat sie sich beim Sturz auf den Boden zugezogen, nachdem ihr die Kehle durchtrennt wurde. Ich konnte winzige Holz- und Sandpartikel in der Wunde finden.«

Doktor Luhrmaier saß mit regloser Miene neben dem Telefon.

»Das würde passen. Sie wurde unmittelbar neben einem Treppenabsatz aus Holz gefunden«, bestätigte Nick.

»Wir haben außerdem DNA am Kragen ihrer Jacke gefunden, die eindeutig nicht von ihr stammt. Ich habe das Material ins Labor gegeben, die Analyse braucht etwas Zeit«, betonte die Rechtsmedizinerin. »Der Täter muss sie von hinten angegriffen haben und ihr mit einem gezielten Schnitt die Kehle durchtrennt haben. Er war im Übrigen Rechtshänder. Den ausführlichen Bericht schicke ich Ihnen zu, sobald mir alle Untersuchungsergebnisse vorliegen.« Dann verabschiedete sich Doktor Dorothea Dünnscheidt und legte auf.

»Der Typ muss von ungeheurer Wut getrieben sein, sonst hätte er sein Opfer nicht derart zugerichtet«, stellte Schirmer fest.

»Sowohl die Wahl der Tatwaffe als auch die Vorgehensweise selbst lassen den Schluss zu, dass wir es mit ein und demselben Täter zu tun haben«, fasste Nick zusammen.

»Die Wahrscheinlichkeit ist sehr hoch«, pflichtete Staatsanwalt Achtermann ihm bei. »Wie werden Sie weiter vorgehen?«

»Wir müssen weiter nach Parallelen zwischen beiden Opfern suchen. Nur so können wir den Täterkreis näher eingrenzen«, schlug Antonia Kussav vor.

»Lassen Sie es mich wissen, wenn ich Sie unterstützen kann«, ließ der Staatsanwalt die Beamten wissen.

KAPITEL 23

»Magst du noch einen Schluck?«, fragte Birte Peters ihren Mann, während sie sich Kaffee nachschenkte.

»Nein, danke«, lehnte er ab, ohne von der Zeitung aufzusehen.

»Herrlich, ein freier Tag mitten in der Woche, oder Liebling?«

»Hm.« Sein Augenmerk galt dem Sportteil der Tageszeitung.

»Kann ich den Hauptteil bekommen?« Sie griff nach dem Stück Zeitung, das ihr Mann ihr wortlos reichte.

»Oh, Gott! Hast du das gelesen?«

Endlich sah er auf. »Was denn?«

»In List wurde eine Frau tot aufgefunden. Sie wurde mit mehreren Messerstichen getötet. Eine Spaziergängerin hat sie entdeckt. Das ist ja furchtbar!«

»Steht da, wer die Tote ist?«, wollte er wissen.

»Sie soll von der Insel stammen und eine Anwaltskanzlei in Westerland haben.«

»Ein Name steht da nicht?«

»Nein, das schreiben sie nie«, erinnerte ihn seine Frau. »Warum ist das wichtig?« Er antwortete nicht, sondern starrte geistesabwesend auf den leeren Teller vor sich. »Hallo, Lorenz, ich rede mit dir! Was ist denn plötzlich los mit dir?«

»Nichts. Was soll mit mir los sein?«, entgegnete er unwirsch.

»Du wirkst auf einmal ausgesprochen nachdenklich. Kanntest du die Frau etwa?«

»Blödsinn. Wie kommst du denn auf die Idee? Woher sollte ich eine Anwältin aus Westerland kennen?«

»Sag du es mir!«, konterte sie spitz.

»Ach, Schneckchen, was du wieder denkst.« Er setzte krampfhaft ein Lächeln auf.

»Ich merke doch, wenn etwas nicht stimmt. Kann es sein, dass die Sache mit deinem alten Freund zu tun hat?« Sie hatte die Worte kaum ausgesprochen, da überkam sie eine Gänsehaut.

»Wen meinst du?«, stellte er sich ahnungslos.

»Tu nicht so! Du weißt genau, von wem die Rede ist. Von Sönke Brodsen natürlich, von wem sonst.«

»Er hat doch nichts mit dem Mord zu tun. Warum sollte er die Frau umgebracht haben?«

»Er hat die letzten Jahre im Gefängnis verbracht. Schon vergessen?«

»Und deshalb ist er automatisch für jegliche Straftat, die begangen wird, verantwortlich? Einmal Verbrecher, immer Verbrecher! Sorry, Birte, du machst es dir verdammt einfach.« Er ließ sie seine Verärgerung deutlich spüren.

Sie schluckte. »Der Gedanke ist nicht vollkommen abwegig. Das kannst du ruhig zugeben, Lorenz.«

Statt eine Antwort zu geben, winkte er übellaunig ab und widmete sich erneut dem Zeitungsartikel.

Ein lautes, energisches Hämmern gegen die Tür ließ ihn aus dem Schlaf aufschrecken. Er richtete sich kerzengerade von der Couch auf und brauchte einige Sekunden, um sich zu orientieren. Als er erkannte, wo er sich befand, entspannte sich sein Körper zusehends. Derart fest hatte er seit Ewigkeiten nicht mehr geschlafen. Gähnend stand er auf und wankte schlaftrunken zur Tür.

»Lorenz! Sind sie hinter dir her oder was soll der Krach?«, fragte er und schüttelte mehrfach seine Hand aus, die während der unbequemen Liegeposition eingeschlafen war und zudem heftig kribbelte. »Kaffee?« Er schlurfte, ohne eine Antwort abzuwarten, zu der kleinen Küchenzeile, auf der eine einfache Kaffeemaschine stand.

»Hast du etwas damit zu tun?« Lorenz Peters knallte die »Sylter Rundschau« auf den kleinen Tisch unter dem Fenster.

»Womit?« Er würdigte die Zeitung keines Blickes, sondern füllte in Seelenruhe Kaffeepulver aus einer Dose in einen Papierfilter.

»Sönke, bitte sage mir, dass du mit dem Tod dieser Anwältin nichts zu tun hast.«

»Ich habe wirklich keine Ahnung, wovon du sprichst. Hat dich deine Frau geschickt?«, erwiderte er gelassen, während er Wasser aus der Glaskanne in den Tank der Maschine goss und sie einschaltete.

»Birte weiß nicht, dass du hier bist. Bitte sage mir die Wahrheit! Hast du mit dem Tod dieser Frau etwas zu tun? Schließlich war sie deine Anwältin, und du hättest allen Grund, auf sie sauer zu sein.«

Sönke sah seinen Freund mit großen Augen an. Er schien mit einem Mal hellwach zu sein. »Die Seiler ist tot?« Er griff nach der Zeitung.

»Ja. Ermordet, genauso wie Bente Johannsen. Es ist nur eine Frage der Zeit, bis die Polizei eins und eins zusammenzählt. Du bist mein Freund, Sönke, aber ich möchte mit der Sache nichts zu tun haben. Ich muss schließlich an meine Familie denken«, machte Lorenz deutlich.

»Du glaubst, ich hätte die beiden umgebracht?«

»Kurz nachdem du auf freiem Fuß und zurück auf Sylt bist, kommen ausgerechnet zwei Frauen ums Leben, mit denen du in Verbindung gestanden hast. Du musst zugeben, das klingt schon merkwürdig, oder?« Er hatte den Satz kaum zu Ende gesprochen, da drehte ihm sein Freund wortlos den Rücken zu und griff nach ein paar Kleidungsstücken, die über der Sessellehne hingen. »Was wird das, Sönke?«

»Das siehst du doch, ich packe.«

»Nun sei nicht gleich eingeschnappt, so habe ich das nicht gemeint. Aber du musst mich auch verstehen. Bitte, Sönke, hör auf damit! Wo willst du denn hin?« Lorenz bemühte sich, seinen Freund umzustimmen.

»Ich finde was, mach dir keine Gedanken«, entgegnete Sönke verletzt und stopfte seine Habseligkeiten in die Reisetasche.

»Hör auf!« Lorenz packte ihn am Arm, und für einige Minuten taxierten sich die beiden Männer. »Ich bin dein Freund, Sönke. Das eben tut mir leid, ich weiß auch nicht, was mich da geritten hat. Du weißt doch, wie die Leute reden, besonders auf einer Insel. Damals wie heute, daran hat sich nichts geändert. Die Menschen machen sich Sorgen, wenn etwas passiert, und schieben dem Nächstbesten die Schuld zu. Nahezu jeder lebt mittlerweile vom Tourismus. Ein Frauenkiller ist das Letzte, was wir auf Sylt gebrauchen können.«

»Ich habe sechs Jahre im Gefängnis verbracht, weil andere Menschen nur an ihren eigenen Vorteil gedacht haben. Verstehst du? Sechs Jahre, drei Monate und fünf Tage«, zählte er mit verbitterter Miene auf. »Soll ich das einfach vergessen?«

»Du kannst es nicht mehr ungeschehen machen. Bitte, Sönke, mach bloß keinen Fehler und alles kaputt.«

»Was gibt es da noch kaputt zu machen?« Er lachte freudlos. »Keine Sorge, sobald ich alles geregelt habe, falle ich dir nicht weiter zur Last.«

»Meinetwegen kannst du für die nächsten Wochen hierbleiben, das habe ich dir zugesichert, allerdings unter einer Bedingung: Du ziehst nicht in einen persönlichen Rachefeldzug. Okay? Versprich mir das!« Er klopfte seinem Kumpel auf die Schulter und verließ die Hütte.

Sönke Brodsen sah ihm durch das kleine Fenster nach, während der Duft nach frischem Kaffee den Raum erfüllte.

KAPITEL 24

Ich stellte meinen Wagen am Ortseingang von Keitum auf dem großen Parkplatz ab und lief die letzten 500 Meter zum Restaurant »Oma Wilma« zu Fuß, da innerhalb der

Ortschaft der Parkraum begrenzt war. Da ich spät dran war, musste ich mich beeilen, um die anderen nicht unnötig lange warten zu lassen. Unterwegs begegnete ich nur wenigen Passanten, da die Geschäfte längst geschlossen waren. Ich zog meinen Schal fest um den Hals und war froh, dass ich eine Mütze mitgenommen hatte, denn der Wind hatte seit den Nachmittagsstunden merklich aufgefrischt und fegte nunmehr durch die Häuser. Schützend hielt ich den kleinen, in dickes Papier gewickelten Blumenstrauß vor meinen Körper, damit ich ihn unbeschadet in Kürze überreichen konnte. Ich marschierte den Gurtstig entlang, vorbei an kleinen Geschäften sowie dem Café »Die kleine Teestube«, bis ich das Restaurant erreicht hatte. Drinnen war es kuschelig warm. Der Kellner hatte mich kaum begrüßt und mir den Mantel abgenommen, erklang bereits Nadines Stimme quer durch den Raum.

»Huhu, Anna! Wir sind hier drüben.« Sie winkte mich gut gelaunt zu sich an den Tisch, an dem sich bereits Britta, Tina und zwei weitere Frauen, die ich nicht kannte, angeregt unterhielten. Eine junge Servicekraft balancierte eben ein Tablett mit mehreren Gläsern Prosecco an mir vorbei und stellte es an unserem Tisch ab.

»Herzlichen Glückwunsch zum Geburtstag und vielen Dank für die Einladung!« Ich überreichte Nadine die Blumen, die ich zuvor schnell von dem Papier befreit hatte.

»Oh, die sind wirklich wunderschön. Vielen Dank, Anna! Das beweist wieder einmal mehr, dass du ein ausgezeichnetes Händchen für Pflanzen hast.« Sie lachte und forderte mich auf, Platz zu nehmen.

»Gern. Tut mir leid, dass ich mich verspätet habe. Nick hat momentan unglaublich viel zu tun und kam nicht eher aus dem Büro weg«, brachte ich zu meiner Entschuldigung vor und nahm auf der Bank neben Britta Platz.

»Kein Problem. Du hast bisher nichts Wesentliches verpasst.« Das Geburtstagskind griff nach dem Glas mit Prosecco und hielt es in die Höhe. »Schön, dass ihr alle meiner Einladung gefolgt seid, und habt vielen Dank für die schönen Geschenke. Jetzt wünsche ich uns einen geselligen Abend. Prost, auf unser aller Wohl!«

»Auf das Geburtstagskind!«, riefen wir im Chor und stießen untereinander an.

»Ach, Anna, ich glaube, du kennst meine beiden Freundinnen Annegret und Sabine bislang nicht.« Nadine deutete auf die beiden Frauen, die mich eingehend musterten.

»Schön, euch kennenzulernen«, nickte ich ihnen zu.

»Du bist die Freundin mit dem großen Haus in Morsum, die mit dem gut aussehenden Polizisten verheiratet ist, hat Nadine gesagt«, ließ mich Annegret mit einem süßlichen Lächeln auf den Lippen wissen.

»Ja, ich wohne in Morsum, und mein Mann ist bei der Polizei, das stimmt«, erwiderte ich ausweichend und sah kurz zu Nadine, die mit einer Unschuldsmiene die Achseln zuckte. Ich konnte mir lebhaft vorstellen, was Nadine ihren beiden Freundinnen über mich erzählt haben musste. Zudem wusste ich, dass sie heimlich für Nick schwärmte und mir für lange Zeit unsere Beziehung missgönnt hatte.

»Hast du nicht permanent Angst, dass ihm etwas zustoßen könnte?«, riss mich Sabine aus meinen Gedanken, während sie zum wiederholten Male ihre Serviette akribisch glatt strich.

»Nein, besonders gefährlich ist es nicht auf Sylt«, entgegnete ich lapidar.

»Ist er nicht sogar angeschossen worden? Nadine hat etwas in der Richtung gesagt«, hakte sie neugierig nach.

»Das ist lange her«, versuchte ich ihre Neugierde einzudämmen und war dankbar, als die Bedienung unsere Bestellung aufnehmen wollte.

»Wir können gerne die Plätze tauschen, wenn sie nerven«, raunte mir Britta zu, die die Fragestunde mitbekommen hatte.

»Ich denke, ihre Neugier ist vorerst gestillt«, gab ich mit einem Schmunzeln zurück.

»Da Uwe zurzeit nicht arbeiten kann und Tina nicht up to date ist, was die Ermittlungen betrifft, kannst du uns bestimmt etwas zu dem Frauenmörder sagen, der augenblicklich auf Sylt sein Unwesen treibt, Anna«, schnitt Nadine den nächsten Punkt an.

»Ich würde sowieso nichts sagen, selbst wenn ich etwas wüsste. Du weißt doch, dass wir zu laufenden Ermittlungen nichts sagen dürfen. Wir kommen ebenso aus dem Tal der Ahnungslosen wie ihr«, eilte mir Tina zu Hilfe und war bemüht, die Fragerei mit einer Portion Humor abzuwenden.

»Ich traue mich seitdem nicht mehr allein auf die Straße. Wer weiß, was das für ein Psychopath ist«, betonte Sabine eindringlich und wurde sofort von Nadine und Annegret in ihrer Meinung bestärkt.

»Hanspeter hat mich heute sogar zur Arbeit gebracht. Zu Fuß gehe ich nicht mehr allein aus dem Haus. Schon gar nicht im Dunkeln«, verkündete Nadine, während ihre Freundinnen eifrig nickten.

»Wahrscheinlich befindet sich der Täter längst nicht mehr auf Sylt. Und wenn, wird die Polizei ihn sicher bald festnehmen«, gab sich Britta zuversichtlich.

»Wenn ihr mich fragt, wüsste ich, wer hinter den Morden steckt.« Alle Blicke richteten sich gespannt auf Nadine.

»So? Wer sollte deiner Meinung nach für die Taten verantwortlich sein?«, wollte Tina wissen, die Nadines Neigung zu Klatsch und Tratsch generell kritisch gegenüberstand.

»Sönke Brodsen.«

»Wie kommst du darauf?« Erwartungsvoll sahen wir Nadine an, die sich mit der Erklärung absichtlich Zeit ließ.

»Nadine!«, drängte Tina gereizt.

»Wisst ihr das nicht mehr? Vor ungefähr sechs Jahren? Komisch, kaum ist er wieder auf der Insel, sterben plötzlich zwei Frauen«, gab sich Nadine geheimnisvoll.

»Eier nicht rum und komm endlich auf den Punkt!«, forderte Britta sie genervt auf.

»Sönke hat damals seine Freundin auf hinterhältige Art und Weise ermordet und musste dafür mehrere Jahre ins Gefängnis«, erklärte Nadine, während Sabine ihren Ausführungen mit ängstlichem Gesichtsausdruck folgte.

»Er ist wegen Totschlags verurteilt worden, nicht wegen Mordes, Nadine«, wurde sie von Tina korrigiert.

»Meinetwegen war es eben Totschlag. Mareike ist jedenfalls tot, und er hat sie auf dem Gewissen.«

»Was ist damals genau passiert?«

»Angeblich hat Mareike damit gedroht, die Beziehung zu beenden, weil Sönke sie mit einer anderen betrogen haben soll. Da ist er total ausgeflippt und hat sie absichtlich die Treppe hinuntergestoßen. Dabei hat sie sich das Genick gebrochen und war sofort tot.«

»Oh Gott, wie abscheulich«, stieß Annegret hinter vorgehaltener Hand entsetzt hervor.

»Er hat immer betont, es sei keine Absicht gewesen, sondern ein schrecklicher Unfall«, hielt Britta dagegen.

»Ein Unfall! Das passt zu Sönke. Leider können wir Mareike dazu nicht mehr befragen. Glücklicherweise gab es Zeugen, die seine Aussage glaubhaft widerlegt haben. Sonst wäre er wohl kaum verurteilt worden. Wenn es nach mir gegangen wäre, hätte er sowieso lebenslang bekommen. Wer seine Freundin betrügt und sie umbringt, hat es nicht besser verdient«, fügte sie beinahe trotzig hinzu und erntete von ihren beiden Busenfreundinnen Sabine und Annegret ein zustimmendes Nicken.

»Da kommt unser Essen«, rief Tina, die erleichtert schien, der Unterhaltung somit entfliehen zu können.

Gegen 22.30 Uhr löste sich unsere kleine Gesellschaft nach und nach auf.

»Soll ich dich nicht lieber bis zu deinem Wagen mitnehmen?«, fragte Britta, als wir draußen vor der Tür standen.

»Nein, die paar Meter gehe ich zu Fuß. Nach dem reichhaltigen Essen wird mir ein Spaziergang an der frischen Luft guttun«, lehnte ich freundlich ab.

»Pass auf, dass du nicht überfallen wirst. Du weißt ja«, gab mir Nadine mit einem Augenzwinkern mit auf den Weg, bevor sie bei ihrem Mann Hanspeter in das Auto stieg.

»Seltsamer Humor«, wunderte sich Britta und schaute dem davonfahrenden Fahrzeug nach. »Schreib mir bitte eine kurze Nachricht, wenn du zu Hause angekommen bist, ja?«

»Ach, Britta, du klingst beinahe wie meine Mutter«, erwiderte ich grinsend. »Wenn du dann besser schlafen kannst, mache ich das. Versprochen«, gab ich ihrem eindringlichen Wunsch nach und hob die Hand wie zu einem Schwur.

»Brave Anna!« Sie zwinkerte mir zu.

Nachdem wir uns voneinander verabschiedet hatten, setzten wir unseren Weg in gegensätzliche Richtungen fort. Der Wind hatte an Stärke nachgelassen, aber leichter Nebel hatte sich gebildet, der mich frösteln ließ. Ich schlang die Arme um den Körper und beschleunigte meine Schritte, bis ich den Andreas-Hübbe-Wai erreicht hatte. Um den Weg zum Parkplatz abzukürzen, bog ich hier ein. Als mein Auto bereits in Sichtweite kam, begann ich im Gehen, nach meinem Autoschlüssel zu kramen. Wie aus dem Nichts sprang plötzlich eine Gestalt aus dem Dunkel und stellte sich mir mitten in den Weg. Erschrocken blieb ich stehen und presste schützend meine Tasche gegen den Oberkörper. Im schwachen Licht der Laternen konnte ich kein Gesicht erkennen, da der Kopf durch eine Kapuze verdeckt war. Eine gefühlte Ewigkeit standen wir uns gegenüber, ohne dass etwas geschah. Mir wurde schlagartig heiß, und mein Herz klopfte so heftig, dass ich es beinahe hören konnte. Meine Finger krallten sich derart in der Tasche fest, dass sie schmerzten. Dennoch war ich nicht in der Lage, mich von der Stelle zu bewegen. Ich war wie gelähmt.

»Was wollen Sie?«, brachte ich mit einem kläglichen Krächzen hervor.

Mein Gegenüber antwortete nicht, stattdessen hörte ich ein leises Schnaufen, weiße Atemwölkchen stiegen in die Luft. Jegliches weitere Wort blieb mir buchstäblich im Hals stecken. Wer war die dunkle Gestalt und was wollte sie? Der Statur nach zu urteilen, handelte es sich um einen Mann. Was würde geschehen, wenn ich die Flucht ergriff? Hatte ich eine Chance zu entkommen? Bestimmt war er schneller als ich, auf jeden Fall aber stärker, das stand außer

Frage. Verstohlen sah ich mich um, ob eventuell gerade andere Menschen auf dem Weg zu ihrem Auto waren, aber der Parkplatz war so gut wie leer. Während sich die Gedanken in meinem Kopf eine wilde Verfolgungsjagd lieferten, machte die Person unerwartet einen Satz auf mich zu. Mit Schrecken erkannte ich eine Klinge in der Hand aufblitzen. Augenblicklich löste ich mich aus meiner Starre und begann so laut zu schreien, wie ich konnte.

KAPITEL 25

Er schlug die Tür hinter sich zu und lehnte sich schwer atmend von innen dagegen. Das war knapp. Um Haaresbreite hätte man ihn erwischt. Mit dem Auftauchen der anderen hatte er nicht gerechnet. Als sich sein Atem langsam normalisiert hatte, stieß er sich von der Tür ab, zog die Jacke aus und ging rüber zu der kleinen Küchenzeile, um sich ein Bier aus dem Kühlschrank zu nehmen. Er öffnete den Kronkorken, setzte die Flasche an und trank gierig ein paar große Schlucke. Dann ließ er sich auf das Sofa fallen und legte die Füße auf dem niedrigen Tisch ab. Eine Weile saß er einfach nur da und starrte vor sich hin. Die Stehlampe neben ihm begann, in unregelmäßigen Abständen zu flackern. Genervt zog er den Stecker und schaltete kurzerhand den Fernseher an. Anschließend zappte er wahllos durch die Kanäle. Bei einer Reportage über Existenzgründer blieb er schließlich hängen. Sein eigener Chef zu sein, davon träumte er seit Jahren. Doch als der Traum in greifbare Nähe rückte, erfuhr sein Leben eine folgenschwere Änderung. Nun galt es, einen Neuanfang zu bewältigen. An Ideen mangelte es ihm nicht, dazu war er handwerklich erfahren und geschickt. Die Sache hatte nur einen entscheidenden Haken: Keine Bank der Welt würde ihm mit seiner Vergangenheit einen Kredit geben. Zudem verfügte er weder über nennenswerte Ersparnisse noch konnte er irgendwelche Sicherheiten bieten. Er hatte so gut wie nichts. Die Vergangenheit war ungerecht mit ihm umgegangen, das hatte er am eigenen Leib schmerzhaft erfahren müssen. Aber er würde nicht aufgeben, bis er seinen Seelenfrieden gefunden und Gerechtigkeit Einzug in sein Leben gehalten hatte.

KAPITEL 26

»Hier, trink einen Schluck Tee, dann geht es dir gleich besser. Aber pass auf, dass du dich nicht verbrennst, er ist ziemlich heiß.«

»Danke, Nick.« Ich umschloss den Becher mit beiden Händen, da sie noch immer leicht zitterten.

»Was macht die Verletzung?« Nick deutete auf mein rechtes Handgelenk.

»Ich glaube, die Blutung hat aufgehört.« Ich stellte die Tasse ab und entfernte vorsichtig die Kompresse.

»Du hattest unglaubliches Glück, dass gerade Leute kamen und dir geholfen haben. Ich möchte mir nicht vorstellen, was sonst passiert wäre.« Nick wirkte besorgt.

»Das ging alles wahnsinnig schnell, ich kann mich nur mit Mühe an Details erinnern. Ich weiß lediglich, dass ich geschrien und dem Angreifer einen Tritt verpasst habe, so wie du es mir mal gezeigt hast.«

Ein zaghaftes Lächeln huschte über Nicks Gesicht, dann wurde er wieder ernst. »Das hast du richtig gemacht. Schade, dass du sein Gesicht nicht erkennen konntest.«

»Nein, dafür war es zu dunkel. Ich bin aber sicher, dass es ein Mann war. Er war groß und kräftig«, erinnerte ich mich, und der Gedanke ließ mich erschaudern.

Nick dachte konzentriert nach und trommelte derweil rhythmisch mit den Fingern auf die Tischplatte.

»Glaubst du, das war derselbe Kerl, der …« Ich wagte bei dem Gedanken kaum weiterzusprechen, »die beiden Frauen auf dem Gewissen hat?«

Nick stieß hörbar die Luft aus. Dann sah er mich an. »Die Vermutung liegt nahe, dass es sich um denselben Täter handelt. Genauso gut kann keine Verbindung zu den Fällen bestehen. Vielleicht wollte er bloß Geld oder die Autoschlüssel. Kannst du das Messer näher beschreiben, mit dem er dich angegriffen hat?«

»Nein, in dem Augenblick habe ich wirklich nicht darauf geachtet, wie das Messer aussah.«

»Das verstehe ich.« Er schenkte mir einen entschuldigenden Blick und drückte mir einen Kuss auf die Stirn.

Mein Blick wanderte zu Pepper, der zu meinen Füßen auf dem Boden lag und fest schlief. »Mit Pepper wäre das nicht passiert«, überlegte ich.

»Vermutlich. Aber du kannst nicht überall den Hund mitnehmen. Es bleibt einzig, diesen Irren schleunigst zu finden, bevor er erneut zuschlagen kann.«

»An wen schreibst du mitten in der Nacht?«, fragte ich, als Nick auf seinem Handy herumtippte.

»Ich schicke den beiden neuen Kollegen eine Nachricht, dass wir uns morgen um 7 Uhr im Büro treffen.«

»Darüber werden sie nicht begeistert sein.«

»Das ist mir egal, die sind zum Arbeiten gekommen und nicht zum Erholen.« Nicks Reaktion fiel für seine Verhältnisse ungewöhnlich barsch aus.

»Habt ihr überhaupt keine brauchbaren Spuren, die zum Täter führen?«, wollte ich wissen und trank von meinem Tee, der mittlerweile etwas abgekühlt war.

»Wir hoffen, mithilfe der gefundenen DNA an der Kleidung des Opfers Hinweise auf die Identität des Täters zu erhalten.«

Plötzlich erinnerte ich mich an die Geschichte, die Nadine einige Stunden zuvor erwähnt hatte.

»Was hast du, Sweety? Ist dir doch etwas eingefallen?« Nick beobachtete mich aufmerksam und legte das Handy auf den Tisch.

»Nein, ich musste an einen Vorfall denken, von dem Nadine heute Abend erzählt hat.« Als Nick mich interessiert ansah, fuhr ich fort. »Sie hat von einem Mann erzählt, der kürzlich zurück nach Sylt gekommen ist, nachdem er eine Zeit lang im Gefängnis verbracht hat. Er soll seine damalige Freundin mit Absicht die Treppe heruntergestoßen haben.«

»Hat Nadine einen Namen genannt?«

»Ja, Sönke Brodsen. Jetzt weiß ich auch, wo ich den Namen schon einmal gehört habe. Neulich bei Ava und Carsten war eine Frau, die mit Nachnamen Brodsen hieß, Geeske Brodsen. Das muss die Mutter sein.«

»Hm. Der Name sagt mir auf Anhieb nichts. Bestimmt kann Uwe mehr mit dem Fall anfangen. Was hat Nadine sonst erzählt?«, erkundigte sich Nick und tippte den Namen in sein Smartphone.

»Sie ist fest überzeugt, dass er die beiden Frauen ermordet hat.«

»Wie kommt sie zu der Annahme?« Nick zog skeptisch die Stirn kraus.

Auf diese Frage reagierte ich mit einem ratlosen Schulterzucken. »Keine Ahnung. Angeblich wollte er sich rächen.«

»Rächen? Wofür?«

»Nick, ich weiß es wirklich nicht.«

»Interessant, der Sache werde ich gleich morgen früh nachgehen. Jetzt lass uns schlafen gehen, es ist reichlich spät. Oder möchtest du lieber noch ein bisschen reden?«

»Nein, ich werde versuchen zu schlafen.«

KAPITEL 27

Die Deckenbeleuchtung verbreitete ein unangenehm grelles Licht in dem fensterlosen Besprechungsraum, in dem die drei Beamten saßen und über die neuesten Entwicklungen debattierten. Nick hatte heute Morgen als Erstes den Fall Sönke Brodsen recherchiert, von dem Anna ihm am Abend zuvor erzählt hatte. Jetzt berichtete er den Kollegen von seinen Nachforschungen, was eine heftige Debatte auslöste.

»Für mich liegt die Sache eindeutig auf der Hand. Brodsen ist unser Täter«, erklärte Henning Schirmer aus voller Überzeugung.

»Ich sehe kein klares Motiv, da mir die Gemeinsamkeit zwischen beiden Opfern fehlt. Auf der einen Seite die Ärztin, auf der anderen die Anwältin«, hielt Antonia Kussav dagegen.

»Er hegt einen allgemeinen Hass gegen Frauen, basta. In diesem Fall spielt der Beruf keine ausschlaggebende Rolle. Wahrscheinlich waren die beiden zur falschen Zeit am falschen Ort«, beharrte Schirmer auf seiner Meinung, als dulde er keinerlei Widerspruch.

»In einem stimme ich dir zu, Henning. Der Täter muss eine unbändige Wut auf seine Opfer gehabt haben, sonst hätte er sie nicht derart brutal umgebracht«, überlegte Antonia Kussav.

»Seine Methode gleicht einer Hinrichtung«, ergänzte der LKA-Kollege mit angewidertem Gesichtsausdruck.

»Trotz allem glaube ich nicht, dass er sie rein zufällig ausgewählt hat. Er wusste, mit wem er es zu tun hatte. Er hat seine Opfer genauestens beobachtet und auf den richtigen Moment gewartet, wie Herr Scarren bereits zu Beginn der Ermittlungen vermutet hat.« Sie machte eine nachdenkliche Pause. »Wie sollen wir Ihrer Ansicht nach weiter verfahren?«, wandte sie sich an Nick, der sich bislang mit Spekulationen im Hintergrund gehalten hatte.

»Ich denke auch, dass der Täter nicht unüberlegt oder auf gut Glück gehandelt hat. Diese Tatsache müssen wir uns zunutze machen und nach möglichen Verbindungen zwischen ihm und den beiden Frauen suchen. Bestehen Parallelen zwischen beiden Opfern? Wenn ja, welche? Ich bin überzeugt, da besteht ein Zusammenhang. Wenn wir das herausfinden, können wir ihn kriegen und womöglich weitere Taten verhindern.« Nick drehte langsam den Kopf erst nach links, dann nach rechts, um die verspannte Nackenmuskulatur zu dehnen.

»Sie denken, er könnte erneut zuschlagen?« Antonia wirkte überrascht.

»Mal angenommen, Sie liegen mit Ihrer Vermutung richtig, und es war derselbe Täter, der Ihre Frau angegriffen hat und es sich dabei um Brodsen handelt. Wo ist da die Verbindung?« Schirmer sah Nick herausfordernd an, der sich nachdenklich das Kinn rieb.

»Dafür habe ich in der Tat keine Erklärung, muss ich gestehen. Anna kennt weder Brodsen persönlich noch eine der getöteten Frauen. Wir sollten dringend vermeiden, uns bei den Ermittlungen voreilig auf eine bestimmte Person festzulegen. Allein die Tatsache, dass Sönke Brodsen kürzlich eine Haftstrafe verbüßt hat, macht ihn noch lange nicht zu dem Mörder, nach dem wir suchen.«

»Ein Grund mehr, ihm schleunigst auf den Zahn zu fühlen und seine Vergangenheit näher zu beleuchten. Damit verlieren wir keine kostbare Zeit, sollte er als Täter ausscheiden«, bemerkte Antonia Kussav. »Henning, daher schlage ich vor, du siehst dir alles über ihn an, was der Computer hergibt. Kollege Scarren und ich statten Brodsen einen Besuch ab. Einverstanden?« Sie sah voller Tatendrang zwischen den beiden Männern hin und her.

»Aber …«, setzte Henning Schirmer zum Protest an, zog seine Bedenken jedoch zurück und willigte stattdessen mit einem gequälten »Okay« ein.

»Ich hoffe, wir treffen ihn in seinem Elternhaus an«, überlegte Antonia Kussav auf der Autofahrt nach Morsum.

»Unter dieser Adresse ist er gemeldet, das habe ich überprüft. Dort drüben ist es.« Nick zeigte auf ein einsam gelegenes, reetgedecktes Gebäude.

»Ich wusste gar nicht, dass der Osten der Insel so ländlich geprägt ist. Offenbar wird tatsächlich noch Landwirtschaft betrieben, und der Tourismus hat bisher nicht allzu große Spuren hinterlassen«, stellte sie mit Blick aus dem Fenster fest.

»Die Idylle trügt leider. Die Höfe wechseln mehr und mehr den Besitzer. Sie werden zum größten Teil aufwendig saniert und in Feriendomizile umgewandelt«, bestätigte Nick, während er das Auto auf dem Seitenstreifen vor dem Haus der Familie Brodsen zum Stehen brachte.

»Schade, die alten Häuser vermitteln einen wunderbaren Hauch Nostalgie.«

»Tja, jeder möchte gern ein Stück vom Paradies sein Eigen nennen. Das kann man niemandem verübeln. Solange die Menschen bereit sind, die horrenden Preise zu bezahlen, wird sich das vermutlich nicht ändern. So, dann wollen wir mal sehen, ob Sönke Brodsen zu Hause ist.«

Die beiden Beamten stiegen aus dem Wagen und gingen auf das Haus zu. Kurz darauf öffnete eine grauhaarige Frau auf das Klingelzeichen hin die Tür.

»Wenn Sie Sönke suchen, er ist nicht hier«, erklärte sie, noch bevor sich die Beamten ausgewiesen hatten.

»Wissen Sie, wo er sich momentan aufhält? Wir müssten ihn dringend sprechen«, hakte Nick höflich nach.

Die Frau zögerte einen Moment, als müsse sie genau überlegen, doch dann bat sie die Polizeibeamten ins Haus. Sie führte sie in die Küche und bot ihnen einen Platz sowie einen Kaffee an. Neben der Eckbank auf dem Boden lag ein Schäferhund. Als er die Besucher erblickte, hob er den Kopf und brummte leise.

»Aus!«, befahl die Hausherrin, worauf er sich entspannte. »Isco passt sehr gut auf.«

»Das ist nicht zu übersehen«, erwiderte Antonia Kussav, deren Skepsis dem Tier gegenüber nicht zu übersehen war.

»Was wollen Sie von Sönke? Wenn Sie wegen der Todesfälle kommen, er hat mit dem Tod der Frauen nichts zu tun«, machte sie ihren Standpunkt deutlich.

»Frau Brodsen, wir möchten lediglich mit Ihrem Sohn sprechen. Sollten Sie wissen, wo er sich aufhält, sagen Sie uns bitte, wo wir ihn finden können«, forderte Nick die Frau auf.

Sie wandte den Blick ab und sah auf ihre Hände, denen man jahrelange, harte Arbeit ansehen konnte und die nun gefaltet in ihrem Schoß lagen.

»Bitte, Frau Brodsen, ich weiß, dass Sie Ihren Sohn schützen wollen, aber er macht sich eher verdächtig, wenn er sich vor uns versteckt. Sie helfen ihm nicht, wenn Sie uns seinen Aufenthaltsort verschweigen«, versuchte Antonia Kussav behutsam, die Frau zu einer Antwort zu bewegen.

Plötzlich flog die Tür auf, und eine junge Frau kam wutentbrannt hereingestürmt.

»Er hat die Sachen aus dem Schuppen geklaut!« Erst jetzt nahm sie die beiden Fremden wahr und blieb abrupt stehen. »Oh, ich wusste nicht, dass du Besuch hast.«

»Rieke, das sind zwei Beamte von der hiesigen Polizei«, stellte Geeske Brodsen ihre Gäste vor.

»Haben Sie den Mistkerl endlich geschnappt?«, fragte sie mit funkelnden Augen und schien beinahe erleichtert.

»Guten Tag! Wer sind Sie, bitte?«, erkundigte sich die Kollegin Kussav und sah sie dabei freundlich an.

»Das ist meine Schwiegertochter Friederike. Sie ist mit

meinem Sohn Ole verheiratet«, übernahm Geeske Brodsen die Beantwortung der Frage.

»Das ist korrekt. Sie sind wegen Sönke hier, richtig?« Sie wirkte nervös und schaute abwechselnd zwischen den beiden Polizisten hin und her. Nick wurde das Gefühl nicht los, in ihrem Blick neben der Anspannung auch etwas Triumphierendes zu entdecken.

»Wann haben Sie Ihren Schwager zum letzten Mal gesehen?«, erkundigte er sich.

»Vor zwei Tagen. Er muss danach abermals hier gewesen sein, denn im Schuppen fehlen einige Sachen, die gestern noch da waren. Er hat sie gestohlen«, stellte sie unmissverständlich klar.

»Die Sachen gehören Sönke, ich habe sie dort für ihn aufbewahrt. Sie wurden nicht gestohlen«, betonte Geeske Brodsen daraufhin.

»Da waren Sachen von Fiete dabei. Bestimmt hätte Ole sie gern als Erinnerung an seinen Vater behalten. Fiete könnte noch am Leben sein, wenn der Kummer um seinen Erstgeborenen ihn nicht ins Grab getrieben hätte.« Friederike befreite sich von ihrem Schal und warf ihn achtlos auf einen leeren Stuhl.

»Hör auf, Rieke! Du weißt, dass das nicht wahr ist. Sönke trifft keine Schuld am Tod seines Vaters.«

»Das ist wieder typisch. Immer hältst du deine Hand schützend über ihn. Er ist kein Heiliger!« Ihre Stimme überschlug sich beinahe. »Er hat alles kaputt gemacht. Du würdest es vermutlich gutheißen, wenn er seinen persönlichen Rachefeldzug auf der Insel durchzieht. Wen wird er wohl als Nächstes umbringen?«, fauchte sie mit hochroten Wangen.

»Rieke!« Geeske Brodsen sprang erschrocken von ihrem

Stuhl auf. Der Hund hatte sich ebenfalls aufgerichtet und spitzte die Ohren.

»Bitte beruhigen Sie sich«, schaltete sich Nick ein. »Was meinen Sie damit, er könne einen Rachefeldzug durchführen? Gegen wen?«

»Die Tote, Ellen Seiler, war seine Anwältin. Sie konnte nicht verhindern, dass er ins Gefängnis musste, nachdem er Mareike umgebracht hat«, konterte sie gehässig.

»Deshalb vermuten Sie, hat er sie im Nachhinein bestrafen wollen, indem er sie umbringt«, führte Antonia Kussav die Überlegung weiter.

»Ja, er wollte sie bestrafen. Und Bente auch.«

Nick und Antonia tauschten vielsagende Blicke.

»Das ist eine schwerwiegende Anschuldigung, Frau Brodsen«, stellte Nick klar, was sie mit einem lässigen Achselzucken quittierte.

Geeske Brodsen hatte sich wieder auf ihrem Stuhl niedergelassen. Ihre Gesichtsfarbe hatte inzwischen die aschgraue Farbe ihrer Strickjacke angenommen, dessen Bündchen sie nervös zwischen ihren Fingern knetete, sodass zwischen den einzelnen Maschen Löcher entstanden.

»Und warum sollte Ihr Schwager Ihrer Ansicht nach Bente Johannsen ermordet haben? Haben Sie hierfür auch eine Erklärung?«, tastete Nick sich näher heran.

Plötzlich schien sie die Kontrolle über sich zu verlieren. Ihre Unterlippe begann heftig zu zittern, und in ihren Augen standen Tränen.

»Bente war meine beste Freundin«, presste sie mit tränenerstickter Stimme hervor und rannte unverzüglich aus der Küche.

»Ich würde sagen, der Besuch bei Familie Brodsen hat sich ohne jeden Zweifel gelohnt. Sie vermitteln nicht unbedingt das Bild einer harmonischen Familie«, fasste Antonia Kussav auf der Rückfahrt nach Westerland ihren Besuch zusammen. »Viel interessanter finde ich die Verbindung von Sönke Brodsen zu den beiden Opfern. Bei den meisten Verbrechen dieser Art waren Opfer und Täter im Vorfeld gut bekannt.« Nick hielt vor den geschlossenen Schranken am Bahnübergang in Keitum.

»Das stimmt«, sagte sie und sah aus dem Fenster. »Nette Idee.« Nick verstand nicht. »Na, der Stromkasten da links oder was das sonst ist. Schöne Idee, ihn so zu bemalen, dass er in die Landschaft passt«, weihte sie ihn in ihre Beobachtung ein.

»Ist mir bislang nicht aufgefallen«, räumte Nick wenig begeistert ein.

Antonia wandte sich der Arbeit zu und überflog die Notizen auf ihrem Tablet. »Ellen Seiler war Brodsens Verteidigerin und konnte ihn nicht vor einer Gefängnisstrafe bewahren. Dafür wollte er sich im Nachhinein an ihr rächen. Das halte ich für möglich«, resümierte sie nachdenklich. »Aus welchem Grund, glaubst du, sollte er Bente Johannsen, die Freundin seiner Schwägerin Friederike, töten wollen?«

»Okay, ich bin Nick.« Er blickte mit einem Grinsen zu ihr rüber auf den Beifahrersitz.

»Wie bitte?« Im ersten Moment wirkte sie irritiert, dann verlegen. »Oh, das ist mir einfach herausgerutscht. Nenn mich Toni, das ist mir lieber.«

»Gern, Toni. Um auf deine Frage zurückzukommen, mit Bente Johannsens Fall habe ich ebenfalls meine Schwierigkeiten. Wir müssen dringend mit Brodsen selbst sprechen.«

Vor ihnen ratterte der Sylt-Shuttle vorbei, der im Gegensatz zum blauen Autozug mit doppelstöckigen Wagen unterwegs war.

»Ich finde, wir sollten eine Fahndung nach ihm herausgeben. Die neuen Erkenntnisse tendieren stark in die Richtung, dass es sich bei ihm tatsächlich um den gesuchten Täter handeln könnte.«

»Lass uns abwarten, was dein Kollege in der Zwischenzeit über ihn herausbekommen hat. Ich möchte Achtermann gegenüber etwas Stichhaltiges in der Hand haben«, schlug Nick vor.

»Wie du meinst. Wenn Henning etwas gefunden hat, verbeißt er sich gnadenlos in die Spur. Darin gleicht er einem Terrier.« Sie stieß ein mitreißendes Lachen aus, in das Nick umgehend einstimmte. Erst jetzt fiel ihm auf, wie attraktiv seine Kollegin war.

»Die Beschreibung gefällt mir. Aber eines sage ich dir gleich: Bevor ich ihm das Du anbiete, muss erst ein Wunder geschehen.«

»Wie du reagieren viele Kollegen auf ihn. Im Grunde ist Henning ein netter Kerl, der manchmal mit seiner übereifrigen und besserwisserischen Art aneckt. Als Kollege kann man sich jedoch hundertprozentig auf ihn verlassen, wenn es drauf ankommt«, räumte sie ein.

Die rote Signalleuchte erlosch, und die Schranken öffneten sich für die Durchfahrt. Zügig setzten sich die wartenden Fahrzeuge in Bewegung.

»Weißt du, wie man solche Menschen bei uns in Nordfriesland nennt?«, fragte Nick.

»Nein. Verrätst du es mir?«

»Klookschieter.« Abermals begann sie zu lachen.

»Das muss ich mir unbedingt merken und bei nächster Gelegenheit anbringen«, betonte sie mit einer gewissen Vorfreude. »Bist du ein echter Sylter? Dein Name klingt nicht gerade friesisch«, setzte sie erneut an.

Nick ließ sich mit seiner Antwort einige Sekunden Zeit. »Stimmt, meinen Namen verknüpft man gedanklich nicht mit Sylt. Mein Vater ist Kanadier, aber meine Mutter ist – so wie ich auch – auf Sylt geboren. Die ersten Jahre meiner Kindheit habe ich auf der Insel verbracht, dann sind wir nach Kanada gegangen.«

»Aber eines Tages hat dich das Heimweh gepackt, und du bist auf diese herrliche Insel zurückgekehrt? Das kann ich total verstehen.« Sie seufzte wehmütig. »Es muss traumhaft sein, jeden Tag das Meer vor Augen zu haben und sich den Wind um die Nase wehen zu lassen. Allein bei der Vorstellung werde ich neidisch.«

»Alles hat seine Vor- und Nachteile«, erwiderte er kurz angebunden. »Ich habe gleich keinen Sprit mehr. Ich müsste einen kurzen Zwischenstopp einlegen. Die Tankstelle ist gleich da vorne.«

»Kein Problem.«

»Henning hat sich in der Zwischenzeit gemeldet«, verkündete Antonia Kussav, als Nick wieder im Wagen saß.

»Und?«

»Die DNA, die an Ellen Seilers Kleidung gefunden wurde, stammt nicht von Sönke Brodsen. Henning hat sie mit der DNA-Datenbank abgeglichen.« Eine Spur Enttäuschung war aus ihrer Stimme zu hören.

»Wäre auch zu schön gewesen. Ist sie überhaupt in der Datenbank erfasst?«

»Nein, sie ist nirgends registriert«, gab sie niedergeschlagen zurück. »Verdammt, das wäre ein erster Schritt gewesen.«

»Wir müssen herausfinden, mit wem Ellen Seiler unmittelbar vor ihrem Tod Kontakt hatte. Hat dein Kollege sonst noch etwas herausfinden können?«, fragte Nick, als sie der Keitumer Landstraße weiter in Richtung der Westerländer Innenstadt folgten.

»Nicht mehr, als wir ohnehin wissen. Brodsen ist wegen Totschlags an seiner damaligen Freundin, Mareike Führdt, zu einer langjährigen Haftstrafe verurteilt worden, wurde aber aufgrund guter Führung vorzeitig entlassen. Er soll die Freundin im elterlichen Haus im Streit die Treppe hinuntergestoßen haben, hat dies jedoch bis zuletzt bestritten. Zum Tatzeitpunkt stand sie unter erheblichem Alkoholeinfluss«, zählte sie auf.

»Hm. Gab es damals Zeugen?«

Sie zuckte ratlos die Schultern. »Davon hat Henning nichts erwähnt. Weshalb ist das wichtig?«

»Ich hätte gern gewusst, wie das Verhältnis zwischen Sönke und seinem jüngeren Bruder Ole ist. Wenn ich richtig informiert bin, hat dieser nach dem Tod des Vaters den Hof übernommen«, brachte Nick einen weiteren Gedanken ins Spiel.

»Ah, du glaubst, Ole sieht nach dem Auftauchen des Bruders seine Felle davonschwimmen, was den Hof angeht?«

»Möglich.«

»Nehmen wir an, der Vater hätte Sönke enterbt, dann würde ihm immerhin sein Pflichtteil zustehen. Oder sehe ich das falsch?«

»In einigen Fällen bestehen Ausnahmen, genau kenne ich mich jedoch nicht aus. Momentan wissen wir nicht, ob der alte Brodsen seinen Sohn tatsächlich in seinem Testament ausgeschlossen hat«, gab Nick zu bedenken.

»Außerdem wäre da immer noch die Mutter, der ein Teil zusteht«, fügte Antonia hinzu, dann kam sie ins Grübeln. »Ich kann mir beim besten Willen nicht vorstellen, dass Ole Brodsen zwei Frauen ermordet haben soll, um den Verdacht auf seinen Bruder zu lenken und ihn zurück ins Gefängnis zu bringen. Erscheint es aus seiner Sicht da nicht sinnvoller, gleich den Bruder aus dem Weg zu räumen?«, wagte sie ein weiteres Gedankenspiel.

»Sicher wäre das eine Möglichkeit. Wenn es um Geld geht – und wie in diesem Fall um sehr viel Geld –, sind der kriminellen Energie und Kreativität keine Grenzen gesetzt.«

»Oh Mann, ich fürchte, da steht uns ein hartes Stück Arbeit bevor.«

»Anna, mein Kind! Da schlage ich die Zeitung auf und sehe das.«

»Hallo, Mama! Komm doch erst mal rein«, bat ich meine Mutter ins Haus, nachdem sie Sturm geklingelt hatte. »Wo hast du Papa gelassen?«

»Er trifft sich mit dem Handwerker, um einige Dinge zu besprechen. Da störe ich bloß«, gab sie mir zu verstehen. »Warum hast du mir nicht eher davon erzählt?« Sie fuchtelte mit der Tageszeitung vor meiner Nase herum, während ich ihren Mantel aufhängte.

»Setz dich, und dann erzählst du mir, was so aufregend ist«, war ich bemüht, sie zu beruhigen.

»Du brauchst mich nicht zu behandeln, als wäre ich alt und senil«, empörte sie sich und warf einen Blick in den Spiegel, um den Sitz ihrer Frisur zu überprüfen.

»Das war niemals meine Absicht, Mama«, seufzte ich.

Meine Mutter marschierte vor mir her und nahm auf dem Sofa Platz. Sofort breitete sie die mitgebrachte Zeitung aus und legte sie sorgfältig auf den Tisch.

»Hier!« Sie tippte demonstrativ mit dem Zeigefinger auf eine Überschrift. »In diesem Artikel steht, dass du einen Preis als Sylter Unternehmerin des Jahres erhältst, und wir als deine Eltern erfahren das nebenbei aus der Zeitung«, teilte sie mir sichtlich entrüstet mit. »Warum hast du nichts davon erwähnt?«

»Ach, Mama! Ich bin lediglich nominiert worden, gewonnen habe ich damit noch lange nicht. Außerdem hatte ich das Thema in der ganzen Aufregung verdrängt. Dahinter verbirgt sich keinerlei böse Absicht«, startete ich einen Versöhnungsversuch, um sie milde zu stimmen.

»Trotzdem hätten dein Vater und ich diese Neuigkeit lieber von dir erfahren. Die Preisverleihung findet in zehn Tagen statt, das ist nicht mehr allzu lange hin. Bis dahin muss ich mir etwas Vernünftiges zum Anziehen kaufen. Hättest du mich rechtzeitig informiert, hätte ich mir im Vorfeld passende Kleidung eingepackt. Zu solch einer Gala kann ich wohl kaum in Jeans und Bluse gehen.« Sie zupfte am Bündchen ihrer bunt gemusterten Bluse, unter dem sich ihre Armbanduhr ins Freie geschummelt hatte, während ich innerlich aufstöhnte. »Anna, sag mal, kanntest du diese beiden Frauen, die umgebracht wurden? Das ist furchtbar!«, vollführte sie einen überraschenden Themenwechsel, bevor ich die Möglichkeit hatte, auf den vorherigen Punkt einzugehen.

»Nein, ich kannte sie nicht.«

»Gestern am späten Abend ist erneut eine Frau von

einem Unbekannten angegriffen worden. Ich glaube, das war in Kampen, wenn ich es richtig in Erinnerung habe«, fuhr sie fort.

»Nein, in Keitum auf dem Parkplatz am Ortseingang«, verbesserte ich sie.

»Sicher?« Sie durchblätterte die Zeitung nach der Kurzmeldung, die ich heute Morgen beim Frühstück in Augenschein genommen hatte.

»Ach, du hast recht. Glücklicherweise ist der Frau bis auf eine Verletzung an der Hand nichts passiert.« Wie beiläufig wanderte ihr Blick zu meinem verbundenen Handgelenk, als sie plötzlich stutzte und schluckte.

»Mach dir keine Sorgen, Mama, es geht mir gut. Der Schreck war größer als die kleine Schramme«, versicherte ich und schenkte ihr ein zuversichtliches Lächeln.

»Oh Gott, mein armes Kind!« Sie sprang auf und schloss mich für einen Augenblick fest in die Arme.

»Wie gesagt, es ist gut gegangen«, beruhigte ich sie und strich vorsichtig über den Verband.

»Hast du den Angreifer erkennen können? Hat er dich angesprochen?«

»Weder noch, dafür ging alles viel zu schnell. Zudem war es relativ dunkel, und er trug eine Kapuze.«

»Nick muss künftig besser auf dich aufpassen«, fand meine Mutter zu ihrer alten Form zurück.

Bevor ich ein Veto einlegen konnte, ertönte die Klingel. Pepper sprang aus seinem Körbchen auf und flitzte zur Haustür.

»Anna, wie geht es dir? Ich habe gerade gehört, was passiert ist.« Meine Freundin Britta musterte mich mit einer Mischung aus Besorgnis und Mitleid.

Die nächsten Minuten wurde ich mit gut gemeinten Ratschlägen von meinen beiden weiblichen Gästen geradezu überschüttet, bis Britta mit Blick auf den aufgeschlagenen Zeitungsartikel zur Preisverleihung überging.

»Tja, nun gibt es eine Anwärterin weniger auf den Titel ›Sylter Unternehmerin des Jahres‹.« Als sie in mein fragendes Gesicht blickte, ergänzte sie: »Ellen Seiler. Die Anwältin gehörte zu den Nominierten.«

»Richtig. Jetzt weiß ich wieder, wo ich den Namen kürzlich außerdem gehört habe«, fiel es mir urplötzlich ein.

»Gegen dich hätte sie ohnehin keine Chance gehabt, mein Kind!«, winkte meine Mutter lapidar ab. »Darüber sind wir uns doch alle einig. Oder wie beurteilst du Annas Chancen, Britta?«

»Mama, ich bitte dich! Die Frau ist ermordet worden, und du machst dir Gedanken über meine Chancen?« Die Reaktion meiner Mutter verschlug mir nahezu die Sprache.

»Das eine hat doch mit dem anderen nichts zu tun.« Verständnislos sah meine Mutter zwischen mir und Britta hin und her. Dann klatschte sie unvermittelt in die Hände und erhob sich. »So, ich muss los.« Sie warf einen kritischen Blick auf ihre Armbanduhr. »Volker wartet bestimmt längst auf mich. Wir wollen in den Baumarkt nach Tinnum, um passende Tapeten auszusuchen. Dein Vater hätte gern überall Raufaser und weiß gestrichen. Er ist der Ansicht, das sei besonders praktisch. Aber ich brauche ein bisschen Farbe. Wenigstens in der Gästetoilette und im Gästezimmer.«

Ich bekam bei ihren Ausführungen Mitleid mit meinem Vater.

»Viel Erfolg!«, rief Britta aus dem Wohnbereich, als ich meine Mutter an der Haustür verabschiedete.

KAPITEL 28

»Rieke hat mir erzählt, zwei Polizeibeamte wären heute hier gewesen und hätten sich nach Sönke erkundigt? Was genau wollten sie von ihm?«, fragte Ole Brodsen, der von draußen kam und in der Diele seine Stiefel auszog. Anschließend hängte er seine abgewetzte Jacke an ihren angestammten Platz.

»Sie wollten ihn sprechen, einen Grund haben sie nicht genannt«, erwiderte seine Mutter, die mit einem leeren Wäschekorb auf den Weg in die angrenzende Waschküche war.

»Weißt du, wo er jetzt ist?«, hakte er nach.

»Er ist mit dem Hund spazieren. Das Tier hat einen Narren an ihm gefressen und weicht ihm kaum von der Seite, wenn er auf dem Hof ist.« Ihre Mundwinkel hoben sich zu einem schwachen Lächeln.

»Der hat ja auch nichts zu befürchten«, murmelte Ole missmutig. »Du hast Sönke hoffentlich klar gemacht, dass er sich umgehend bei der Polizei melden muss. Ich fände es ohnehin besser, wenn er in diesem Haus nicht ein- und ausgehen würde, wie es ihm gerade passt. Das ganze Dorf redet von nichts anderem mehr als von der Tatsache, dass er wieder auf der Insel ist. Erst recht jetzt, wo die beiden Frauen erstochen wurden. Gerade heute Morgen hat mich Karl von nebenan angesprochen. Seine Anja traut sich nicht mehr allein vor die Tür.«

»Das hier ist Sönkes Zuhause, er kann so oft kommen

und gehen, wie er will. Er ist und bleibt dein Bruder, Ole. Außerdem ist mir gleich, was die anderen sagen. Du weißt doch, wie das ist, die Leute brauchen eben immer etwas, worüber sie reden können.« Sie sah ihren Sohn eindringlich an. »Lasst Sönke in Frieden und veranstaltet keine Hetzjagd! Das gilt im Übrigen auch für deine Frau.«

»Klar, dass du ihn in Schutz nimmst, da hat Rieke recht. Du willst nicht wahrhaben, was er getan hat. Das ist doch sonderbar, dass ausgerechnet zwei Frauen, die Sönke gut kannte, aus heiterem Himmel einem Verbrechen zum Opfer fallen? Bist du wirklich derart naiv zu glauben, das wäre bloß Zufall?«, spottete er.

»Mit den Morden hat dein Bruder nicht das Geringste zu tun. Genauso wenig wie mit Mareikes Tod. Das war ein Unfall, aber das müsstest du besser wissen als ich. Wenn du mir nicht glaubst, frag deine Frau.« Mit diesem Satz ließ sie ihn stehen und verschwand in der Waschküche. Ole starrte ihr entgeistert hinterher. Eine eisige Kälte kroch plötzlich an ihm hoch.

KAPITEL 29

»Da seid ihr ja, wurde aber auch Zeit«, wurden Nick und Antonia von dem Kollegen Schirmer beim Betreten des Büros unwirsch empfangen. »Ich hoffe, euer Ausflug hat sich wenigstens gelohnt, während ich keine fünf Minuten Ruhe hatte. Andauernd klingelt das verdammte Telefon oder irgendjemand kommt rein und will etwas. Ich kann so nicht effektiv arbeiten«, beschwerte sich Henning.

Antonia schenkte Nick einen amüsierten Seitenblick. »Ach, Henning, nun stell dich nicht so an. Unser Ausflug, wie du es nennst, war durchaus aufschlussreich, auch wenn wir Sönke Brodsen nicht angetroffen haben. Dafür hatten wir eine höchst interessante Begegnung mit Brodsens Schwägerin und seiner Mutter.«

»Nun mach es nicht so spannend, Toni«, entgegnete Schirmer gestresst.

»Ellen Seiler war Brodsens Anwältin«, erklärte Nick.

»Das habe ich auch herausgefunden. Ich bin die Liste mit ihren Mandanten der letzten Jahre durchgegangen«, gab sich Henning wenig überrascht von der Neuigkeit und hielt ein Blatt Papier in die Luft.

»Gute Arbeit«, lobte Antonia grinsend.

»Verarschen kann ich mich alleine«, gab dieser verärgert zurück und verzog das Gesicht.

»Ach, Henning, ein bisschen Spaß muss trotz allem erlaubt sein.« Sie schenkte ihm ein entwaffnendes Lächeln, worauf sich umgehend seine verhärteten Gesichtszüge entspannten.

»Das weißt du aber bestimmt noch nicht: Die zweite Tote, Bente Johannsen, kannte Sönke ebenfalls. Sie war die beste Freundin seiner Schwägerin«, fügte Antonia hinzu und genoss den verblüfften Gesichtsausdruck des Kollegen Schirmer.

»Ach, was du nicht sagst. Das ist in der Tat hochinteressant. Davon stand nichts in den Akten. Von Zufall kann man hierbei wohl kaum sprechen. Oder? Damit haben wir unseren Mörder, würde ich sagen. Worauf warten wir?«

»Nick? Alles okay mit dir? Du siehst nicht überzeugt aus.« Antonia Kussav sah zu Nick, der den Eindruck vermittelte, als sei er mit seinen Gedanken woanders.

»Ich denke, wir sollten nicht voreilig handeln. Nur weil er Bente kannte, muss er sie nicht umbringen. Mir fehlt das Motiv für die Tat.«

»Stimmt. Die Uhren ticken ja anders hier oben. Man wartet lieber, bis ein potenzieller Killer in Seelenruhe die Insel verlässt und im schlimmsten Fall einen weiteren Mord begeht«, erwiderte Schirmer mit vor Sarkasmus triefender Stimme. »Wozu brauchen Sie uns überhaupt, wenn Sie alles besser können?«, schnaubte er, wobei seine Halsschlagader deutlich hervortrat, und sein Gesicht kurzzeitig eine tiefrote Färbung annahm.

Nick blieb trotz des Aufbrausens des Kollegen erstaunlich ruhig. »Bedenken Sie die Fremd-DNA, die nicht Brodsen zuzuordnen ist. Nein, irgendwie habe ich das Gefühl, wir konzentrieren uns auf den Falschen.«

»Trotz allem spricht einiges für Sönke als Täter«, gab Antonia zu bedenken und fasste die Fakten zusammen. »Sönke Brodsen wird aus dem Gefängnis entlassen und kehrt nach Sylt zurück. Gleich darauf werden zwei Frauen ermordet, zu denen – wie wir mittlerweile wissen – eine direkte Verbindung besteht. Die eine war seine Anwältin, die andere die beste Freundin seiner Schwägerin Friederike. Vielleicht spielt doch Rache eine Rolle, was ein starkes Motiv wäre. Er ist beide Male äußerst kontrolliert und gezielt vorgegangen und hat keine Spuren hinterlassen, was eindeutig auf eine geplante Tat hinweist. Bei dem zweiten Opfer liegt laut der Rechtsmedizin eine Übertötung vor. Der Schnitt durch die Kehle hätte ausgereicht, die Frau zu töten, doch er hat ihr weitere Stiche zugefügt. Solch ein Handeln lässt Rückschlüsse darauf zu, dass der Täter von ungeheurer Wut oder Hass getrieben ist.« Sie fasste sich unbewusst an die eigene Kehle.

»Er hat viele Jahre im Gefängnis verbracht, klar hat er da eine Stinkwut. Bei diesem Feuertanz …«, suchte Schirmer nach der richtigen Begrifflichkeit.

»Biikebrennen«, wurde er von Nick korrigiert.

»Ja, ja. Bei dieser Veranstaltung hätte er sich ohne Weiteres ein anderes Opfer als Bente Johannsen aussuchen können, hat er aber nicht. Beim zweiten Mal gab es niemanden anderes als Ellen Seiler in der Nähe. Was ich damit sagen will, er wusste genau, wann seine Opfer wo sein würden. Das waren keine zufälligen Taten. Das ist der entscheidende Punkt, weshalb ich Sönke Brodsen für den Täter halte.« Zufrieden verschränkte Henning Schirmer nach seinen Ausführungen die Arme vor der Brust.

»So weit waren wir bereits, Henning. Die Frage lautet eher, warum er diese beiden Frauen ausgewählt hat«, stellte Antonia Schirmers Aussage in Frage.

»Dass er sich an der Anwältin für den verlorenen Prozess gerächt haben könnte, kann ich mir vorstellen. Aber wo liegt das Motiv für den Mord an Bente Johannsen? Oder den Überfall auf meine Frau, wenn wir davon ausgehen, dass dies ebenfalls Brodsen zuzuschreiben ist? Ich habe eher das Gefühl, er soll als Sündenbock oder Ablenkungsmanöver herhalten«, stellte Nick eine weitere These in den Raum. »Wir drehen uns im Kreis.« Er fuhr sich mit der Hand durchs Haar. »Ich glaube, ich brauche dringend Koffein. Noch jemand?«

»Gern. Schwarz«, nickte Antonia ihm zu.

»Für mich bitte nicht. Gefühle können wir uns bei unserer Arbeit nicht leisten, Herr Scarren«, hob Henning Schirmer hervor.

»Moin! Ich will nicht stören, aber ich habe da was, Nick.« Ansgar Kreutzer stand im Türrahmen und hielt einen Zettel in der Hand. »Eine Zeugin hat sich eben in der Mordsache Seiler gemeldet, das wollte ich gleich an dich weitergeben.«

»Danke, Ansgar!«, sagte Nick und nahm das Stück Papier entgegen.

»Was für eine Zeugin?«, erkundigte sich Henning Schirmer stirnrunzelnd, während Nick zum Telefon griff und die Nummer wählte. Ungeduldig warteten die beiden Beamten vom LKA, während Nick mit der Zeugin sprach.

»Und?«, drängelte Schirmer ungeduldig.

»Das war eine Frau Perez Garcia. Sie putzt einmal wöchentlich bei Frau Seiler in der Wohnung«, begann Nick, den Inhalt des Gesprächs wiederzugeben.

»Sie hat geputzt«, wurde er umgehend von dem Kollegen verbessert.

»Henning!«, stöhnte Antonia genervt.

»Ich habe Frau Perez Garcia aufs Revier gebeten, um eine Speichelprobe abzugeben, da es möglicherweise ihre DNA ist, die wir an der Jacke von Ellen Seiler gefunden haben.« Nick blickte in die fragenden Gesichter der Kollegen. Ausnahmsweise ließ sich Schirmer nicht zu einer Bemerkung hinreißen, sondern hörte stillschweigend zu. »Sie war, kurz bevor die Anwältin zum Laufen aufgebrochen ist, bei ihr. Dabei haben sie sich überschwänglich umarmt, da Frau Perez Garcia am Tag zuvor Großmutter geworden war.«

»Spanierinnen und ihr Temperament«, brummte Schirmer vor sich hin.

»Klingt, als sprächest du aus Erfahrung?«, neckte ihn die Kollegin, worauf er missmutig abwinkte.

»Halt! Wo wollen Sie plötzlich hin?« Henning Schirmer sah Nick verblüfft an, der seine Jacke schnappte und im Begriff war, den Raum zu verlassen.

»Ich muss etwas erledigen. Meinetwegen geben Sie die Fahndung nach Brodsen raus.«

Ohne ein weiteres Wort ließ er die Tür hinter sich ins Schloss fallen.

»Weißt du, was er hat?«, wandte sich Schirmer der Kollegin zu, die ebenso ratlos dreinblickte.

»Moin, mein Lieber!«

»Moin, Uwe! Wie geht es dir?« Nick platzierte eine Tüte Lakritze mitten auf Uwes Bettdecke.

»Oh, lecker! Danke, mir geht es schon besser. Die kleinen Dinger wirken wahre Wunder gegen die Schmerzen.« Er deutete auf ein kleines becherähnliches Behältnis, in dem zwei Tabletten darauf warteten, die Reise in Uwes

Inneres anzutreten. »Morgen werde ich entlassen«, strahlte Nicks Freund durch das Dickicht seines Bartes.

»Wo ist dein Kumpel?«

»Wenn du das Räucherstäbchen meinst, der bekommt eine Darmspiegelung. Hoffentlich dauert das noch eine Weile. Der Kerl geht mir unheimlich auf den Senkel. Gut, dass ich morgen nach der Visite abhauen kann, länger würde ich den nämlich nicht ertragen. Und dann bin ich auch endlich diese Ballettstrümpfe los. Die verursachen mir regelmäßig Schweißausbrüche, und ich sehe obendrein absolut bescheuert aus.« Er schlug die Decke ein Stück zur Seite und deutete auf die engen, weißen Thrombosestrümpfe. Seine vielsagende Grimasse bedurfte keiner weiteren Worte. »Was ist mit dir? Du hast schon mal glücklicher ausgesehen. Ist etwas mit Anna oder dem Kleinen?«

»Nein, momentan ist viel los«, wiegelte Nick ab. »Wir kommen in den Mordfällen keinen Schritt voran. Es ist zum Haareraufen.«

»Habt ihr noch immer keine heiße Spur? Setz dich, du machst mich vollkommen nervös, wenn du so rumstehst«, forderte Uwe ihn auf, worauf Nick einen der Besucherstühle an Uwes Bett zog und sich darauf niederließ.

»Viel besser. Erzähl mal, Nick!«

»Ich weiß wirklich nicht, wo ich anfangen soll. Gestern Abend ist Anna überfallen worden«, berichtete er.

»Was? Ich habe in der Zeitung gelesen, dass eine Frau angegriffen wurde, aber nur leicht verletzt wurde. Ich konnte ja nicht ahnen, dass es sich um Anna handelt. Wie geht es ihr?«

»Der Schreck steckt ihr noch in den Knochen, aber sie hat geistesgegenwärtig reagiert und sich gewehrt. Ein Pärchen ist ihr glücklicherweise zur Hilfe geeilt, sodass der Angreifer die Flucht ergriffen hat.«

»Oh, Mann, was laufen bloß für kranke Typen herum? Selbst auf den Inseln bist du vor denen nicht gefeit.« Uwe schüttelte verständnislos den Kopf.

»Die beiden Kollegen vom LKA sind überzeugt, dass Sönke Brodsen für beide Morde verantwortlich ist.«

»Du bist anderer Meinung?«

»Ja, für mich klingt das nicht plausibel. Überleg doch mal, warum sollte er seine eben zurückgewonnene Freiheit gleich wieder aufs Spiel setzen? Mir fehlt das Motiv, Uwe. Kannst du dich an den Fall von damals erinnern? Gab es irgendwelche Details, die nicht in der Ermittlungsakte stehen könnten. Irgendwelche Nebenkriegsschauplätze, du weißt schon.«

Uwe strich sich grüblerisch über den Vollbart. »Hm. Das ist mindestens fünf Jahre her.«

»Sechs Jahre und drei Monate, um genau zu sein.«

»Ich war damals auf Streife, als wir zu Familie Brodsen nach Morsum gerufen wurden. Als wir eintrafen, fanden wir die Freundin von Sönke reglos am Fuße der Treppe liegend vor. Sie war bei unserem Eintreffen bereits tot, der etwa zeitgleich eintreffende Notarzt konnte nichts mehr für sie tun«, versuchte Uwe, sich zu erinnern.

»War Sönke auch da? Wie hat er auf dich gewirkt?«, ließ Nick nicht locker.

»Sönke hockte auf einer der Stufen und stand erheblich unter Schock. Er war kaum ansprechbar. Daran erinnere ich mich genau.«

»Gab es weitere Personen, die am Tatort waren? Zeugen?«

»Das ist so lange her.«

»Bitte, versuche dich zu erinnern«, bat Nick seinen Freund.

»Seine jetzige Schwägerin Friederike kam dazu. Sie hat später im Prozess ausgesagt, er hätte seine Freundin die Treppe heruntergestoßen, was er bestritten hat.«

»Friederike?« Nick wirkte im ersten Augenblick überrascht, da ihm diese Tatsache bislang unbekannt war. »Sie ist nicht besonders gut auf ihn zu sprechen. Ich habe sie kürzlich kennenlernen dürfen.« Er setzte eine bedeutungsvolle Miene auf.

»Für sie war es mit Sicherheit ein seltsames Gefühl, demjenigen plötzlich unerwartet gegenüberzustehen, den man mit seiner Aussage hinter Schloss und Riegel gebracht hat.«

»Was ist mit der Anwältin, dieser Ellen Seiler? Sie hat ihn damals vor Gericht vertreten. Fällt dir hierzu etwas ein? Gab es Ungereimtheiten? Irgendetwas, was ihn dazu veranlasst haben könnte, sich später an ihr zu rächen?« Nick wirkte erschöpft.

»Da fragst du mich zu viel, Nick. Mir ist kurz nach seiner Verurteilung lediglich zu Ohren gekommen, dass sie sich offensichtlich nicht besonders viel Mühe mit seiner Verteidigung gegeben hat. Aber das ist ein Gerücht. Näheres weiß ich nicht und bin dem auch nie nachgegangen. Schlichtweg, weil das Thema für uns aus ermittlungstechnischer Sicht abgeschlossen war. Zu keiner Zeit bestanden Zweifel an seiner Schuld.« Er hob abwehrend beide Hände.

»Da ist noch Bente Johannsen, die junge Notärztin. Wie ich erfahren habe, war sie die beste Freundin von Friederike Brodsen. Sönke hat sie also ebenfalls gut gekannt.«

»Sie war zum Todeszeitpunkt von Brodsens Freundin nicht im Dienst. Der Notarzt damals war männlich und stand kurz vor der Rente, daran erinnere ich mich.«

»Ich frage mich die ganze Zeit, wo die Verbindung zu ihr bestehen könnte. Welchen Grund sollte er gehabt haben, sie zu töten?«

»Moin, Herr Wilmsen, dann wollen wir mal!« Eine kleine und äußerst korpulente Krankenschwester rauschte ohne Vorankündigung ins Zimmer und positionierte sich mit ihrer imposanten Körperfülle vor Uwes Bett. »Ihr Besuch müsste bitte einen Moment draußen warten.«

»Er kann ruhig bleiben«, erwiderte Uwe und bedeutete Nick, wieder Platz zu nehmen.

»Dann hoffe ich, Ihr Freund kann Blut sehen«, erwiderte sie und schenkte Nick ein diabolisches Grinsen, während sie eine Nadel zückte, als handle es sich um einen Revolver.

»Kann er«, bestätigte Nick amüsiert.

»Ich glaube, wir hatten bislang noch nicht das Vergnügen. Sind Sie neu in der Klinik?« Uwe versuchte, ohne Lesebrille mit zusammengekniffenen Augen das kleine Namensschild an ihrer Kleidung zu entziffern. »Schwester Luminita«, las er in Erstklässlermanier laut vor. »Interessanter Name. Woher kommen Sie?«

»Aus Rumänien, genauer gesagt aus Siebenbürgen, falls Ihnen das etwas sagt«, präzisierte sie.

»Ah, Transsilvanien. Und jetzt wollen Sie mir Blut abnehmen, verstehe ich das richtig?« Er zwinkerte ihr verschwörerisch zu und lachte über seinen eigenen Witz.

»Schieben Sie mal den Ärmel hoch!«, befahl sie in einem Ton, der keinerlei Widerspruch duldete.

»Aua!«, schrie Uwe auf, als sie die Nadel unsanft in seine Armbeuge rammte. »Das geht aber auch sanfter«, beschwerte er sich.

»Stellen Sie sich nicht so an. Kleiner Gruß von meinem Verwandten Dracula.« Sie setzte ein zuckersüßes Lächeln auf und presste ihm anschließend einen weißen Tupfer auf die Einstichstelle. »Fest andrücken, bis es nicht mehr blutet!«, lautete der Befehl.

»Selbst der würde behutsamer agieren.«

»Sie können ja nächstes Mal eine Knoblauchzehe auf den Nachttisch legen«, schlug sie ungerührt vor.

»Ich denke ernsthaft drüber nach.«

Sie packte ihre Sachen und stapfte mit einem Lachen davon.

»Nimm es mir nicht übel, aber ich muss los, Uwe.« Nick sah zur Uhr.

»Die Kollegen warten, oder?«

»Vorher habe ich einen Termin«, antwortete Nick, ohne sich in Details zu verlieren.

»Okay, ich rufe dich morgen von zu Hause aus an. Vielleicht fällt mir in der Zwischenzeit zum Fall Brodsen etwas ein«, versprach Uwe. »Du kannst dir gar nicht vorstellen, wie ich mich freue, dass mein Hirn wieder etwas zu tun bekommt.«

»Halte die Ohren steif, Uwe!«

»Worauf du dich verlassen kannst.«

Nick hatte kaum das Ende des Flures erreicht, als er am Arm gepackt und in eine Nische gezerrt wurde.

»Frank, was soll das?«

»Das frage ich dich. Seid ihr verrückt geworden?«, zischte er wütend.

»Wovon sprichst du?«

»Ein Kollege von dir hat in der Klinik angerufen und wollte mich sprechen. Meiner Sekretärin gegenüber hat er behauptet, ich wäre in einem Mordfall dringend tatverdächtig. Ich muss dir wohl nicht erklären, was das heißt, wenn das in der Klinik die Runde macht«, schleuderte er Nick aufgebracht entgegen, stets darauf bedacht, dass sie niemand hörte.

»Das tut mir ehrlich leid, Frank. Ich wusste davon nichts«, bekräftigte Nick. Ihm war jedoch sofort klar, dass es sich bei dem Kollegen nur um Henning Schirmer handeln konnte. »Hast du mit ihm gesprochen? Was hat er gesagt?«

Frank hatte sichtlich Mühe, sich zu beruhigen. »Er wollte wissen, was ich mit Ellen Seiler zu tun hatte. Mein Name hätte in ihrem Notizbuch gestanden.«

»Welche Erklärung hast du dafür?« Nick sah ihn abwartend an.

»Hältst du mich auch für einen Mörder?«, brauste er erneut auf.

»Natürlich nicht, aber das ist nun mal Fakt. Also? Warum hatte sie deine Adresse notiert?« Als der Arzt zögerte, wurde Nick ungehalten. »Mensch, Frank, je eher du mir sagst, worum es geht, umso schneller ist das vom Tisch.«

»Ich habe mich mit ihr getroffen.« Nick zog fragend eine Augenbraue hoch. »Nicht, wie du denkst.«

»Wie dann? Kaum ist die Katze aus dem Haus, tanzen die Mäuse auf dem Tisch.« Die Tatsache, dass Frank seit einiger Zeit mit seiner Schwester Jill liiert war, machte es ihm schwer, neutral zu bleiben.

»Unsinn. Ellen Seiler und ich hatten diesen Termin, weil sie meinen Wagen kaufen wollte«, erklärte Frank in knappen Worten.

»Du trennst dich von deinem geliebten Porsche? Was ist in dich gefahren?« Nick war seine Verblüffung deutlich anzusehen.

»Ich denke, ich habe deine Frage in ausreichendem Maße beantwortet. Ich muss weiter.«

»Ja, danke.«

Im Weggehen hielt der Arzt kurz inne. »Ach, Nick, richte deinem Kollegen aus, dass ich mir das mit der Anzeige wegen Verleumdung noch überlege.« Ohne Verabschiedung und mit wehendem Kittel rauschte er davon.

KAPITEL 30

Heute machte ich mich früher auf den Weg zum Kindergarten, um Christopher abzuholen, da ich vorher einen kurzen Abstecher zum Morsumer Friedhof gleich gegenüber geplant hatte. Pepper hatte mich derart flehend aus seinen treuen Augen angesehen, dass ich es nicht über das Herz brachte, ihn allein zu Hause zu lassen.

»Du musst aber im Auto bleiben, Pepper«, sagte ich zu ihm, als er blitzartig in den Wagen sprang, kaum hatte ich die Heckklappe geöffnet.

Ich hielt auf dem unbefestigten Parkplatz direkt vor der Morsumer Kirche Sankt Martin, auf dessen Gelände sich der Friedhof befand. Als ich aus meinem Auto stieg, spürte ich sofort die schneidende Kälte auf meinem Gesicht, obwohl mittlerweile die Sonne hinter den Wolken hervorgekrochen war. Zu allem Überfluss wäre ich um Haaresbreite beim Aussteigen auf einer gefrorenen Pfütze neben dem Auto ausgerutscht. Der letzte Tag im Februar verabschiedete sich von einer besonders frostigen Seite. Die Felder und Wiesen rund um Morsum lagen erstarrt unter dickem Raureif. Ich betrat das Gelände durch das weiße Tor mit dem Kreuz auf dem Torbogen und ging zwischen den Gräbern entlang. Außer mir befand sich bis auf einen Mann, der andächtig mit gesenktem Kopf vor einer Grabstelle stand, kein weiterer Besucher auf dem Gelände. Er schien meine Anwesenheit nicht wahrzunehmen. Im Vorbeigehen erkannte ich, dass es sich um zwei Gräber handelte, vor denen er gedankenverloren verweilte. Ein paar Meter weiter blieb ich vor dem Grab von Johannes von Waldenbach stehen. Ihm hatte ich es zu verdanken, dass ich mein Leben auf Sylt verbringen konnte.

»Alles Gute zum Geburtstag«, flüsterte ich. Dann ging ich in die Hocke und platzierte eine Schale auf dem Grab, die ich nach meinen Vorstellungen hatte bepflanzen lassen.

»Schöne Blumen«, hörte ich plötzlich jemanden sagen. Ich blickte in die Richtung, aus der die Stimme kam. Der Mann von den Nachbargräbern sah zu mir herüber.

»Im Winter ist es nicht leicht, hübsche und gleichzeitig kälteresistente Pflanzen zu bekommen«, sagte ich und erhob mich.

»Ihr Vater?«, fragte der Mann im Näherkommen mit Blick auf den Grabstein.

»Nein. Ein guter Freund, dem ich mich sehr verbunden fühle«, erklärte ich, ohne auf nähere Details einzugehen.

»Es ist wichtig, einen geliebten Menschen niemals zu vergessen«, fuhr er fort, ohne den Blick von dem Grabstein zu nehmen.

»Ich muss gestehen, ich besuche sein Grab nicht besonders häufig, aber heute ist sein Geburtstag. Daher hielt ich es für angebracht, ihm einen Besuch abzustatten. Wem möchten Sie nahe sein, wenn ich fragen darf?« Statt auf meine Frage zu reagieren, starrte er schweigend vor sich hin. »Entschuldigen Sie, das geht mich nichts an.« Ich setzte ein höfliches Lächeln auf und war im Begriff zu gehen, als er unerwartet zu einer Antwort ansetzte.

»Meiner Tochter und ihrer Mutter«, ließ er mich wissen und ging neben mir her, bis wir das Doppelgrab erreicht hatten.

»Oh, das tut mir sehr leid.« Mein Blick wanderte zu den beiden Grabsteinen. Wie ich der Inschrift entnehmen konnte, war die Tochter im Alter von fünf Jahren verstorben, die Mutter des Kindes mit 38 Jahren ein Jahr später im vergangenen Sommer.

»Selene war ein wundervolles Geschöpf voller Energie und Lebensfreude«, erinnerte er sich mit einem derart traurigen Ausdruck, dass ich umgehend eine Gänsehaut bekam.

»Das tut mir aufrichtig leid. Das muss ein schwerer Schicksalsschlag sein, gleich zwei geliebte Menschen innerhalb so kurzer Zeit zu verlieren«, brachte ich ihm mein Mitgefühl entgegen. »Darf ich fragen, was passiert ist?«

»Haben Sie Kinder?«, fragte er, ohne auf meine vorangegangene Frage einzugehen.

»Ja, einen dreijährigen Sohn. Ich hole ihn gleich aus dem Kindergarten ab.«

»Geben Sie stets gut acht auf ihn und lassen ihn niemals allein.«

»Das tue ich.«

»Kommen Sie von der Arbeit?«

»Mehr oder weniger.«

Bei näherer Betrachtung kam mir der Mann bekannt vor. Wo hatte ich ihn schon einmal gesehen? Während ich angestrengt in den Schubladen meiner Erinnerung nach einer Antwort kramte, entdeckte ich plötzlich Ava, die durch die Pforte geradewegs auf mich zukam.

»Moin, Anna! Dachte ich mir, dass ich dich hier treffe«, begrüßte sie mich und drückte mich herzlich an sich. Ihr derber Wollmantel verbreitete den Duft von Lavendel.

»Moin, Ava. Ich habe Johannes ein paar Blumen vorbeigebracht«, betonte ich und war dankbar für ihr Erscheinen.

»Wunderschöne Schale. Aber wenn du kein Gespür für Pflanzen hast, wer dann.« Ich merkte, wie ich leicht rot wurde. »Wie geht es dir? Ich habe erfahren, du bist kürzlich überfallen worden?« Sie unterzog mich einer genauen Musterung.

»Geht schon wieder. Woher weißt du das?«

»Kindchen, ich bin zwar alt, aber nicht senil.«

»Der Satz kommt mir bekannt vor.« Erst neulich hatte meine Mutter ebenso reagiert.

»Maria hat mich angerufen«, gab sie schließlich ihre Informationsquelle preis.

»Meine Mutter?« Im Grunde war es keine besondere Überraschung, da meine Mutter Ava mochte und ihre Meinung sehr schätzte.

»Ja, sie hat mich angerufen und erzählt, dass sie vorhaben, auf die Insel zu ziehen.« Sie wartete gespannt auf meine Reaktion.

»Das war in der Tat eine Überraschung«, gab ich zu. »In Zukunft könnt ihr euch so oft besuchen, wie ihr wollt«, versuchte ich, mir meine Skepsis hinsichtlich der Umzugspläne meiner Eltern nicht anmerken zu lassen. »Sag mal, Ava, kennst du den Mann dort?«, fragte ich und sah zu dem Grab, doch er war wie vom Erdboden verschluckt. »Komisch, eben war er noch da.«

»Das muss Barne Detlefsen gewesen sein. Er kommt täglich. Warum fragst du?«

»Ein bisschen seltsam ist er schon, oder? Ich überlege dauernd, woher ich ihn kenne.«

Sie lachte. »Verschroben würde besser passen. Das ist allerdings kein Wunder. Die letzte Zeit war hart für ihn.« Ihr Gesichtsausdruck wurde ernster.

»Ich weiß, er hat sein Kind und seine Frau kurz hintereinander verloren. Ein schreckliches Schicksal.«

Ava legte ein Bund Rosen auf das Grab von Johannes, und wir schwiegen gemeinsam für einen Moment. Dann räusperte sie sich und sagte: »Komm, lass uns ein paar Schritte gehen, sonst erkälten wir uns, wenn wir nur rumstehen.« Sie hakte sich bei mir ein, und wir gingen langsam zwischen den Gräbern entlang.

»Kanntest du seine Familie näher?«

»Seine Mutter kannte ich gut. Sie hat stets viel von ihm erzählt. Barne wollte sich nach seiner Zeit bei der Marine als Krabbenfischer selbstständig machen, obwohl ihm alle davon abgeraten hatten. Die Zeiten waren damals nicht sehr rosig in der Branche. Doch er wollte unbedingt mit dem Kopf durch die Wand und allen zeigen, dass er es schafft.«

»Hat er aber nicht.«

»Es kam, wie es kommen musste. Er scheiterte und verlor eine Menge Geld. Während er unterschiedliche Arbeiten annahm, hatte seine Frau mehr Glück. Zuletzt war sie Sparkassenleiterin in Westerland und hatte einen weiterführenden Posten in Kiel in Aussicht. Damit war ihr Auskommen gesichert. Die Zeiten werden nicht einfacher.« Sie stöhnte.

»Dann hat er sich vermutlich verstärkt um die Tochter gekümmert?«, nahm ich an.

»Ja, er war ein aufopferungsvoller Vater und hat seiner Frau Finja stets den Rücken freigehalten. Ein eingespieltes Team.« Ava machte eine kurze Pause und blieb stehen.

»Woran sind die beiden gestorben?«

»Die Kleine ist beim Spielen von der Schaukel gefallen und hat sich so schwer am Kopf verletzt, dass sie kurz darauf in der Klinik gestorben ist. Ein furchtbarer Unfall.«

»Wie schrecklich!«

»Für Barne ist damals eine Welt zusammengebrochen. Knapp ein Jahr später ist Finja überraschend an Herzversagen gestorben. Sie hatte zwar einen angeborenen Herzfehler, der mit Medikamenten behandelt wurde, aber ich glaube, in Wahrheit ist sie an gebrochenem Herzen gestorben.«

»Das ist eine traurige Geschichte«, entgegnete ich ehrlich betroffen.

»Das ist es. Barne wirkt auf Außenstehende daher etwas seltsam. Er lebt zurückgezogener als früher, engagiert sich aber für die Jugendfeuerwehr in Morsum. Das gibt ihm Halt und seinem Leben einen Sinn.«

»Jetzt fällt mir ein, woher ich ihn kenne. Er war beim Biikebrennen und hat sich um die drei Jungen gekümmert, nachdem die tote Ärztin gefunden wurde.«

»Das ist gut möglich. Wie ich erwähnte, engagiert er sich sehr bei der Feuerwehr.«

Mittlerweile hatten wir das Kirchengebäude einmal umrundet und standen an meinem Wagen.

»Ich muss erst Christopher abholen, aber dann kann ich dich gern nach Hause bringen. Es ist kalt heute, obwohl die Sonne scheint«, bot ich ihr an.

»Danke, das wird nicht nötig sein. Carsten kommt gleich vorbei und nimmt mich mit, er wollte bloß zur Bank. Siehst du, da kommt er.«

Unsere Blicke richteten sich auf den alten Volvo, der just in diesem Augenblick in den Haawerlön einbog und neben uns zum Stehen kam.

»Da sind Sie ja endlich!« Henning Schirmer lief aufgescheucht im Zimmer hin und her, während Antonia Kussav konzentriert auf der Tastatur ihres Computers tippte. Sie drehte kurz den Kopf zur Tür, als sie Nick bemerkte.

»Ich hatte etwas zu erledigen«, konterte Nick ohne nähere Angabe von Gründen.

»Die Kollegen von der Streife haben Sönke Brodsen erwischt. Er sitzt drüben im Vernehmungszimmer. Bin gespannt, was er uns zu sagen hat. Staatsanwalt Achtermann müsste jeden Moment eintreffen, ich habe ihn informiert.« Schirmer blieb in der geöffneten Tür stehen. »Worauf wartet ihr? Soll ich allein gehen?«

»Alleingänge sind ja Ihre Spezialität«, bemerkte Nick.

»Wie darf ich das verstehen?« Schirmer sah ihn misstrauisch an.

»Sie haben Doktor Gustafson in eine äußerst prekäre Lage gebracht.«

»Dafür hat er schon selbst gesorgt«, verteidigte er sein Vorgehen trotzig.

»Sie hätten das mit uns vorher absprechen müssen, statt die Pferde scheu zu machen. Was glauben Sie, wie schnell so etwas die Runde macht«, wies Nick den Kollegen zurecht.

»Ich hatte keine andere Wahl. Er steht in Verbindung zu dem Opfer. Schließlich gibt es einen Eintrag in Ellen Seilers Terminplaner. Das ist ein klares Motiv«, erwiderte Schirmer angriffslustig.

»Ist es das? Welches?«, erwiderte Nick scharf und fixierte ihn mit seinen dunklen Augen, die bedrohlich funkelten.

»Passen Sie mal auf, Sie …« Henning Schirmer war im Begriff, sich vor Nick aufzubauen, was geradezu absurd wirkte, da er wesentlich kleiner und schmächtiger als sein Kollege war.

»Nein, Sie hören mir zu! Doktor Gustafson hatte einen Termin mit Frau Seiler, weil sie sein Auto kaufen wollte.« Schirmer schluckte. »Ab sofort gibt es keine Alleingänge mehr! Haben Sie das verstanden? Sonst sorge ich dafür, dass Sie demnächst als Schülerlotse eingesetzt werden. Sie können von Glück reden, wenn Gustafson die Sache auf sich beruhen lässt.« Während Schirmer vor Zorn dunkelrot anlief, hielt Antonia für einen Moment die Luft an. »So, dann kümmern wir uns jetzt um Brodsen.«

Schirmer verließ schleunigst das Büro, während Nick und Antonia ihm in geringem Abstand folgten.

»Herr Brodsen, würden Sie bitte klar und deutlich Ihren Namen nennen.« Henning Schirmer, der sich in Absprache mit Nick zunächst allein mit Brodsen in dem Raum aufhielt, drückte hektisch auf das Aufnahmegerät vor ihm auf dem Tisch. Der Angesprochene zeigte sich unbeeindruckt von Schirmers übereifrigem Auftreten. »Als Nächstes erzählen Sie uns bitte, was Sie auf der Insel machen«, fuhr Schirmer fort.

Brodsen hob amüsiert eine Augenbraue, bevor er antwortete. »Leben, Herr Kommissar.«

»Geht es ein bisschen genauer? Was machen Sie den lieben langen Tag lang?«

»Spazieren gehen, essen, schlafen. Was man eben so macht.«

Schirmer musste sich anstrengen, die Ruhe zu bewahren. »Herr Brodsen, Sie sind nicht zum Spaß hier. Ihre Situation ist ernster, als Sie vielleicht annehmen mögen. Daher bitte ich Sie, auf meine Fragen mit dem nötigen Ernst zu antworten.«

»Hören Sie, ich weiß nicht, was Sie überhaupt von mir wollen. Plötzlich werde ich mitten auf dem Supermarktparkplatz von Polizisten überwältigt und in Handschellen abgeführt, als wäre ich ein Schwerverbrecher. Was werfen Sie mir eigentlich vor?«, entgegnete er verärgert.

Nick und Antonia verfolgten das Gespräch von einem Nebenraum aus.

»Der tanzt ihm doch auf der Nase herum. Ich übernehme das.« Mit diesen Worten betrat Nick das Zimmer.

»Moin, Herr Brodsen. Ich schlage vor, wir machen es kurz. Wo waren Sie am vergangenen Freitag in der Zeit zwischen 17 und 22 Uhr?«, kam Nick direkt auf den Punkt und ignorierte den stillen Protest des Kollegen Schirmer.

»Ich war in einer Kneipe etwas trinken, anschließend bin ich spazieren gegangen ...«

»Im Dunkeln, bei der Kälte? Das können Sie dem Weihnachtsmann erzählen«, wurde er von Henning Schirmer mit einem abfälligen Lachen unterbrochen.

»... und anschließend zu meiner Mutter gefahren«, beendete Brodsen seelenruhig den Satz.

»War es nicht eher so, dass Sie bei dieser Feuerveranstaltung gewesen sind?«, funkte Schirmer erneut dazwischen und baute sich vor seinem Gegenüber auf, der ihn stehend um mehr als einen Kopf überragte.

Brodsen legte irritiert die Stirn in Falten und sah zu Nick. »Was meint er damit?«

»Die Biike«, erklärte Nick. »Waren Sie ...«

»Geben Sie endlich zu, dass Sie dort waren und Bente Johannsen umgebracht haben! Und als das nicht genug war, haben Sie auch Ihre Anwältin getötet.«

»Schirmer, es reicht!«, raunte Nick ihm zu.

Doch der Kollege schenkte ihm keinerlei Gehör. Im Gegenteil, er geriet zunehmend in Rage. »Beide Frauen spielten in Ihrem früheren Leben eine Rolle. Sie wollten sich an ihnen rächen, weil sie Sie ins Gefängnis gebracht haben«, brüllte Schirmer regelrecht und schlug mit der flachen Hand auf die Tischplatte.

»Warum sollte ich das getan haben?« Sönke Brodsen sprach ruhig, was Schirmer umso mehr anstachelte. Auf seiner Stirn tanzte mittlerweile eine Armee Schweißperlen.

»Spielen Sie nicht den Ahnungslosen! Wir werden Ihnen die Morde nachweisen, verlassen Sie sich darauf.« Er stieß kleine Speicheltröpfchen aus, die vor ihm auf der Tischplatte landeten.

»Kann ich Sie kurz sprechen?« Mit dieser Frage, die keinen Widerspruch duldete, packte Nick den Kollegen am Ärmel und zerrte ihn mit sich vor die Tür.

»Lassen Sie mich gefälligst los! Sind Sie völlig übergeschnappt, Scarren?«, schnaubte Henning Schirmer und rieb sich demonstrativ den Oberarm. »Um ein Haar hatte ich ihn so weit, und dann kommen Sie und machen alles zunichte.«

»Ich?«, polterte Nick los, um dessen Beherrschung und Professionalität es nun endgültig geschehen war.

»Hört sofort auf! Das hilft niemandem, wenn ihr euch gegenseitig an die Gurgel geht«, versuchte Antonia, die Streithähne auseinanderzubringen. Doch weder Nick noch Henning Schirmer schenkte ihren Worten Beachtung.

»Du gefährdest mit deinem unüberlegten Vorgehen die gesamte Vernehmung. Du weißt genauso gut wie ich, dass wir momentan nicht den geringsten Beweis haben, der für einen Haftbefehl ausreichen würde. Bislang sind das alles nur Vermutungen. Die Fragen müssen präzise gestellt sein, sonst zerreißt uns spätestens sein Anwalt in Stücke. Was wir am wenigsten gebrauchen können, ist deine Holzhammer-Methode.« Nick atmete tief durch.

»Holzhammer-Methode«, äffte Henning ihn nach. »Dass ich nicht lache! Wenn du den Typen weiterhin mit Samthandschuhen anfasst, lacht er sich höchstens tot«, schleuderte Henning dem Kollegen aufgebracht entgegen. Sein sonst blasses Gesicht ähnelte farblich momentan einem illuminierten Kürbis an Halloween.

»Weil du bei der OFA bist, hast du die Weisheit automatisch gepachtet, ja?«

»Schluss jetzt!«, meldete sich Antonia lautstark zu Wort. Dieses Mal zeigten ihre Worte die erwünschte Wirkung.

»Nick hat recht, Henning. Wir müssen gezielter vorgehen. Überlass am besten Nick die Befragung, wir halten uns im Hintergrund«, versuchte Antonia zu vermitteln. »Befragungen dieser Art gehören ohnehin nicht zu unseren Kernaufgaben.«

»Prima, Toni, fall du mir in den Rücken. Dann seid ihr euch mal wieder einig«, schleuderte Henning ihr wütend entgegen. »Ihr glaubt wohl, ich merke nicht, was zwischen euch läuft? Ach, mir doch scheißegal. Macht, was ihr wollt! Von wegen, mondänes Sylt!« Wie zur Verdeutlichung seiner Worte machte er eine weit ausholende Armbewegung. »Eine provinzielle Gurkentruppe seid ihr hier, mehr auch nicht.« Vor Wut schnaubend, rauschte er durch die Tür, wo er geradewegs mit Staatsanwalt Matthias Achtermann zusammenprallte.

»Gurkentruppe? Was ist denn in den Kollegen gefahren?«, fragte dieser erstaunt und sah dem davoneilenden Schirmer nach.

»Kleine Meinungsverschiedenheit«, kommentierte Nick den Vorfall zähneknirschend.

»Das war unschwer zu erkennen.« Staatsanwalt Achtermann räusperte sich und rückte den Knoten seiner Krawatte zurecht. »Wie ich gehört habe, konnte der Hauptverdächtige festgenommen werden. Hat er sich zwischenzeitlich zu den Fällen geäußert? Ist ein Geständnis zu erwarten?«, wandte er sich den beiden zu.

»Wir haben eben erst mit der Befragung begonnen. Allerdings sehe ich wenig Hoffnung, dass wir etwas aus ihm herausbekommen werden, geschweige denn ein Geständnis erwarten können«, erklärte Nick, während Antonia zustimmend nickte.

»Trotzdem, bleiben Sie dran und informieren mich, sobald sich Fortschritte abzeichnen.«

Nach zähem Ringen und einer zweiten Gute-Nacht-Geschichte war es mir endlich gelungen, Christopher zum Einschlafen zu bewegen. Draußen hatte sich seit Stunden die Dunkelheit über die Insel gelegt, als ich das Aufflackern von Scheinwerfern in der Hauseinfahrt bemerkte. Nick kam nach Hause.

»Sweety«, begrüßte er mich. »Tut mir leid, dass es später geworden ist.«

»Christopher schläft schon. Er hat ständig nach dir gefragt.«

Nick ging wortlos an mir vorbei in die Küche, wo er sich einen Kaffee machte. Er konnte zu jeder Tages- und Nachtzeit Koffein zu sich nehmen, ohne anschließend Schlafprobleme zu bekommen.

»Alles okay mit dir? Seid ihr vorangekommen?«, fragte ich, während ich ihn beobachtete.

»Keine nennenswerten Erfolge«, gab er in knappen Worten zurück. Gedankenverloren lehnte er mit dem Rücken gegen die Arbeitsplatte, während die braune Flüssigkeit dampfend in die Tasse lief. »Wie war euer Tag?«

»Ebenfalls keine nennenswerten Ereignisse«, beschränkte ich meine Antwort auf ein Mindestmaß.

»Du bist sauer auf mich.«

»Ach, Nick. Ich weiß, dass du viel zu tun hast, aber wir haben kaum noch Zeit füreinander, von Christopher ganz zu schweigen. Er wollte partout nicht einschlafen, bis er dir das Bild gezeigt hat, was er im Kindergarten für dich gemalt hat.«

»Das tut mir ehrlich leid. Ich würde wirklich gerne mehr Zeit mit euch verbringen, aber momentan weiß ich nicht, was ich zuerst machen soll.« Er führte den Kaffeebecher zum Mund und trank einen großen Schluck.

»Ist die Zusammenarbeit mit den neuen Kollegen wenigstens angenehm?«, wollte ich wissen.

»Henning nervt mit seiner Profilneurose, Toni ist okay.« Er stürzte in einem Zug den restlichen Inhalt der Tasse hinunter und stellte sie in den Geschirrspüler. »Heute hätte ich ihn am liebsten aus dem Team geworfen. Er hat uns als provinzielle Gurkentruppe bezeichnet.«

»Was? Wie kommt er denn darauf?« Ich konnte mir trotz allem ein Lachen nicht verkneifen.

»Henning zweifelt offensichtlich an unserer Kompetenz. Dabei hat er sich bei der Befragung äußerst unprofessionell verhalten und somit die gesamte Strategie gefährdet. Bei dem Verdächtigen handelte es sich um Sönke Brodsen. Du hast mir kürzlich von ihm erzählt. Er hat damals seine Freundin die Treppe heruntergestoßen und wurde wegen Totschlags verurteilt. Erinnerst du dich?«

»Ja, ich erinnere mich. Verdächtigt ihr ihn, die beiden Frauen getötet zu haben?«

»Ich hege nach wie vor meine Zweifel an der Theorie«, betonte Nick und kreiste die Schultern, um sie zu lockern.

»Soll ich dir den Nacken massieren?«, bot ich an, doch er lehnte zu meiner Überraschung ab. »Warum denkst du, dass er als Täter ausscheidet?«

»Ich habe mir die Akte von damals angesehen und habe das Gefühl, dass etwas übersehen wurde. Außerdem fehlt mir ein stichhaltiges Motiv für die aktuellen Fälle, speziell in Hinblick auf den Mord an der Notärztin.«

»Übersehen? Was beispielsweise?«

»Ich weiß es nicht. Bitte, Anna, lass uns ein anderes Mal weiterreden, ich bin hundemüde und muss ins Bett.«

Er gab mir einen flüchtigen Kuss auf die Stirn, bevor er die Küche verließ und mich nachdenklich zurückließ.

Am kommenden Morgen wurde ich von einem Geräusch geweckt. Ich öffnete die Augen. Draußen war es noch dunkel. Ich drehte mich zu Nick und fand zu meiner Verwunderung sein Bett leer vor. Barfuß und auf Zehenspitzen schlich ich den Flur entlang zu Christophers Zimmer. Die Tür stand einen Spalt offen, und ich konnte Nick neben dem Bett auf einem Hocker sitzen sehen. Als er mich bemerkte, drehte er den Kopf und kam auf mich zu.

»Was machst du hier?«, flüsterte ich besorgt.

»Alles okay«, beruhigte er mich und schob mich behutsam aus dem Zimmer.

»Es ist kurz nach 5 Uhr. Musst du so früh aufstehen?« Ich sah ihn erstaunt an, als er Anstalten machte, in das Badezimmer zu gehen.

»Ich dachte, Christopher hätte geweint, aber wahrscheinlich hat er bloß schlecht geträumt«, wich Nick meiner eigentlichen Frage geschickt aus.

»Dann leg dich wieder hin.«

»Ich kann ohnehin nicht mehr einschlafen. Lass dich von mir nicht stören.« Er drehte sich um und zog leise die Badezimmertür hinter sich zu.

Obwohl ich müde war, gelang es mir nicht, wieder einzuschlafen. Stattdessen lauschte ich dem Rauschen der Dusche nebenan. Nick war von jeher ein Frühaufsteher, doch diese Uhrzeit war selbst für ihn außerordentlich früh. Als kein Wasser mehr zu hören war, krabbelte ich aus dem Bett und schob die Tür zum angrenzenden Badezimmer auf. Ein feiner Wassernebel und der Geruch nach Nicks Duschgel schlugen mir entgegen. Er selbst stand mit einem Handtuch um die Hüften gewickelt vor dem Waschbecken und rasierte sich. Als er mich im Spiegel entdeckte, hielt er inne.

»Sweety, ich dachte du schläfst wieder?«

Ich trat direkt hinter ihn, presste meinen Körper gegen seine warme, nackte Haut, schlang meine Arme um ihn und hielt ihn fest.

»Ich konnte nicht wieder einschlafen, da dachte ich …«, schnurrte ich in seinen Rücken und ließ meine Hände über Brust und Bauch langsam tiefer wandern.

»Anna, nicht.« Nick entzog sich meiner Umarmung und zog das Handtuch fester um seine Hüften.

Wie vor den Kopf geschlagen, sah ich ihn an und spürte, wie mir Tränen in die Augen stiegen. Dann verließ ich beinahe fluchtartig das Badezimmer.

»Entschuldige.« Nick war mir gefolgt und saß nun

neben mir auf der Bettkante. Zärtlich strich er mir übers Haar.

»Was mache ich falsch?« Ich wischte mir über die Augen.

»Nichts. Ich stehe momentan ungeheuer unter Stress«, suchte er nach einer plausiblen Erklärung.

»Bist du sicher, dass das der einzige Grund ist?«

Er wirkte irritiert. »Was meinst du?«

»Ich werde eben auch nicht jünger und attraktiver«, deutete ich an und warf einen kritischen Blick auf meinen Bauch, der seit Christophers Geburt nicht mehr so flach war wie früher.

»Das ist absolut lächerlich. Das weißt du, Anna.« Nick reagierte gleichermaßen verärgert wie gekränkt. »Auf diese Art von Diskussion habe ich keine Lust.« Er stand auf und zog sich an.

»Willst du um diese Zeit wirklich schon ins Büro? Ich dachte, du erklärst mir, was mit dir los ist«, fragte ich, als er sich auf den Weg ins Erdgeschoss machte.

»Ich drehe vorher mit Pepper eine Runde. Lass uns heute Abend in Ruhe über alles reden.«

Gleich darauf hörte ich die Tür ins Schloss fallen. Ratlos kroch ich ins Bett zurück und verbarg mich unter meiner Decke. Was war mit Nick los? Er wirkte seit Tagen in sich gekehrt und oft geistesabwesend. Normalerweise ging er nicht derart schnell durch die Decke. Im Gegenteil – er war derjenige von uns beiden, der die Rolle des ruhenden Pols innehatte. Heute Abend – nahm ich mir fest vor – würde ich der Ursache seines Verhaltens näher auf den Grund gehen.

KAPITEL 31

»Guten Morgen, Nick!« Antonia Kussav saß an ihrem Schreibtisch und lächelte ihm freundlich entgegen.

»Moin, Toni!«

»Hast du dich von dem gestrigen Tag erholt?« Sie grinste verschmitzt.

»Hat der Kollege endgültig das Handtuch geworfen, oder wo steckt er?«, erkundigte Nick sich und deutete auf den leeren Platz.

»Er holt schnell Frühstück und müsste jeden Augenblick zurück sein.«

»Hm«, knurrte Nick.

»Ich glaube, er hat ein schlechtes Gewissen wegen eures gestrigen Disputs«, sagte sie.

»Normalerweise habe ich mich auch besser im Griff.« Nick ließ sich auf seinen Stuhl nieder und rieb sich mit beiden Händen über das Gesicht.

»Jedenfalls seid ihr jetzt per Du.« Auf ihrem Gesicht erschien ein breites Grinsen.

»Ich sagte ja, ich hatte mich nicht unter Kontrolle. Hast du ihm gesagt, dass wir Brodsen gehen lassen mussten?« Sie nickte. »Wie hat er reagiert?«

Die Tür öffnete sich, und Henning Schirmer kam herein. »Morgen«, brummte er und legte eine Papiertüte auf den Tisch, bevor er seine Jacke aufhängte. »Ich habe Frühstück mitgebracht. Bedient euch!«

»Danke, Henning!« Antonia angelte neugierig nach der

Tüte. »Oh, lecker!« Sie zog ein gold glänzendes Hörnchen hervor.

»Du kannst auch gern zugreifen, Nick«, begann Henning zögerlich. »Wegen gestern, ich …«

»Schon gut. Wir stehen beide ungeheuer unter Strom momentan«, gab sich Nick versöhnlich.

»Wir haben Brodsen gestern in Absprache mit Achtermann laufen lassen.«

»Ich weiß, hat Toni berichtet. Hoffentlich nicht meinetwegen?« Er verzog gequält den Mund.

Nick schüttelte den Kopf. »Nein. Er hat die Aussage verweigert, und wir haben nichts Stichhaltiges gegen ihn in der Hand. Kein Richter der Welt würde ohne handfeste Beweise einen Haftbefehl ausstellen. Allein die Tatsache, dass Brodsen ein verurteilter Straftäter ist, reicht in dem Fall nicht aus. Bei einer Verurteilung wegen Mordes hätten wir vielleicht eher eine winzige Chance gehabt.«

»Mist, und jetzt?« Henning kaute lustlos auf einer Laugenstange herum.

»Jetzt gehen wir alles akribisch von vorne durch, bis wir etwas finden«, verkündete Antonia mit einem lang gezogenen Seufzer.

Nicks Telefon vibrierte lautlos, da er am Morgen vergessen hatte, den Stummmodus auszuschalten. Interessiert verfolgten die Kollegen des LKA das Gespräch.

»Neuigkeiten?«, wollte Antonia anschließend wissen.

»Privat.«

Ein Fenster an der Stirnseite der Halle des Nordfriesischen Segelvereins Sylt wurde aufgerissen, und eine kräftige Männerstimme brüllte in die morgendliche Stille des Rantumer Hafens. »Hey, da wird kein Müll abgeladen!«

Augenblicklich blieb die hagere Gestalt in grünem Parka und gefütterter Kopfbedeckung mit Ohrenklappen erschrocken stehen. Dann drehte sie sich in die Richtung, aus der gerufen wurde, und hob den schwarzen Eimer ein Stück an. »Das ist kein Müll!«

»Das sagen sie alle. Moment!« Das Fenster wurde geschlossen, und die Ruhe kehrte zurück.

Kurz darauf sah man einen kräftig gebauten Mann in dunkler Arbeitsmontur und Wollmütze über den Parkplatz am Rantumer Hafen stapfen. Er steuerte zielgerichtet auf den Mann zu, der mit dem Eimer in der Hand oben auf dem Deich wartete.

»Moin. Was haben Sie da drin?« Er warf einen prüfenden Blick hinein, um verblüfft festzustellen: »Eine Thermoskanne?«

»Und ein Fernglas sowie ein Notizbuch, wenn Sie es genau wissen wollen.«

»Wieso tragen sie das Zeug in aller Herrgottsfrühe in einem Eimer spazieren?« Der Mann vom Segelverein betrachtete sein Gegenüber mit wachsender Skepsis.

»Ich beobachte Vögel. Damit die Sachen keinen Schaden nehmen, wenn ich sie auf feuchtem Untergrund abstelle, packe ich sie in einen Eimer«, setzte der Mann im Parka zu einer Erklärung an. »Früh am Morgen ist es noch ruhig, da kaum eine Menschenseele unterwegs ist. So kann ich meine gefiederten Freunde ungestört und in aller Ruhe beobachten.« Ein beseeltes Lächeln umspielte seine Mundwinkel.

»Hm, meinetwegen. Die meisten Zugvögel kehren ohnehin erst in ein paar Wochen zurück, aber das müssen Sie ja am besten wissen. Trotzdem wird nichts in die Gegend geworfen. Verstanden?«

»Natürlich nicht, was denken Sie von mir«, erwiderte der Vogelfreund empört.

»Wenn Sie wüssten, was die Leute alles in die Landschaft und ins Meer kippen. Man kann nicht wachsam genug sein.« Er deutete zum Steg, der ins Wasser ragte und an dem in den Sommermonaten kleine Sportboote lagen und dem kleinen Hafen somit maritimes Flair verliehen. »Wenn Fische und Seevögel qualvoll verenden, will es keiner gewesen sein. Nichts für ungut. Dann wünsche ich viel Erfolg beim Vögelbeobachten.« Er wollte sich gerade zurück zu seinem Arbeitsplatz begeben, als der Hobbyornithologe ihn zurückhielt.

»Warten Sie, ich glaube, ich habe etwas gehört.«

»Wahrscheinlich Möwenschreie. Die Biester können verdammt laut werden. Aber wem sage ich das«, knurrte er.

»Nein, das war kein Vogel. Da ist es wieder.« Beide Männer lauschten angestrengt.

»Ich höre nichts. Was soll da sein? Ich muss zurück, habe schließlich nicht den ganzen Tag Zeit«, verkündete der Mann vom Segelverein ungehalten. Plötzlich drang ein entferntes Fiepen an sein Ohr. »Meinen Sie das?« Er versuchte angestrengt, die Quelle des Geräusches zu orten.

»Ja. Klingt wie das Winseln eines Hundes, aber ich kann nirgendwo einen sehen.« Suchend blickten sich die Männer um.

»Da hinten ist einer.«

»Wo?«

»Am Ende des Bootsstegs, direkt neben der Laterne. Da ist noch etwas.« Sofort holte der Vogelfreund das Fernglas hervor, um der Sache auf den Grund zu gehen. »Oh Gott, neben dem Tier liegt ein Mensch.«

»Geben Sie mal her!« Der andere Mann sah durch den Feldstecher. »Sie haben recht.« Ohne eine Sekunde zu zögern, drückte er dem Hobbyornithologen das Glas in die Hand und rannte den Steg entlang.

Als die Polizei eintraf, hatten sich trotz des trüben und feuchtkalten Wetters einige Neugierige am Hafen eingefunden. Darunter befanden sich sowohl Radfahrer als auch Spaziergänger, die zu Fuß das Rantumbecken umrunden wollten und den Parkplatz als Ausgangspunkt ihrer Wanderung nutzten. Nick stieg als Erster aus und ging in großen Schritten auf die uniformierten Kollegen zu. Antonia Kussav und Henning Schirmer folgten ihm in geringem Abstand.

»Moin zusammen. Was ist passiert?«

»Moin, Nick. Die beiden Herren dort drüben haben uns informiert. Sie haben dort hinten auf dem Steg die Leiche einer Frau entdeckt. Oliver nimmt gerade ihre Personalien auf. Die Spurensicherung ist informiert. Die Kollegen müssten jeden Moment eintreffen«, berichtete die Polizistin und deutete auf die zwei Männer.

Nick stieß lautstark die Luft aus. »Okay, wir sehen uns das an.«

»Nick, warte!«

»Was ist?«

»Es gibt ein kleines Problem.« Nick hob fragend die Augenbrauen. »Bei der Toten befindet sich ein Hund, der niemanden in die Nähe lässt.«

Henning Schirmer stöhnte genervt auf. »Du lieber Himmel, wozu haben wir Schusswaffen«, erwiderte er und bahnte sich den Weg durch die Gruppe Schaulustiger. Die Polizistin sah Nick mit vor Schreck geweiteten Augen an. »Er will doch wohl nicht etwa …«

»Keine Sorge, ich kümmere mich drum«, versicherte Nick und machte sich unverzüglich auf den Weg, den Kollegen einzuholen.

Der schwarz-weiße Hund hob die Lefzen und stellte somit sein imposantes Gebiss zur Schau. Er gab ein tiefes Brummen von sich, sobald sie sich ihm näherten.

»Moin. Wir haben versucht, zu der Frau vorzudringen, aber er lässt uns nicht ran«, bestätigte einer der beiden Rettungssanitäter. »Ich fürchte, wir können sowieso nichts mehr ausrichten.« Er wirkte betreten.

»Hau ab!«, schrie Schirmer, machte einen Sprung auf das Tier zu und fuchtelte dabei wild mit den Armen. Als der Hund nach ihm schnappen wollte, zog er kurzerhand seine Waffe und richtete sie auf das Tier. »Du hast es nicht anders gewollt.«

»Halt!« Nick drückte die Waffe nach unten. »Bist du verrückt? Willst du vor allen Leuten auf den Hund schießen?«

»Hast du eine bessere Idee? Oder bist du auch noch zufällig Hundeflüsterer? Ich habe keinen Bock, mich von dem blöden Kläffer beißen zu lassen«, schnauzte er zurück.

»Sie hat Angst, dass ihrem Frauchen jemand zu nah kommt, deshalb reagiert sie so aggressiv«, erklärte Nick.

»Bisschen spät«, setzte Schirmer spöttisch nach und steckte die Waffe in das Halfter.

Nick schob sich an dem Kollegen vorbei und näherte sich mit ausgestreckter Hand dem Hund, während er gleichzeitig beruhigend auf ihn einredete.

»Sei vorsichtig!«, hörte er Antonia hinter sich sagen.

»Woher will er wissen, dass es sich um ein weibliches Tier handelt?«, raunte Henning ihr zu.

»Sie trägt keinen Colt«, erwiderte sie mit einem Schmunzeln in der Stimme.

»Colt? Verstehe ich nicht.« Der Kollege blickte verständnislos drein.

»Oh, Henning, manchmal hast du echt eine lange Leitung.«

Alle Augenpaare waren gespannt auf den Hund und Nick gerichtet, dem es gelang, das Tier von der Leiche wegzulocken. Dann streifte er sich dünne Gummihandschuhe über und kniete sich neben die tote Frau.

»Dem Opfer wurde die Kehle durchtrennt. Es kann nicht lange her sein, das Blut ist noch nicht vollständig getrocknet«, ließ Nick die Kollegen wissen.

»Verdammter Mist!«, fluchte Antonia. »Soll ich Achtermann informieren?«

»Mach das.«

»Ich war von Anfang an dagegen, Brodsen auf freien Fuß zu setzen. Aber ihr wolltet nicht auf mich hören, das haben wir jetzt davon. Ich übernehme keine Verantwortung hierfür«, betonte Henning zum wiederholten Male und deutete auf die Tote.

»Ja, wir haben es verstanden«, reagierte Nick genervt und nahm sein Telefon zur Hand.

»Doktor Luhrmaier? Nick Scarren hier. Sie hatten Ihre Hilfe angeboten, die könnten wir dringend gebrauchen.«

»Sollten wir nicht lieber auf die Kollegen der Spurensicherung warten, bevor wir womöglich wichtige Spuren zerstören?«, gab Schirmer zu bedenken, als Nick die Jackentasche der Frau nach Ausweispapieren durchsuchte.

Er überging die Bemerkung und hielt kurz darauf eine Geldbörse in der Hand, in der ein Personalausweis steckte.

»Die Tote heißt Patricia Trieschmann, wohnhaft in Hörnum.«

»Wer von uns fährt hin?«, fragte Antonia.

»Ich wäre euch dankbar, wenn ihr das übernehmen könntet. Ich würde gern auf Doktor Luhrmaier und die Spurensicherung warten«, entgegnete Nick. »Jessica kann euch fahren.« Er gab der Streifenpolizistin ein Zeichen.

»Okay. Komm, Henning!«

»Was machst du hier?«, fragte sie, als sie die Waschküche betrat.

»Wonach sieht es aus?«

»Ich wusste nicht, dass du im Haus bist.«

Er schwieg, doch sein Blick schien sie zu durchbohren.

»Was ist mit der Jacke passiert?«, wollte sie wissen und deutete auf das Kleidungsstück, von dem der Ärmel aus der Öffnung der Waschmaschine herauslugte.

»Sie ist schmutzig, sonst würde ich sie nicht waschen«, betonte er, schloss die Klappe der Maschine und schaltete sie ein.

»Wo bist du gewesen? Heute Morgen habe ich dich jedenfalls nicht gesehen, und der Hund war auch nicht da.«

»Ich war mit ihm spazieren. Ist das neuerdings verboten?«

»Nein, natürlich nicht.« Sie wickelte sich nervös eine Haarsträhne um den Finger und biss auf ihrer Unterlippe herum, während sie ihn dabei beobachtete, wie er seine

Schuhe vom groben Schmutz mit einer Bürste befreite. Er besaß nach wie vor eine unerklärliche Anziehungskraft auf sie.

»Bist du glücklich mit deinem Leben?« Er sah sie über die Schulter hinweg an, als er bemerkte, dass sie ihn eingehend musterte.

»Wie meinst du das?«, fragte sie und fühlte sich ertappt.

»Du hast Ole geheiratet und mit ihm Haus und Hof übernommen, das muss dich doch glücklich machen«, fuhr er fort, während sich ihre Nervosität mit jeder Sekunde zu steigern schien. Sie schluckte und blieb ihm eine Antwort schuldig. Dann stellte er das Paar Schuhe zur Seite und legte die Bürste zurück ins Regal an der Wand.

»Dir muss doch klar gewesen sein, dass ich eines Tages zurückkomme.«

Er machte einen Schritt auf sie zu. Sie wich zurück, wobei ihr Blick instinktiv zur Tür wanderte.

»Und wenn schon. Worauf willst du hinaus?«

»Ich wundere mich ein bisschen. Hattest du nicht ursprünglich andere Pläne?«

Er lächelte und baute sich so dicht vor ihr auf, dass sie seinen warmen Atem auf ihrem Gesicht spüren konnte. Sie stand mittlerweile mit dem Rücken gegen ein Regal gelehnt, sodass es kein Zurück für sie gab. In ihrer jetzigen Position würde sie ihm restlos ausgeliefert sein.

»Was willst du von mir, Sönke?«, presste sie hervor, während ihr Herzschlag sich rasch beschleunigte. Vergeblich suchte sie nach einer Möglichkeit, sich aus der brenzligen Lage zu befreien.

»Ihr habt mein Leben zerstört, und du fragst ernsthaft, was ich von dir will?«

»Willst du Geld? Wie viel?« Der Schweiß lief ihr in Bahnen über den Rücken, und ihre Anspannung wuchs ins nahezu Unermessliche.

Er lachte, und winzige Speicheltropfen benetzten ihr Gesicht. »Geld? Ist das alles, was dir einfällt? Kein Geld der Welt kann mir das Verlorene jemals zurückbringen. Nein, Rieke, so leicht kommst du dieses Mal nicht davon.«

Sie schloss für einen kurzen Moment die Augen. »Hast du sie umgebracht? Wirst du mich auch töten?«, wisperte sie mit zittriger Stimme.

Er machte unerwartet einen Schritt rückwärts und griff mit der rechten Hand hinter sich.

»Worauf wartest du?«, schleuderte sie ihm entgegen, bevor sie wie ein Häufchen Elend zu Boden sank und die Arme schützend vor das Gesicht hielt.

»Verdammter Mist, das hätte nicht passieren dürfen. Wie konnte ich mich nur derart täuschen. Wahrscheinlich hatte dein Kollege doch recht, was Brodsen angeht.«

»Fluchen nützt nichts. Das konnte niemand ahnen, Nick. Wir hatten keine andere Wahl, als Brodsen gehen zu lassen. Darüber waren wir uns einig, selbst Staatsanwalt Achtermann hat zugestimmt«, bekräftigte Antonia Kussav, die auf dem Beifahrersitz saß. Sie hatte sich auf dem Rückweg von Hörnum in Rantum absetzen lassen, während Schirmer weitergefahren war.

»Was konntet ihr in Bezug auf Patricia Trieschmann in Erfahrung bringen?«, erkundigte sich Nick, während sie den Ortseingang von Rantum in nördlicher Richtung erreichten.

»Wir haben zufällig eine Nachbarin der Toten angetroffen. Patricia Trieschmann lebt seit einem knappen Jahr von ihrem Mann getrennt. Die gemeinsame achtjährige Tochter lebt beim Vater, ebenfalls in Hörnum. Er arbeitet als selbstständiger Fotograf, sie als Immobilienmaklerin. Wir sind sofort zu der Adresse des Ehemannes gefahren, die uns die Nachbarin genannt hat, und haben ihn dort angetroffen. Das Mädchen befand sich in der Schule.«

»Wie hat er die Nachricht aufgenommen? Wusste er, ob seine Frau bedroht oder verfolgt wurde? Hat sie ihm gegenüber diesbezüglich Andeutungen gemacht?«

»Nein, nichts dergleichen. Trieschmann wirkte sehr geschockt. Nach seiner Aussage verbindet die beiden ein sehr freundschaftliches Verhältnis. Die Nachbarin hat sich ähnlich geäußert. Es sei nie zu Streit oder lautstarken Auseinandersetzungen gekommen, jedenfalls hat sie nie etwas davon mitbekommen.«

»Wo war er heute Morgen?«, hakte Nick nach und stoppte seinen Wagen vor einer Fußgängerampel.

»Er hat angegeben, die Tochter in die Schule gefahren und anschließend bei einem Kunden Innenaufnahmen für dessen Hausverkauf gemacht zu haben. Schirmer überprüft das gerade mit dem Kollegen Oliver Mirske. Ach, und der Hund lebt bei ihr, da bei der Tochter eine Tierhaarallergie diagnostiziert wurde.«

»Okay. Hältst du den Ehemann für tatverdächtig?« Nick beschleunigte den Wagen, als sie den Ortsausgang von Rantum hinter sich gelassen hatten.

»Warum wolltest du unbedingt, dass Doktor Luhrmaier sich die Tote ansieht?«

»Luhrmaier ist eine Koryphäe auf seinem Gebiet. Ich habe gehofft, er könnte ein wichtiges Detail entdecken, das uns endlich dem Täter näherbringt. Zudem hat er uns seine Unterstützung zugesichert. Da er mit Ellen Seiler bekannt war, liegt ihm persönlich viel an der Aufklärung des Falles.«

»Hat er auf den ersten Blick etwas Außergewöhnliches finden können?«

»Am Jackenärmel der Frau befanden sich Hundehaare.«

»Das ist keine echte Überraschung. Oder?« Ihre Begeisterung hielt sich in Grenzen.

Nick zuckte resigniert die Schultern. »Mehr habe ich leider nicht zu bieten.«

Beide Polizisten schwiegen eine Weile. Ein gleichmäßiges Klacken durchbrach die Stille, als Nick den Blinker setzte und links in Richtung des Westerländer Campingplatzes und des Aquariums abbog.

»Was wird aus dem Hund?«, ergriff die Kollegin Kussav als Erste das Wort.

»Er wurde zunächst zum Tierarzt gebracht, damit er untersucht werden kann. Die Hündin steht unter Schock, und anschließend müssen wir weitersehen.«

»Armes Tier. Sie hat nicht nur ihr Frauchen verloren, sondern auch ihr Zuhause.«

»Ich habe gleich einen Termin in der Stadt. Macht es dir etwas aus, wenn ich dich da vorne rauslasse? Zum Revier ist es nicht mehr weit«, fragte Nick und hielt an der Maybachstraße, Ecke Käptn-Christiansen-Straße an.

»Kein Thema. Henning ist bestimmt da und wartet. Wahrscheinlich steckt er bereits in wichtigen Beratungen mit Staatsanwalt Achtermann.« Sie lachte freudlos.

»Das steigert die Karrierechancen.« Nick zwinkerte der Kollegin zu. »Bis später! Ruf mich an, wenn es Neuigkeiten gibt.«

»Mach ich.« Plötzlich wirkte sie schüchtern. »Wollen wir nachher zusammen einen Kaffee in der Stadt trinken? Ich würde zu gerne mal in dieses schöne Café mit der riesigen Auswahl an Kuchen gehen, von der alle so schwärmen. Begleitest du mich?«

»Ich rufe dich an.« Er zwinkerte ihr zu.

Seit einer knappen Viertelstunde wartete ich mit Christopher auf dem Parkplatz des Kaufhauses H.B. Jensen in Westerlands Innenstadt auf meine Mutter. Sie hatte mich angerufen und gebeten, ihr bei diversen Einkäufen beratend zur Seite zu stehen. Um unser ohnehin leicht angespanntes Verhältnis nicht unnötig zu strapazieren, willigte ich ein. Ungeduldig hielt ich nach ihr Ausschau, während sich meine Füße langsam, aber sicher in Eisklötze verwandelten. Christopher wurde zusehends ungeduldiger und begann zu nörgeln.

»Gleich kommt die Oma, mein Schatz«, versuchte ich, ihn mit seinem Teddybären bei Laune zu halten. Doch so einfach ließ er sich nicht ablenken. In seinem dicken Schneeanzug wirkte er wie ein kleiner Eskimo. Pepper saß neben dem Buggy und beobachtete interessiert, was um ihn herum geschah. Ich wollte gerade mein Handy aus der Tasche holen, um mich nach dem Verbleib meiner Mutter zu erkundigen, als ich ihren Golf auf den Parkplatz einbiegen sah. Sie winkte fröhlich, als sie an uns vorbeifuhr.

»Ich dachte schon, du kommst nicht mehr?«, konnte ich mir einen Kommentar nicht verkneifen, als sie vor uns stand.

»Nun bin ich da. Meinetwegen können wir los.«

»Gut, Mama.«

»Ist dir kalt? Du siehst durchgefroren aus«, stellte sie fest.

»Geht schon«, murmelte ich.

»Ihr jungen Leute zieht euch immer viel zu dünn an.« Meinen Protest schluckte ich herunter, da eine Diskussion ohnehin zwecklos gewesen wäre. Die nächste Stunde liefen wir von einem Geschäft zum nächsten, bis sie alles zusammen hatte, was auf ihrer Agenda stand.

»Ich springe kurz ins Café ›Wien‹ und nehme ein bisschen Kuchen mit«, entschied ich, als wir mit Tüten behängt die Strandstraße entlang schlenderten. Christopher war zwischenzeitlich in seinem Buggy erschöpft eingeschlafen. Jetzt meldete er sich, da er Hunger hatte.

»Mach das! Christopher und ich schauen uns nebenan bei der Schokolade um, nicht wahr, mein Kleiner?« Sie bückte sich und hob ihn aus der Karre.

Während meine Mutter mit ihrem Enkel den Eingang zum Laden nahm, betrat ich das Café durch den Haupteingang. Pepper blieb derweil brav neben dem Kinderwagen sitzen. Drinnen schlugen mir lautes Stimmengewirr und ein Schwall Heizungsluft entgegen. Ich stellte mich in der Schlange der Wartenden an und ließ meine Augen über die Auslage mit den vielen unterschiedlichen Kuchen und Torten wandern. Allein bei dem Anblick dieser Kalorienbomben bekam ich ein schlechtes Gewissen. Ein älteres Ehepaar drängte dem Ausgang zu und wäre beinahe mit der Bedienung zusammengestoßen, die ein mit mehreren Kuchentellern und Kaffeekännchen beladenes Tablett durch die Menge balancierte. Ich machte einen Schritt zur Seite, um sie passieren zu lassen, als mein Blick in den Gastraum fiel und an einem Tisch im hinteren Teil hängen blieb. Dort entdeckte ich Nick. Er hatte mir den Rücken zugewandt und war nicht allein. Ihm gegenüber saß eine junge Frau, die ihre langen schwarzen Haare zu einem Zopf gebunden hatte. Sie war ausgesprochen hübsch und schätzungsweise Ende 20. Ich starrte in ihre Richtung und konnte erkennen, wie sie ihm mit dem Handrücken kurz über die Wange strich. Bei diesem Anblick hatte ich das Gefühl, jemand zöge mir den Boden unter den Füßen weg, und alles in meinem Kopf begann sich plötzlich zu drehen.

»Hallo? Sie sind an der Reihe, junge Frau«, hörte ich die Bedienung hinter der Theke sagen.

Ohne ein Wort zu sagen, drehte ich mich zum Ausgang und verließ das Café. Draußen holte ich tief Luft und merkte, wie meine Hände zitterten. Ich war unschlüssig, was ich tun sollte. Zurückgehen und fragen, wer die Frau war, die sich meinem Mann gegenüber ausgesprochen vertrauensvoll verhielt? Nick eine riesige Szene machen und mich als eifersüchtige Ehefrau vor aller Welt lächerlich machen? Beides erschien mir in Anbetracht der Situation unangebracht. Meine Überlegungen wurden durch das Erscheinen meiner Mutter unterbrochen, die mit Christopher gerade das angrenzende Schokoladengeschäft verließ.

»Anna, das ging ja schnell«, stellte sie mit Blick auf meine leeren Hände fest. »Hast du keinen Kuchen gekauft?«

»Nein, ich habe es mir spontan anders überlegt«, log ich und war bemüht, auf keinen Fall vor meiner Mutter in Tränen auszubrechen.

»Alles in Ordnung mit dir? Du siehst aus, als hättest du ein Gespenst gesehen«, bohrte sie nach. Dazu kannte sie mich zu gut, als dass ich ihr etwas vormachen konnte.

»Alles okay«, rang ich mir trotz allem ein Lächeln ab und wandte mich schnell Christopher zu, der mir einen Schokoladenlutscher in Teddybärenform entgegenstreckte.

»Teddy! Von Oma bekommen!«, teilte er mir mit freudestrahlendem Gesicht mit.

»Hey, das ist ja toll. Hast du auch Danke gesagt?«, pflichtete ich ihm bei und schielte immer wieder zur Tür des Cafés.

»Ist wirklich alles in Ordnung?«, erkundigte sich meine Mutter erneut.

»Ganz bestimmt«, versicherte ich.

»Wie du meinst. Ich wäre mit allem durch. Dein Vater wartet bestimmt. Brauchst du noch irgendetwas?«

»Nein, ich möchte lieber nach Hause.«

»Dann lass uns zum Parkplatz gehen. Ich glaube, es fängt ohnehin bald an zu regnen«, entschied meine Mutter mit einem Blick in die tief hängenden Wolken und schob den Buggy mit Christopher darin zügig durch die Fußgängerzone.

Zu Hause angekommen, bekam ich das Bild von Nick und der schwarzhaarigen Frau nicht aus dem Kopf. Allein das Klingeln des Telefons verschaffte mir eine kurze Gedankenpause.

»Hallo, Britta«, begrüßte ich meine Freundin.

»Moin, Anna! Hast du schon gehört? Eine weitere Frau ist ermordet worden.« Sie klang sorgenvoll.

»Nein, das wusste ich nicht.«

»Komisch, ich dachte, Nick hätte dich längst informiert?« Meine Kehle schnürte sich bei der Erwähnung seines Namens schlagartig zusammen. »Wahrscheinlich ist er mit den Ermittlungen beschäftigt.«

»Sah ganz danach aus«, hätte ich am liebsten gesagt, behielt dies jedoch für mich. Stattdessen erwiderte ich: »Er erzählt mir nicht sofort jeden seiner Schritte, wenn etwas passiert ist.«

»Die Frau wurde am Rantumer Hafen mit durchtrennter Kehle gefunden, ganz in unserer Nähe. Ist das nicht grauenvoll? Ihr Hund soll neben ihr gewacht haben und auf die Einsatzkräfte losgegangen sein. Jan hat es eben von einem Bekannten gehört. Das bedeutet, dass sich der Mörder noch auf der Insel aufhält. Ich traue mich langsam nicht mehr alleine vor die Tür, wenn das so weitergeht. Die Polizei muss endlich etwas unternehmen. Wer weiß, was er als Nächstes tut?«, sprudelten die Worte aus Britta heraus.

»Sie tun, was sie können«, erwiderte ich und merkte, wie abgedroschen der Satz klang.

»Hast du denn keine Angst? Schließlich bist du diesem Irren in letzter Minute entkommen.«

»Ob es sich dabei um den Mörder handelt, steht bislang nicht fest.«

»Seit wann reagierst du derart gelassen? Was ist los mit dir?«

Für den Bruchteil einer Sekunde erwog ich, Britta als meine beste Freundin einzuweihen, entschied mich jedoch dagegen. Die Angelegenheit musste ich zunächst mit Nick klären, bevor ich Dritte hinzuzog.

»Es ist gerade viel los. Mach dir um mich keine Sorgen«, versicherte ich und versuchte, zuversichtlich zu klingen.

»Ich dachte, in den Wintermonaten hast du eher weniger zu tun? Oder geht es um den bevorstehenden Umzug deiner Eltern nach Sylt?«, blieb Britta hartnäckig und bot mir unbewusst eine hervorragende Vorlage.

»Das meine ich. Eben war ich mit Christopher und meiner Mutter in der Stadt, um diverse Besorgungen zu erledigen.«

»Hast du dir schon Gedanken über dein Outfit für die Preisverleihung gemacht?«, schnitt sie ein anderes Thema an.

»Ich werde mal schauen, was der Kleiderschrank hergibt.«

»Ich bin eine höchst qualifizierte Einkaufsberaterin und unterstütze dich jederzeit gerne«, scherzte sie und lachte in den Hörer.

Mir fiel auf, dass unser letzter gemeinsamer Einkaufsbummel tatsächlich mehrere Monate zurücklag. Ich versprach, mich in den nächsten Tagen diesbezüglich bei ihr zu melden, und beendete das Gespräch.

KAPITEL 32

Als Nick am kommenden Morgen das Polizeirevier betrat, kam ihm Henning Schirmer aufgeregt auf dem Flur entgegen. Um Haaresbreite hätte er sich aufgrund seines Mitteilungsdranges an seinen Worten verschluckt. »Gute Nachrichten, wir haben ihn!«

»Moin, Henning! Wen haben wir?«, fragte Nick im Weitergehen.

»Sönke Brodsen. Endlich haben wir den Beweis«, erklärte Kollege Schirmer, während er neben Nick hertänzelte.

»Interessant.« Nick öffnete die Tür zu seinem Büro.

»Die Hundehaare, die bei der Leiche gefunden wurden.«

»Geht es eventuell ein bisschen genauer?« Der Kollege ging ihm zusehends auf die Nerven, hinzu kam, dass es gestern wieder einmal sehr spät geworden war und er die Nacht kaum geschlafen hatte.

»Sie stammen nicht von ihrem eigenen Hund, hat Doktor Luhrmaier gesagt.« Diese Information ließ Nick allerdings aufhorchen. »Sie muss demzufolge unmittelbar vor ihrem Tod Kontakt zu einem anderen Tier gehabt haben. Mit hoher Wahrscheinlichkeit zu dem Hund des Täters.«

»Du nimmst an, der Täter hatte einen Hund bei sich? Warum haben wir dann an den übrigen Tatorten keine Hundehaare gefunden?«, stellte Nick die berechtigte Frage und bremste kurzzeitig Schirmer in seiner Euphorie.

»Guten Morgen, liebe Kollegen!« Antonia Kussav kam herein und mit ihr ein Duft von Orangen. Sie hielt ein großes Netz der orangen Früchte wie eine Beute in die Luft. »Bioorangen. Ich dachte, ein paar Vitamine anstatt ständig Süßigkeiten oder Kuchen tun unserer Gesundheit ganz gut. In dieser Zeit kann man sein Immunsystem nicht genug stärken.« Sie legte das Netz mit einem strahlenden Gesicht auf Nicks Schreibtisch.

»Wir haben ihn, Toni. Brodsen ist der Täter, auch wenn Nick das offenbar erneut in Frage stellt«, betonte Schirmer mit einem missbilligenden Seitenblick zu dem Kollegen.

»Die Hundehaare, die bei Patricia Trieschmann gefunden wurden, stammen nicht von ihrem eigenen Hund«, wiederholte Nick.

»Wie passt das zu Brodsen?«, wollte sie wissen und begann, eine der orangefarbenen Früchte zu schälen. Sofort entfaltete sich das Aroma der ätherischen Öle im gesamten Raum.

»Er ist oft mit dem Schäferhund seiner Mutter unterwegs. Jetzt brauchen wir nur noch die genaue Haaranalyse abzuwarten, dann haben wir Gewissheit und können ihn zurück in den Bau schicken. Zack, Fall gelöst!« Henning Schirmer klatschte in die Hände.

Nick stand vor dem Whiteboard und trank einen Schluck aus seinem Kaffeebecher.

»Worüber grübelst du, Nick?« Antonia stellte sich neben ihn.

»Nehmen wir an, die Taten gehen auf Brodsens Konto. Welchen Grund sollte er haben, Patricia Trieschmann zu ermorden? Wir wissen mittlerweile, dass sie als Immobilienmaklerin auf der Insel tätig war. Besteht diesbezüglich eine Verbindung zwischen beiden? Das gilt es, zunächst zu klären. Ellen Seiler war Brodsens Anwältin, die ihn nicht vor einer Gefängnisstrafe bewahren konnte. Vorstellbar wäre, dass er sie aus Rache getötet hat, damit hätten wir Motiv Nummer eins«, versuchte Nick, die Zusammenhänge darzulegen.

»Richtig. Aber warum Bente Johannsen?« Antonia steckte das letzte Stück Orange in den Mund.

»Sie war die beste Freundin seiner Schwägerin«, warf Henning Schirmer ein.

»Eben. Das ergibt in meinen Augen überhaupt keinen Sinn. Denn bei dem Prozess wurde Brodsen damals durch die Zeugenaussage von Friederike Brodsen, ehemals Greidt, belastet. Ole und sie haben knapp ein Jahr, nachdem Sönke seine Gefängnisstrafe angetreten hat, geheiratet. Ich habe mir die Akte angesehen.« Nick griff sich eine Orange und begann, sie zu schälen.

»Angenommen, Sönke befindet sich tatsächlich auf Rachetour, wie du denkst, dann hätte an erster Stelle seine Schwägerin zu den Opfern zählen müssen«, kombinierte Antonia, wobei sie bei dem Wort »Rachetour« imaginäre Anführungszeichen in die Luft setzte.

Plötzlich wurde die Tür aufgerissen, und Staatsanwalt Achtermann kam herein. Er hatte mehrere Tageszeitungen bei sich und knallte eine nach der anderen demonstrativ auf den Tisch.

»Guten Morgen, die Herrschaften! Exakt das wollte ich vermeiden. Hören Sie sich das an: Frauenkiller von Sylt schlägt erneut zu«, zitierte er die Überschrift eines Blattes. »Und hier: Frauenmörder auf Promiinsel führt Polizei an der Nase herum. Wenn wir den Kerl nicht bald haben, wird das Konsequenzen haben, für uns alle. Ich habe bereits einen unmissverständlichen Anruf aus dem Innenministerium erhalten. Ich verlange von Ihnen, dass sie noch einmal alles akribisch beleuchten. Holen Sie Brodsen her! Drehen Sie ihn so lange durch die Mangel, bis er redet. Wir brauchen Ergebnisse, und zwar so schnell wie möglich.« Damit rauschte er davon.

Die drei Kollegen sahen einander erstaunt an. Nick konnte sich nicht erinnern, den Staatsanwalt derart in Fahrt erlebt zu haben. Er stand zweifellos mächtig unter Druck.

»Der hat gut reden. Folter jeglicher Art ist seit Langem verboten. Ich weiß echt nicht, wo wir noch suchen sollen. Wir haben alles getan, was in unserer Macht steht«, zeigte sich Antonia gleichermaßen verständnislos wie ratlos.

»Ich schlage vor, wir teilen uns die Arbeit auf. Du, Toni, nimmst den Fall Ellen Seiler ein weiteres Mal unter die Lupe.« Sie nickte. »Du, Henning, versuchst alles über das nähere Umfeld von Patricia Trieschmann herauszufinden. Gab es Streit, Konflikte oder Familienstreitigkeiten? Achtet dabei besonders auf mögliche Berührungspunkte zu Brodsen. Alles kann von Bedeutung sein.« Nick fuhr sich durchs Haar.

»Und was machst du?« Schirmer beäugte Nick angriffslustig.

»Ich fahre zu Brodsen und fühle ihm erneut auf den Zahn.«

»Na klar, damit du ihn festnehmen kannst und anschließend die Lorbeeren erntest.«

»Henning, es reicht!«, fuhr Antonia Kussav den Kollegen wütend an, worauf er etwas Unverständliches von sich gab.

»Gestern Abend habe ich einen Kollegen gebeten, sich die Geschäftsunterlagen von Patricia Trieschmann vorzunehmen. Eventuell lässt sich daraus ein Hinweis ableiten. Ich rechne jeden Augenblick mit seinem Rückruf. Wir treffen uns um 15 Uhr im Büro, einverstanden?« Beide nickten. »Okay, viel Erfolg!«

»Hast du zwischenzeitlich mit deiner Frau gesprochen?«, fragte Antonia, als Henning das Büro verlassen hatte.

»Nein. Als ich gestern nach Hause kam, hat sie schon geschlafen, da wollte ich sie nicht wecken.«

»Nick, du musst es ihr sagen. Das ist für beide besser.«

»Ich weiß, dazu muss ich den geeigneten Zeitpunkt abpassen«, gab er zurück.

»Warte nicht zu lange.«

»Ich glaube, sie ahnt, dass etwas nicht stimmt.«

»Dann solltest du erst recht keine Zeit verlieren.«

Am gestrigen Abend hatte ich bereits geschlafen, als Nick nach Hause kam. Heute Morgen hatte er das Haus erneut sehr früh verlassen, und wir hatten keinerlei Gelegenheit, miteinander zu sprechen. Ich hatte beschlossen, mein Gespräch mit ihm nicht zwischen Tür und Angel zu führen, dafür war es zu wichtig. Mir war erneut aufgefallen, dass Nick mit seinen Gedanken vollkommen woanders zu sein schien und sich mir gegenüber äußerst reserviert benahm. Nachdenklich zog ich mich in mein Büro zurück, um meine E-Mails zu prüfen. Mit dem nahenden Frühjahr gingen vermehrt Anfragen in meinem digitalen Postfach ein und füllten mein Auftragsbuch stetig. Mein kleines Unternehmen war in den vergangenen Jahren rapide gewachsen, sodass ich in Erwägung zog, in diesem Jahr jemanden für die anfallenden Bürotätigkeiten einzustellen, da ich die Arbeit mittlerweile nicht mehr allein bewältigen konnte. Im Anschluss machte ich für mich und Christopher Frühstück, zog ihn an und brachte ihn in den Kindergarten. Danach machte ich mich auf den Weg nach Wenningstedt, um einerseits bei meinen Eltern vorbeizuschauen und andererseits Uwe einen Besuch abzustatten, der wieder zu Hause war, wie Tina mir telefonisch mitgeteilt hatte. Zunächst überraschte ich meine Eltern, die emsig beim Renovieren waren.

»Ach, Anna! Wie schön, dass du vorbeischaust. Volker, sieh mal, wer hier ist!«, rief sie nach meinem Vater.

»Guten Morgen, Anna! Willst du uns helfen?«, fragte er mit schelmischem Grinsen und umarmte mich herzlich.

»Ich war neugierig und wollte sehen, wie weit eure Renovierungsarbeiten fortgeschritten sind«, gab ich offen zu.

»Sieh dich gern um! Langsam nimmt alles Gestalt an. Ohne Unterstützung unseres Handwerkers wären wir aber längst nicht so weit. Wir sind dankbar und froh, dass wir ihn haben. Dazu ist er außerordentlich freundlich, zuvorkommend und arbeitet zügig und korrekt. Ein wahrer Glücksfall. Er ist eben zum Baumarkt gefahren, um diverse Dinge zu besorgen. Wenn du wartest, stelle ich ihn dir kurz vor«, schwärmte meine Mutter in den höchsten Tönen.

»Das ist schön, dass ihr zufrieden seid. Gute Handwerker zu bekommen, ist heutzutage nicht leicht. Vor allem, wenn man schnell jemanden benötigt. Ich will gar nicht lange bleiben, ich habe auch zu tun. Irgendwann werde ich ihn bestimmt kennenlernen«, versicherte ich und betrachtete den Fortschritt der letzten Tage. Knappe 20 Minuten später befand ich mich auf dem Weg nach Hause, da ich bei Familie Wilmsen niemanden antraf. Ich wollte gerade in die Einfahrt einbiegen, als mir der Postbote entgegenkam.

»Moin, Frau Scarren! Post liegt im Kasten. Das Paket mit dem Hundefutter steht wie immer auf der Terrasse«, rief er mir zu und sprang in seinen Wagen.

»Danke!«

Im Innern des Hauses konnte ich Pepper bellen hören. Neugierig öffnete ich den Briefkasten und überflog dessen Inhalt. Ein kleiner dicker Umschlag weckte meine Aufmerksamkeit. Er trug weder eine Anschrift noch einen Absender und hatte sich vermutlich schon vor Eintreffen des Briefträgers im Kasten befunden. Neugierig nahm ich ihn mit der restlichen Post ins Haus, um ihn dort in Ruhe anzusehen. Pepper schwänzelte neugierig um mich herum, in der Hoffnung, ich hätte ihm einen Leckerbissen mitgebracht. Dann steckte er den Kopf tief in meine Umhängetasche, die ich auf den Boden neben der Anrichte abgestellt hatte.

»Nein, Pepper, da ist nichts für dich drin. Nase raus!«

Ich öffnete den Umschlag, noch bevor ich meine Jacke auszog. Zu meiner Überraschung enthielt er außer einer kleinen Figur aus hellem Stein nichts. Kein Anschreiben, kein Zettel, keinerlei Hinweis auf den Absender. Daher nahm ich an, dass es sich um eine Werbesendung eines lokalen Geschäftes handelte, das neugierig auf ein neues Produkt machen sollte, und die Auflösung in den nächsten Tagen erfolgte. Wir hatten in der Vergangenheit ab und zu Werbesendungen in ähnlicher Form erhalten. Kurzerhand steckte ich die Figur zurück in den Umschlag und legte sie in die Schale auf der Anrichte. Dann zog ich meine Jacke aus und nahm die restliche Post mit ins Wohnzimmer, um sie dort in aller Ruhe durchzusehen.

KAPITEL 33

»Sie schon wieder!«, wurden Nick und Oliver Mirske von Geeske Brodsen beim Öffnen der Haustür unterkühlt begrüßt. Ein weiterer Streifenbeamter wartete im Wagen.

»Moin, Frau Brodsen, wir würden gern mit Ihrem Sohn Sönke sprechen.«

»Er ist nicht hier. Lassen Sie ihn endlich in Ruhe!« Sie machte aus ihrem Unmut über den erneuten Besuch der Polizei keinen Hehl.

»Können Sie uns sagen, wo wir ihn finden?«, insistierte Nick, der inständig hoffte, der Gesuchte habe die Insel in der Zwischenzeit nicht längst verlassen.

»Das kann ich Ihnen nicht sagen«, zeigte sich Geeske Brodsen nicht sonderlich kooperativ und verbarg die Hände in den ausgebeulten Taschen ihrer grauen Strickjacke.

»Sie können nicht oder wollen nicht«, rutschte es Oliver Mirske heraus.

»Ich weiß, wo er ist«, erklang plötzlich eine Stimme, und Friederike Brodsen trat in den Vordergrund, ungeachtet des missbilligenden Blickes ihrer Schwiegermutter, der scheinbar an ihr abprallte. »Er hält sich in einer der Gartenparzellen in Hörnum auf. Direkt hinter dem Golfplatz. Den Hund hat er mitgenommen.« Sie wirkte seit dem letzten Besuch seltsam verändert.

»Ich weiß, wo das ist«, raunte Oliver Nick zu.

»Das Gartenhaus gehört seinem Freund Lorenz Peters. Ich kann Ihnen zeigen, wo das ist«, fuhr sie ungefragt fort und schien geradezu erleichtert zu sein, diese Information an die Beamten weitergeben zu können.

Geeske Brodsen atmete schwer aus und gab ihren Widerstand letztlich auf. »Kommen Sie mit ins Haus, sonst holen Sie sich bei der Kälte noch den Tod.« Sie drehte sich um, und die Beamten folgten ihr ins Innere des Hauses. In der Küche stand ein Topf auf dem Herd, aus dem es verführerisch roch. Augenblicklich begann Olivers Magen lautstark zu knurren. »Möchten Sie einen heißen Tee?«, fragte sie, was die Beamten jedoch dankend ablehnten.

»Sie kommen wegen der Toten vom Rantumer Hafen?«, erkundigte sich Friederike und spielte mit dem Anhänger ihrer Halskette. »Sie gehen davon aus, dass Sönke auch sie umgebracht hat?«

»Weshalb sollten wir Ihrer Ansicht nach davon ausgehen?«, stellte Nick die Gegenfrage und wartete gespannt auf ihre Reaktion.

Für den Bruchteil einer Sekunde wirkte sie irritiert und suchte nach einer passenden Antwort. »Er ist immerhin für den Tod eines Menschen verantwortlich und saß im Gefängnis.«

»Kannten Sie Patricia Trieschmann?« Nick meinte ein kurzes Flackern in ihren Augen erkannt zu haben.

»Nein.«

»Warum denken Sie, hätte Ihr Schwager der Frau etwas antun sollen? Haben Sie einen Grund für Ihre Vermutung?«

Sie beantwortete Nicks Frage nicht, sondern sah zu Boden und wickelte sich nervös eine Haarsträhne um den Finger.

»Frau Brodsen, Sie haben Ihren Schwager beim Prozess mit Ihrer Aussage damals schwer belastet.«

»Na und?«, gab sie schnippisch zurück. Ihre Augenlider zuckten nervös.

»Wie würden Sie Ihr Verhältnis zu Ihrem Schwager beschreiben?«, tastete Nick sich langsam voran. Er spürte, dass die Frau etwas verheimlichte.

»Ich habe keine Ahnung, was Sie meinen«, erwiderte sie patzig und verschränkte die Arme vor dem Körper.

»Haben Sie sich gut verstanden oder kam es mitunter zu Spannungen zwischen Ihnen und dem Bruder Ihres Mannes? Oder war möglicherweise sogar mehr als nur Sympathie im Spiel?«

Während Friederike Brodsen knallrot anlief, ergriff ihre Schwiegermutter das Wort.

»Rieke war von Anfang an mehr an Sönke interessiert als an Ole.«

»Das ist nicht wahr! Was behauptest du da?«, wehrte sich die junge Frau empört gegen den Vorwurf.

Doch Geeske Brodsen fuhr unbeirrt fort. »Sie hat mehrfach versucht, einen Keil zwischen Sönke und seine Freundin Mareike zu treiben. Ich wurde einmal Zeuge, wie sie sich deshalb mit Mareike gestritten hat. Mareike hat sie aufgefordert, sich von Sönke fernzuhalten.«

»Wer hat einen Keil zwischen wen getrieben?«, erkundigte sich Ole Brodsen, der plötzlich wie aus dem Nichts in der offenen Küchentür auftauchte. »Was geht hier eigentlich vor?«

»Schatz! Gut, dass du kommst. Man versucht, mir etwas anzuhängen. Allen voran deine Mutter. Es geht mal wieder um deinen Bruder.« Sie flüchtete an die Seite ihres Mannes.

»Niemand versucht, Ihnen etwas anzuhängen, Frau Brodsen. Wir versuchen lediglich, einige Ungereimtheiten aufzuklären und uns Klarheit zu verschaffen«, betonte Nick in ruhigem und sachlichem Ton.

»Rieke wollte mit Macht verhindern, dass Sönke und Mareike heiraten und somit Sönke den Hof übernimmt, wie es von jeher vorgesehen war. Dafür war ihr jedes Mittel recht«, setzte Geeske Brodsen erneut an. »Deshalb hat sie die Gelegenheit genutzt, Sönke mit ihrer Falschaussage ins Gefängnis zu bringen, als ihr klar wurde, dass er sich niemals mit ihr einlassen würde. Damit war der Weg für sie endgültig frei, den Hof zu übernehmen.«

»Mutter! Das geht eindeutig zu weit. Ich möchte nicht, dass du in dieser Form über meine Frau sprichst.«

»Ich habe viel zu lange weggesehen und schäme mich im Nachhinein dafür. Sieh doch, Ole, was aus unserer Familie geworden ist!«

»Du hast Sönke grundsätzlich in Schutz genommen, genauso, wie Vater es stets getan hat. Er war der große und vernünftigere Sohn von uns beiden. Ihm habt ihr zugetraut, den Hof aus der finanziellen Misere zu führen. An mir habt ihr diesbezüglich nicht einen Gedanken verschwendet. Für euch stand immer fest, dass ich es zu nichts bringen würde. Der geborene Verlierer!« Der über Jahre aufgestaute Frust schien sich mit voller Wucht zu entladen.

»Dann haben Sie beide Ihre Chance gewittert, als es zum Streit zwischen Sönke und seiner Freundin kam. In Wahrheit ist sie nicht gestoßen worden, sondern bei dem Streit unglücklich die Treppe heruntergestürzt. Zudem wurde bei ihrem Tod eine beträchtliche Menge Alkohol im Blut festgestellt. Tatsächlich handelte es sich um einen Unfall mit Todesfolge, an dem Ihren Bruder keine Schuld trifft.« Das Schweigen untermauerte Nicks Theorie. »Wusste Ihre Freundin Bente von Ihrer Falschaussage vor Gericht? Hatten Sie Angst, sie könnte ihr Schweigen brechen, nachdem klar war, dass Sönke früher als erwartet entlassen und zurück nach Sylt käme?« Das Paar schwieg beharrlich.

»Ist das wahr?«, hauchte Geeske Brodsen entsetzt.

Friederikes Hand krallte sich derart stark in den Unterarm ihres Mannes, dass er kurzzeitig schmerzhaft das Gesicht verzog. Geeske Brodsen hatte sich auf der Eckbank niedergelassen und schien nur noch ein Schatten ihrer selbst zu sein.

»Was war mit Ellen Seiler? Wusste sie von Ihrem Komplott gegen den eigenen Bruder, Herr Brodsen? Hatten Sie die Befürchtung, der Prozess könnte neu aufgerollt werden, wenn Sie Kenntnis davon erlangt? Damit hätten Sie alles verloren«, blieb Nick hartnäckig.

»Ole, du sagst kein Wort mehr«, beschwor Friederike ihren Mann und hängte sich an ihn wie eine Klette.

»Kommen wir zu Patricia Trieschmann. Sie haben sich kürzlich mit ihr getroffen, um mit ihr über den Verkauf des Hofes zu sprechen. In ihrem Terminkalender gibt es hierzu einen entsprechenden Eintrag.« Nick war dankbar, dass er kurz zuvor die Information erhalten hatte, dass das junge Ehepaar Brodsen über die Immobilienmaklerin den Verkauf des Hofes in Erwägung gezogen hatte. Seine Äußerung zeigte augenblicklich Wirkung, denn Geeskes Lebensgeister erwachten, und sie starrte ungläubig ihren Sohn an.

»Du wolltest den Hof verkaufen?«, presste sie mit belegter Stimme hervor. Sie wurde leichenblass, sodass man befürchten musste, sie falle jeden Augenblick in sich zusammen.

»Wir haben diese gottverdammte Insel so satt! Von früh bis spät rackern wir uns ab, während andere herkommen, um im Luxus zu schwelgen. Soll das bis an unser Lebensende so weitergehen?«, platzte die Verbitterung aus Friederike heraus.

»Rieke, lass gut sein!«, versuchte Ole, seine Frau zu bremsen. Vergeblich.

»Der Hof bringt Millionen. Mit dem Geld könnten wir uns woanders ein sorgenfreies Leben machen. Du auch, Geeske.« Sie lachte und weinte gleichzeitig, als drohe sie, komplett den Verstand zu verlieren.

»Ole, ich habe dich etwas gefragt.« Geeskes Augen ruhten auf ihrem Sohn.

»Wir haben uns lediglich informiert, mehr nicht. Mit dem Tod der Maklerin haben wir nichts zu tun«, machte er deutlich.

»Wo waren Sie heute Morgen zwischen 6.30 und 8.30 Uhr?«, fragte Nick ungerührt des Familiendramas, das sich in seinem Beisein abspielte.

»Im Stall war er, wo denn wohl sonst«, giftete seine Frau.

»Ich war wie jeden Morgen im Stall und habe mich um die Kühe gekümmert. Der Fahrer des Milchwagens kann das bestätigen, er kam kurz nach 7 Uhr auf den Hof.«

»Wir werden das überprüfen, vielen Dank. Trotz allem nehme ich Sie wegen des Verdachts, Bente Johannsen und Ellen Seiler getötet zu haben, vorläufig fest, Herr Brodsen«, erklärte Nick zu dessen Überraschung und gab Oliver ein Zeichen.

»Nein, das können Sie nicht!« Friederike stellte sich schützend vor ihren Mann. »Ole hat niemanden umgebracht. Mit den Morden haben wir nichts zu tun.«

»Das werden wir sehen. Sie bitte ich ebenfalls mitzukommen. Sie werden sich für Ihre Falschaussage zu verantworten haben.«

Ole ergriff blitzartig die Flucht, kam jedoch nicht weit, da er von Oliver Mirske überwältigt und in Handschellen zum Wagen geführt wurde.

Zurück auf der Dienststelle teilten sich die Beamten erneut auf. Nick und Antonia übernahmen Ole Brodsens Vernehmung, während Henning unterstützt von einer weiteren Kollegin die Ehefrau befragte.

»Herr Brodsen, ich frage Sie erneut. Wann haben Sie Bente Johannsen das letzte Mal gesehen?«

»Ich kann mich nicht mehr genau erinnern, das ist länger her, mindestens zwei Wochen«, gab Brodsen zu Protokoll.

»Wann haben Sie von der Falschaussage Ihrer Frau erfahren? Vor oder nach dem Prozess Ihres Bruders?«

Der Befragte zögerte die Antwort einen Moment hinaus. »Vor«, gestand er kaum hörbar.

»Und Sie haben nie Skrupel bekommen, dass Ihr eigener Bruder für etwas verurteilt wird, was er in Wahrheit nie begangen hat?«, hakte Antonia nach.

Brodsen schwieg.

»Bitte beantworten Sie die Frage der Kollegin«, forderte Nick ihn ungeduldig auf.

»Ich war sauer auf meinen Bruder.«

»Weil er den Hof bekommen hätte, den Sie lieber zu Geld gemacht hätten?« Für diesen Einwand erntete Antonia einen verärgerten Blick von Nick.

»Nein, ich wusste ja, dass Sönke eines Tages den Hof übernehmen würde«, gab sich Ole Brodsen einsichtig.

»Dann verstehe ich nicht, warum Sie wütend auf Ihren Bruder waren.«

»Er hat mit Friederike rumgemacht.« Nick unterbrach ihn nicht, sondern wartete, dass er weitersprach. »Eines Abends kam ich spät nach Hause, da habe ich im Stall Licht gesehen. Als ich näherkam, um nachzusehen, was da los ist, habe ich die beiden erwischt, wie sie ... Sie wissen schon.« Bei den letzten Worten hielt er den Blick gesenkt.

»Nein, weiß ich nicht. Wobei haben Sie die beiden erwischt?«, blieb Nick hartnäckig.

»Sie haben sich geküsst.«

»Nur geküsst?«

»Herrgott, nein! Sie hatten Sex. Sind Sie nun zufrieden?«, polterte Ole mit einer Mischung aus Verärgerung und Verzweiflung los.

»Was haben Sie daraufhin unternommen?«

»Was ich unternommen habe?«, wiederholte er, als hätte er die Frage nicht richtig verstanden.

»Ja. Haben Sie sich beispielsweise bemerkbar gemacht?«

»Bestimmt nicht. Ich war wie vor den Kopf geschlagen, habe kehrtgemacht und bin sofort ins Haus gegangen«, erklärte er zerknirscht.

»Haben Sie Ihren Bruder darauf angesprochen? Oder Ihre Frau?«, wollte Antonia wissen.

»Nein. Mein Bruder war total betrunken, der wusste vermutlich nichts mehr davon.«

»Und Ihre Frau?«, blieb Antonia am Ball.

»Ich liebe meine Frau sehr, müssen Sie wissen.« Er starrte vor sich auf die Tischplatte. »Ich will sie nicht verlieren«, setzte er kaum hörbar nach.

»Herr Brodsen, bitte beantworten Sie die Frage. Wie hat Ihre Frau reagiert, als Sie sie mit Ihrem Wissen konfrontiert haben?«, beharrte Nick auf einer Antwort.

»Ich habe es ihr nie gesagt«, gab er kleinlaut zu.

»Warum nicht?« Antonia legte die Stirn in Falten.

»Was hätte es geändert? Rieke hat gern geflirtet, und Sönke ist ein attraktiver Mann, dem die Frauen reihenweise zu Füßen liegen. Er brauchte nur so zu machen.« Er schnippte mit den Fingern.

»Hatten Ihre Frau und Ihr Bruder ein Verhältnis oder handelte es sich um eine einmalige Sache?«, wollte Nick wissen.

»Mein Bruder wollte nichts von Rieke. Das war ein Ausrutscher. Ich sagte ja, er war betrunken. Außerdem war Mareike seine große Liebe.«

»Dann haben Sie Ihrer Frau diesen Ausrutscher verziehen, nehme ich an«, fuhr Nick fort.

»Ja.«

»Kommen wir auf Bente Johannsen zurück. Hat Sie

Ihnen oder Ihrer Frau gedroht, die Falschaussage Ihrer Frau publik zu machen? Haben Sie sie deshalb zum Schweigen bringen wollen?«

»Nein, ich habe Bente nicht umgebracht. Warum sollte ich?« Brodsen klang verzweifelt.

»Weil sie Ihre Zukunft hätte ruinieren können«, erwiderte Nick prompt.

»Was wollten Sie von Ellen Seiler?«, wechselte Antonia die Richtung.

»Ich weiß nicht, wovon Sie sprechen. Ich weiß bald gar nichts mehr.« Er verbarg das Gesicht in den Händen.

»Wir haben die Handydaten von Frau Seiler ausgewertet. Am Tag vor Ihrem Tod haben Sie mehrmals versucht, sie zu erreichen. Warum?« Antonia war aufgestanden und lief nun in dem Raum auf und ab.

Brodsen hatte die Ellenbogen auf die Tischplatte gestützt und hielt den Kopf in den Händen.

»Herr Brodsen, ich wiederhole die Frage: Was wollten Sie von Frau Seiler?«

»Ich wollte sie etwas fragen, den Hofverkauf betreffend.«

»Konnte sie Ihnen weiterhelfen?«

»Nein, sie hat mich ziemlich rüde abgewimmelt. Sie hat gesagt, meine Familie solle sich besser eine andere Kanzlei suchen.«

»Und das wollten Sie nicht auf sich sitzen lassen und sind ihr am nächsten Tag gefolgt, um sie für die Abfuhr zur Rede zu stellen. Es kam erneut zum Streit, Sie wurden wütend und haben sie mit dem Messer angegriffen, was im Folgenden mit dem Tod Frau Seilers endete«, mutmaßte Antonia.

»Nein, nein, nein. Ich habe niemanden umgebracht! Weder Bente noch diese Anwältin noch sonst irgendjemanden!« Plötzlich fiel Ole Brodsen regelrecht in sich zusammen und begann, elendig zu schluchzen. »Mein Leben ist ein Trümmerhaufen. Meiner Frau konnte ich es nie recht machen, mein Bruder hasst mich, für meine Mutter bin ich eine einzige Enttäuschung. Das habe ich vielleicht nicht besser verdient, aber eines weiß ich hundertprozentig: Ich bin kein Mörder!«

»Ich glaube, wir könnten gerade alle eine Pause gebrauchen.« Nick gab der Kollegin ein Zeichen, an dieser Stelle die Vernehmung zu unterbrechen und zu einem späteren Zeitpunkt fortzusetzen.

»Moin, Anna! Schön, dich zu sehen. Komm rein!«

»Moin, Tina! Danke. Wie geht es dem Patienten?«

»Schon viel besser«, erklang Uwes Stimme aus dem Wohnzimmer.

»Geh ruhig durch, ich stelle nur die Blumen ins Wasser«, forderte Tina mich auf.

»Hallo, Uwe! Schön zu sehen, dass es bergauf geht«, begrüßte ich ihn und nahm ihm gegenüber in einem Sessel Platz. »Wie geht es weiter? Musst du zur Reha?«

»Die kann ich glücklicherweise ambulant machen und auf Sylt bleiben. Irgendwo hinzufahren, dazu hätte ich weder Lust noch Energie«, winkte er ab.

»Hauptsache, du machst deine Übungen«, mischte sich Tina ein und stellte die Vase mit den Blumen auf dem niedrigen Couchtisch ab.

»Wow, solch einen großen Blumenstrauß bekomme ich selten. Danke, Anna!«

»Den hast du dir verdient.«

»Eben habe ich mit Nick telefoniert. Wie es aussieht, haben sie den Mörder der drei Frauen dingfest gemacht. Offenbar war die Unterstützung der Kollegen aus Kiel effektiver als gedacht. Allerdings habe ich ebenfalls meinen Teil zum Erfolg beigetragen.« Er lachte und griff nach dem Wasserglas auf dem Tisch.

»Ja, obwohl die Zusammenarbeit nicht immer reibungslos verlaufen sein soll, was Nick erzählt hat«, ergänzte ich.

»Er hatte ordentlich zu kämpfen, vor allem dieser Henning Schirmer soll ein echter Kotzbrocken sein. Im Gegenzug ist diese Toni Kussav wesentlich kooperativer.«

»Sie?«, wiederholte ich irritiert.

»Ja, Toni steht für Antonia. Wusstest du das nicht?«

»Doch, natürlich«, spielte ich die Angelegenheit herunter und konnte sehen, wie Tina ihrem Mann einen Seitenblick zuwarf.

»Morgen Abend ist dein großer Auftritt. Wirst du vor Aufregung überhaupt schlafen können? Also, ich würde an deiner Stelle vermutlich kein Auge zumachen können«, gab sich Tina betont heiter und war krampfhaft bemüht, dem Gespräch eine lockere Note zu verleihen.

»Ich glaube nach wie vor nicht, dass ich den Preis erhalte. Wäre nicht weiter schlimm, da gibt es wichtigere Dinge.« Ich setzte ein tapferes Lächeln auf, obwohl mir eher zum Heulen zumute war. Was wussten die beiden? Sprachen sie bereits hinter meinem Rücken über mich? Draußen waren die Glocken der Friesenkapelle zu hören.

»Oh, ich muss mich sputen und Christopher vom Kindergarten abholen«, entschuldigte ich mich und erhob mich. »Ich wünsche dir weiterhin gute Besserung, Uwe. Tina, wir bleiben in Verbindung.«

»Klar, ich werde auf jeden Fall morgen Abend dabei sein. Schöne Grüße an Nick und Christopher«, verabschiedete sie mich an der Haustür.

Auf der Fahrt nach Morsum hatte ich immer wieder das Bild der schwarzhaarigen Frau aus dem Café vor Augen. Toni, die in Wahrheit Antonia hieß. Im Nachhinein wunderte es mich nicht, dass mir Nick die Tatsache verschwiegen hatte, dass es sich um eine Kollegin handelte. Wie konnte ich derart naiv sein? Wütend trat ich aufs Gaspedal, als ich den Kreisel in Wenningstedt hinter mir gelassen hatte und in südliche Richtung fuhr.

»Habt ihr etwas aus ihr herausbekommen können?«, erkundigte sich Nick, während er Kaffee in seinen Becher laufen ließ. Er fühlte sich vollkommen ausgelaugt und kraftlos wie lange nicht mehr. Schlafmangel und Stress der vergangenen Tage blieben nicht ungesühnt.

»Friederike Brodsen gibt an, vor Gericht bewusst die Unwahrheit gesagt zu haben«, berichtete Schirmer. »Sie war einerseits eifersüchtig auf die zukünftige Frau ihres Schwagers und konnte andererseits dessen Zurückweisung nicht ertragen.«

»Konntest du herausfinden, ob Bente wirklich etwas wusste und warum sie so lange geschwiegen hat?«, wollte Nick wissen.

»Die Angelegenheit ist ein wenig delikat.« Henning spitzte die Lippen.

»Dass Rieke und Sönke etwas miteinander hatten, wissen wir schon, falls es das ist, was du uns mitteilen willst«, unterbrach Antonia den verblüfft dreinblickenden Kollegen mit einem Schmunzeln.

»Na, wenn das so ist. Jedenfalls hat sie die Sache ihrer Freundin gegenüber ein bisschen anders dargestellt.«

»Nun mach es nicht unnötig kompliziert und komm auf den Punkt«, trieb Nick den Kollegen ungeduldig an.

»Schon gut. Bente gegenüber hat sie gesagt, es wäre nicht in gegenseitigem Einverständnis erfolgt.«

»Mit anderen Worten: Er soll sie vergewaltigt haben.« Antonia hob überrascht die Augenbrauen.

»Genau. Damit hatte sie Bente auf ihrer Seite. Jemand, der Frauen gegen ihren Willen zum Sex zwingt, stößt sie auch im Streit die Treppe hinunter. So einfach geht das. Es lebe das Vorurteil!«

»Als klar war, dass Sönke in absehbarer Zeit nach Sylt zurückkehrt, hat Rieke kalte Füße bekommen und ihrer Freundin alles gestanden. Daraufhin trifft sich diese mit der Anwältin. Was die beiden Frauen genau zu besprechen hatten, lässt sich leider nicht mehr rekonstruieren.«

Für einen Moment herrschte nachdenkliches Schweigen, bis Henning Schirmer die Stille durchbrach.

»Doktor Luhrmaier hat vorhin angerufen und das Ergebnis der Haaranalyse mitgeteilt. Die Hundehaare an Trieschmanns Kleidung stammen weder von ihrem eigenen Hund noch von einem Schäferhund. Sie sind einem Tier mit kurzem Fell zuzuordnen, einem braunen Labrador.«

»Somit ergibt sich daraus keine Verbindung zu Sönke Brodsen und er kommt als Täter im Fall Trieschmann nicht in Frage«, überlegte Nick.

»Gleiches gilt auch für seinen Bruder Ole. Wo soll er solch einen Hund auf die Schnelle herbekommen haben?«, meldete Schirmer berechtigte Zweifel an.

»Vielleicht hat die Immobilienmaklerin kurz vor ihrem Tod zufällig einen fremden Hund gestreichelt, ohne dass das Ganze in irgendeinem Zusammenhang mit ihrem Tod steht«, zog Antonia in Erwägung. Sie sah ebenfalls erschöpft aus, im Gegenteil zu Schirmer, an dem die Anstrengungen der letzten Zeit augenscheinlich keinerlei Spuren hinterlassen hatten. Er wirkte nahezu wie das blühende Leben.

»Ole Brodsen bestreitet nach wie vor, etwas mit den Morden an Johannsen und Seiler zu tun zu haben. Er gibt zu, mit Patricia Trieschmann über den Verkauf des Hofes gesprochen zu haben. Darüber hinaus wollte er mit Ellen Seiler sprechen, die ihn allerdings am Telefon brüsk abgewiesen hat. Wenigstens bei der Maklerin fehlt mir das Motiv«, präzisierte Nick. »Bei Bente Johannsen und Ellen Seiler sehe ich aus den bekannten Gründen dagegen sehr wohl eines.« Er machte eine kurze Pause, um seine strapazierte Stimme mit einem Schluck Kaffee zu ölen. »Bente Johannsen wollte nicht länger mit dem Wissen um die Falschaussage ihrer Freundin Friederike Brodsen leben. Vermutlich bekam sie Angst, Sönke könne sie nach seiner Haftentlassung damit konfrontieren und wollte sich Rat bei der Anwältin holen.«

»War sie damals eigentlich bei dem tödlichen Sturz dabei?«, hakte Antonia nach, die Nicks Ausführungen interessiert verfolgt hatte.

»Vor Gericht hat sie ausgesagt, sich zum Tatzeitpunkt im Haus der Brodsens aufgehalten zu haben, da sie zu

Besuch bei ihrer Freundin Friederike war. Von dem Streit zwischen Sönke und seiner damaligen Freundin will sie nichts mitbekommen haben, von dem Treppensturz dagegen sehr wohl. Sie hat im Anschluss sofort Erste Hilfe geleistet.«

»Ich könnte mir vorstellen, dass Ellen Seiler ebenfalls damit rechnen musste, Sönke eines Tages gegenüber zu stehen. Immerhin konnte sie ihn nicht vor einer Gefängnisstrafe bewahren.«

»Ich glaube nicht, dass sie jemals an den Aussagen von Friederike und Bente gezweifelt hat. Sie war relativ jung und hatte wenig Erfahrung, als sie mit dem Fall betraut wurde. Vielleicht war sie der Sache fachlich und mental schlichtweg nicht gewachsen«, betonte Henning Schirmer.

»Ellen Seiler hat erst zu dem Zeitpunkt von der Sache erfahren, als Bente Johannsen bei ihr aufgetaucht ist, um mit ihr zu reden. Sie konnte sich denken, dass Sönke Brodsen bei ihr früher oder später auftauchen würde.«

»Warum hat Sönke Brodsen am Abend vor Ellen Seilers Tod vor ihrer Kanzlei auf sie gewartet? Ein Zeuge will ihn erkannt haben, und Brodsen hat selbst zugegeben, auf sie gewartet und auch angesprochen zu haben«, rief Henning den Kollegen ins Gedächtnis. »Ich weiß, ihr seid anderer Meinung, aber ich bin nach wie vor der festen Überzeugung, dass Sönke unser Mann ist. Er hatte viele Jahre Zeit, einen Plan zu entwickeln und sich akribisch vorzubereiten. Er kennt die Insel und seine Opfer.«

»Aber wie passt die Immobilienmaklerin ins Bild? Mir fehlt jeglicher Bezug.« Nick rieb sich die Nasenwurzel.

»Wenn ihr von Brodsen Unschuld überzeugt seid,

kommt nur noch der Arzt infrage. Ich habe mich nach ihm erkundigt. Er hatte in der Vergangenheit diverse Affären, und mit einem Messer kann er als Chirurg bestens umgehen. Möglich wäre, dass ihn eine seiner Liebschaften erpresst hat. Die Sache mit dem Autoverkauf kann er erfunden haben, um von sich abzulenken. Die Seiler können wir leider dazu nicht mehr befragen.« Henning sah gezielt in Nicks Richtung.

»Doktor Gustafson? Fängst du schon wieder damit an? Das ist kompletter Unsinn! Ich dachte, wir waren uns darüber einig, dass er als Täter ausscheidet«, konterte Nick verärgert, während Antonia ihrerseits energisch den Kopf schüttelte.

»Er kannte sowohl Bente Johannsen als auch Ellen Seiler«, beharrte Schirmer auf seiner Theorie.

»Für mich scheidet der Arzt als Täter auch aus. Ich könnte mir vorstellen, dass der Mord an Patricia Trieschmann nur so aussehen sollte, als ob er von demselben Täter verübt wurde wie die beiden anderen«, kam Antonia eine Idee.

»Du meinst eine Art Ablenkungsmanöver? Das würde erklären, warum sich zwischen der Trieschmann und den anderen Opfern keine Verbindung herstellen lässt«, begann Henning zu grübeln und biss auf seiner Unterlippe herum.

»Stopp, ihr verrennt euch in etwas. Die Sache hat nämlich einen entscheidenden Haken«, bemerkte Nick.

»Ach, verrätst du uns auch, welchen?«, erwiderte Henning angriffslustig.

»Nach Angaben der Rechtsmedizin wurden alle drei Opfer mit ein und derselben Waffe ermordet. Bislang fehlt von ihr jede Spur. Auch im Haus der Brodsens konnte sie nicht sichergestellt werden.«

»Es ist zum Verrücktwerden!« Antonia stieß einen kurzen Laut aus, der die Kollegen zusammenzucken ließ. »Wir haben drei tote Frauen, alle hatten ihren Lebensmittelpunkt auf der Insel. Sie waren allesamt gebildet und standen erfolgreich im Berufsleben, waren darüber hinaus attraktiv und hatten aktuell keine nennenswerten Konflikte. Man könnte wirklich annehmen, der Täter hat es auf erfolgreiche Geschäftsfrauen abgesehen, aber warum?«, zählte Antonia die Fakten der Reihe nach auf. »Was übersehen wir an der Stelle?«

Schweigen und Ratlosigkeit erfüllten den Raum, bis ein zaghaftes Klopfen an der Tür zu vernehmen war. Nick öffnete.

»Oliver? Was ist los?«

»Ich befürchte, ich habe schlechte Nachrichten.«

KAPITEL 34

»Anna, mein Kind, du siehst bezaubernd aus«, stellte meine Mutter entzückt fest, als ich mich in meinem Kleid präsentierte.

»Findest du nicht, dass es ein bisschen zu vornehm für den Anlass ist?«

»Auf gar keinen Fall! Es ist genau richtig für eine Preisverleihung. Oder was sagst du, Volker?«

Mein Vater baute gerade mit Christopher mit dessen Duplo-Steinen, als er aufsah. »Sieht klasse aus!« Er streckte den rechten Daumen demonstrativ nach oben.

»Siehst du, dein Vater ist der gleichen Meinung. Volker, pass bitte auf, dass du dir nicht die Anzughose total verknitterst!«

Nervös sah ich auf meine Uhr. In wenigen Minuten würde mein Taxi kommen und mich nach Rantum bringen, wo sich die Nominierten bereits eine Stunde vor dem offiziellen Beginn einfinden sollten. Nick und meine Eltern wollten mit Christopher nachkommen, jedoch war von meinem Mann bislang nichts zu sehen. Wie ein aufgescheuchtes Huhn lief ich auf meinen Pumps hin und her, die bei jedem Schritt ein lautes Klacken auf den Fliesen hinterließen. Vor dem großen Spiegel in der Diele blieb ich stehen und unterzog mich einem letzten prüfenden Blick.

»Warte mal, Anna! Da hängt ein Faden an deinem Kleid, den schneide ich dir ab. Hast du eine Schere?«

»Ich glaube, in der Schublade der Anrichte muss eine liegen«, erwiderte ich und wurde sogleich fündig.

Während meine Mutter den Störenfried von meinem Kleid entfernte, fiel mein Blick auf den Umschlag mit der Steinfigur. Ich nahm sie heraus und betrachtete sie in meiner Hand. Vielleicht sollte ich sie als eine Art Glücksbringer heute Abend mit mir führen.

»Die ist ja hübsch! Woher hast du sie?«, erkundigte sich meine Mutter neugierig.

»Sie war neulich in der Post. Scheint Werbung zu sein.«

»Das sieht aus, als wäre sie aus Mondstein, eine Varietät des Orthoklas«, ließ mich meine Mutter nicht ohne Stolz an ihrem Wissen teilhaben und hielt die kleine Figur gegen das Licht.

»Wow! Seit wann kennst du dich auf dem Gebiet der Edelsteine aus?« Meine Mutter schaffte es regelmäßig, mich zu verblüffen.

»Ach, das habe ich mir bloß gemerkt, weil meine Tante Gertrud ein Faible für Edelsteine hatte und mir damals einen Kettenanhänger mit einem Mondstein zum Abitur geschenkt hat«, erinnerte sich meine Mutter mit einem Lächeln. »Stell dir vor, sie wusste zu beinahe jedem Stein sogar die entsprechende Wirkung. Das hat mich ungeheuer beeindruckt.«

»Das finde ich auch. Weißt du, welche Wirkung ein Mondstein hat?«

»Natürlich, er steht für Lebenskraft, Jugend und soll die Liebe fördern«, erklärte sie.

Ein Hupen vor der Tür kündigte das Eintreffen des Taxis an. In Windeseile schlüpfte ich in meinen Mantel und griff nach meiner Handtasche.

»Dann sehen wir uns nachher! Nick kommt sicherlich jeden Augenblick. Sollte er nicht pünktlich sein, dann fahrt vor. Ihr wisst ja, wo ihr mich findet. Und bitte vergesst die Trinkflasche für Christopher nicht und zieh ihm die warme Jacke an. Und am besten nehmt ihr seinen Teddybären mit, falls er nörgelig wird, beruhigt es ihn.«

»Anna, mach dir keine Gedanken, Volker und ich haben alles im Griff. Er wird bei uns schlafen wie ein Murmeltier, und morgen Vormittag bringen wir ihn zurück. Und nun ab mit dir!« Meine Mutter schob mich mit sanftem Druck zur Tür.

»Gut. Also, bis später!«

»Hoffen wir, dass er durchkommt.« Nick stand mit den beiden Kollegen Schirmer und Kussav auf dem Parkplatz des Polizeireviers und blickte dem abfahrenden Rettungswagen hinterher.

»Sieht nach einem Geständnis aus.«

»Ein Suizidversuch bedeutet noch lange kein Schuldeingeständnis, Henning«, widersprach Antonia Kussav dem Kollegen.

»Bislang sind das alles bloß Vermutungen. Was den Mord an der Trieschmann angeht, scheidet er definitiv als Täter aus. Der Milchwagenfahrer sowie ein Nachbar haben seine Aussage bestätigt, dass er zur fraglichen Zeit auf dem Hof war«, verkündete Nick.

»Dann war er eben vorher in Rantum«, überlegte Antonia auf dem Weg zurück in das Gebäude.

»Nein, die beiden Orte liegen zu weit entfernt. Mit dem Auto benötigt man gut 20 Minuten, mit dem Rad doppelt so lange. Außerdem hatte er keinen Grund, sie umzubringen.«

Staatsanwalt Achtermann kam mit langen Schritten den Flur entlang, geradewegs auf die drei Beamten zu.

»Gut, dass ich Sie erwische. Wie konnte das bloß passieren? Hat er zuvor etwa gestanden?«, erkundigte er sich.

»Nein, er bestreitet die Taten nach wie vor. Die Hausdurchsuchung hat ebenfalls nichts ergeben, weiterhin fehlt von der Tatwaffe jede Spur.«

»Ich habe eben einen Anruf aus dem Innenministerium erhalten. Man zeigt sich dort nicht sehr verständnisvoll für den Umstand, dass ein Dreifachmörder sein Unwesen auf der Insel treibt. Was gedenken Sie als Nächstes zu tun, meine Herrschaften?«

Die Ratlosigkeit stand den drei Beamten ins Gesicht geschrieben.

Als Nick zu Hause ankam, wurde er bereits sehnlichst von seinen Schwiegereltern erwartet. Maria Bergmann hatte ihn kommen hören und begrüßte ihn in der offenen Haustür stehend.

»Nick, da bist du endlich! Wir sollten uns langsam auf den Weg machen, wenn wir nicht zu spät zur Preisverleihung kommen wollen. Anna will versuchen, uns Plätze zu reservieren.«

»Tut mir leid, aber ich bin nicht eher weggekommen aus dem Büro. Ich gehe mich nur noch schnell umziehen, dann können wir los.«

»Habt ihr den Kerl wenigstens geschnappt?«

»Wir haben einen Verdächtigen in Gewahrsam genommen, aber er bestreitet die Taten.«

»Das tun sie doch alle am Anfang, bis ihnen der Anwalt rät zu kooperieren, damit das Strafmaß milder ausfällt«, betonte Annas Mutter mit einer abfälligen Handbewegung.

»Maria, du siehst zu viele Krimis im Fernsehen«, erwiderte ihr Mann Volker darauf.

Nick musste schmunzeln. »Ganz Unrecht hat sie nicht. Bedauerlicherweise hat der Verdächtige in unserem Fall vorhin einen Suizidversuch unternommen und liegt nun in der Nordseeklinik.«

»Oh Gott, das ist ja furchtbar!«, entgegnete sie ehrlich betroffen. »Vielleicht ist er wirklich nicht der Täter?«

»Einiges spricht für ihn als Täter. Nähere Einzelheiten kann und darf ich euch nicht sagen.«

»Ist er denn der Einzige, der für die Morde in Frage kommt?«

Bevor Nick auf die Frage seiner Schwiegermutter reagieren konnte, schritt sein Schwiegervater ein.

»Maria, nun lass ihn! Du siehst doch, dass Nick genug um die Ohren hat, da kann er es nicht gebrauchen, wenn wir ihn zusätzlich mit Fragen löchern.«

»Man wird wohl fragen dürfen«, murmelte sie vor sich hin.

Eine Viertelstunde später stand Nick frisch geduscht und umgezogen in der Diele.

»Der Anzug steht dir wirklich ausgezeichnet, Nick!« Maria Bergmann betrachtete ihren Schwiegersohn. Dann ging sie ein Stück auf ihn zu und rückte den Knoten seiner Krawatte zurecht. »So, nun sitzt sie perfekt.« Zufrieden betrachtete sie ihr Werk.

Ihr Mann konnte sich derweil ein Augenrollen nicht verkneifen. »Können wir dann? Sonst kommen wir zu spät.«

Als Nick nach dem Autoschlüssel griff, fiel sein Blick auf die kleine Figur aus Stein.

»Was ist das?«

»Hübsch, nicht wahr? Ein kleiner Engel aus Mondstein. Ich dachte, Anna hätte ihn mitgenommen, als Glücksbringer für den heutigen Abend. Schließlich ist heute Vollmond. Diesem Stein werden besondere Kräfte nachgesagt. Er …«, setzte Maria an, wurde jedoch von Nick mitten im Satz unterbrochen.

»Wo kommt er her?«

»Das weiß ich nicht. Er lag im Briefkasten, hat Anna gesagt. Seit wann interessierst du dich für solchen Hokuspokus?«

Plötzlich traf Nick die Erkenntnis wie ein Schlag, und er erinnerte sich, wo er diese Figuren schon einmal gesehen hatte. Ein eiskalter Schauer lief ihm über den Rücken.

»Könnt ihr mit eurem Wagen fahren und Christopher mitnehmen?«

»Sicher, aber was ist denn auf einmal los?«, fragte Maria verwirrt.

»Das erkläre ich euch später. Wir treffen uns vor Ort. Falls ihr Anna seht, sie soll unbedingt in eurer Nähe bleiben. Ich versuche in der Zwischenzeit, sie anzurufen.«

Nick hastete zu seinem Wagen, während seine Schwiegereltern ihm ratlos nachsahen.

»Weißt du, was das zu bedeuten hat?« Maria sah fragend zu ihrem Mann.

»Nein, aber ich befürchte, nichts Gutes.«

»Glaubst du, unsere Anna schwebt in Gefahr? Dann dürfen wir keine Zeit verlieren. Worauf wartest du? Komm, lass uns fahren!«

Auf dem Weg nach Rantum versuchte Nick, Anna mehrfach zu erreichen. Doch immer sprang nur die Mailbox an. Anschließend benachrichtigte er die Kollegen und beorderte sie zur »Sylt Quelle« in Rantum, dem Veranstaltungsort, wo in einer knappen Stunde Sylts Unternehmerin des Jahres gekürt werden sollte.

»Na, mein Liebe? Bist du aufgeregt?«, fragte Britta mich mit einem Augenzwinkern.

»Mittlerweile schon. Ich habe eiskalte Finger vor Anspannung. Hier, fühl mal!« Ich legte meine rechte Hand an ihre Wange.

»Brrr, die sind ja kalt wie Eiszapfen. Du brauchst einen Schnaps, das ist gut für die Nerven«, erklärte sie und zauberte heimlich ein kleines Fläschchen hervor.

»Ist das etwa euer selbst Angesetzter?« Sie nickte verschwörerisch. »Oh nein, der hat mir schon einmal die halbe Speiseröhre verätzt«, lehnte ich lachend ab.

»Jetzt übertreibst du aber maßlos, Anna! Gut, dann trinke ich einen Schluck für dich mit.«

»Hast du irgendwo Nick und meine Eltern entdecken können?« Ich ließ meinen Blick suchend durch den Raum wandern, der sich von Minute zu Minute mehr mit Besuchern füllte.

»Nein, bislang nicht. Sie kommen sicher jeden Augenblick. Jan steht dort hinten an der Bar mit ein paar Bekannten.« Britta winkte ihrem Mann fröhlich zu, der uns daraufhin mit einem Sektglas in der Hand zuprostete.

»Ich glaube, ich gehe lieber noch einmal zur Toilette. Der Stress schlägt mir auf die Blase.«

Britta musste herzlich lachen. »Ja, geh lieber, bevor es

ein Unglück gibt. Du bist das reinste Nervenbündel! Wir treffen uns nachher auf den Plätzen.«

Als ich die Waschräume verlassen hatte, verspürte ich den dringenden Wunsch nach frischer Luft und einem Augenblick der Abgeschiedenheit und ging nach draußen. Kaum war ich aus dem Windschatten des schützenden Gebäudes getreten, erfasste mich eine eisige Windböe, die mich auf der Stelle frösteln ließ. Auch mein Schuhwerk war alles andere als wintertauglich, trotz allem holte ich ein paar tiefe Atemzüge und fühlte mich gleich besser und ruhiger. Der Vollmond stand majestätisch am Himmel und tauchte die Umgebung in ein helles Licht, sodass ich selbst ohne künstliche Beleuchtung gut sehen konnte. Noch einmal ging ich in Gedanken die Formulierungen durch, die ich im Siegesfall für eine kurze Dankesrede einstudiert hatte. Plötzlich vernahm ich sich nähernde Schritte und sah eine Person auf mich zukommen. Mein Körper spannte sich intuitiv an. Unmittelbar darauf erkannte ich sie und entspannte mich.

»Hallo, Herr Detlefsen«, begrüßte ich den Mann, den ich neulich auf dem Friedhof getroffen und dessen Schicksal mich berührt hatte. »Sind Sie wegen der Veranstaltung gekommen?«

»Das bin ich. Leute wie Sie tragen die Verantwortung und müssen entsprechend zur Rechenschaft gezogen werden.«

»Wie bitte? Was meinen Sie?« Ich verstand kein einziges Wort.

»Karriere machen, das ist für Sie und Ihresgleichen das Wichtigste im Leben. Ihr mit eurer Gleichberechtigung und Emanzipation!« Er spuckte mir die Worte regelrecht vor die Füße.

»Ich fürchte, ich verstehe Sie nicht.«

»Selene könnte noch am Leben sein, wenn sich ihre Mutter um sie gekümmert hätte und nicht ihrer Karriere hinterhergehechtet wäre. Frauen wie Sie streben nach Höherem, als sich um ihre Kinder zu kümmern. Wo ist Ihr Sohn gerade, während Sie sich feiern lassen? Sollten Sie nicht lieber bei ihm sein?«

»Hören Sie, Herr Detlefsen, wir können gern ein anderes Mal über dieses Thema reden, jetzt muss ich da rein«, erwiderte ich und wollte an ihm vorbei zum Eingang gehen, als er mich am Arm festhielt.

»Lassen Sie mich auf der Stelle los oder ich schreie!«, ddrohte ich und versuchte vergeblich, mich aus seinem eisenharten Griff zu befreien.

»Dafür ist es zu spät. Ich hatte Sie gewarnt«, presste er mit zusammengebissenen Zähnen hervor und zog mich mit sich.

»Gewarnt?« Mir war nach wie vor schleierhaft, was er von mir wollte.

»Sie haben Post von mir bekommen«, sagte er, und auf seinem Gesicht erschien ein merkwürdiges Lächeln, als sich sein Blick zum Mond richtete.

»Die Figur!« Jetzt erst verstand ich.

»Richtig. Der Engel aus Mondstein. Heute werde ich dir endlich Gerechtigkeit zukommen lassen, meine kleine Selene, Göttin des Mondes.«

War er komplett verrückt geworden? Mein Puls raste, und ich überlegte fieberhaft, wie ich mich aus dieser bedrohlichen Situation befreien konnte. Schreien würde wenig Sinn machen, da sich außer uns niemand in unmittelbarer Nähe befand. Zudem kam der Wind von West und würde meine Rufe ungehört weit hinaus ins Watt tragen. Während mein Peiniger geistesabwesend zum Himmel blickte, zählte ich innerlich bis drei und riss mich mit einem Ruck los. Für ein paar Sekunden war ich frei und stolperte los, doch meiner eben erst gewonnenen Freiheit wurde gleich darauf ein jähes Ende gesetzt. Detlefsen hatte mich mit wenigen Schritten eingeholt, da sich meine Pumps auf dem unebenen Boden als absolut fluchtuntauglich erwiesen. Ich wehrte mich zunächst mit Händen und Füßen gegen ihn, verlor jedoch das Gleichgewicht und fiel der Länge nach auf den Boden. Ein brennender Schmerz durchfuhr meinen Körper, und ich spürte, wie mir etwas Warmes die Wange hinablief. Dann sah ich neben mir die Klinge eines Messers im hellen Mondlicht aufblitzen.

»Da seid ihr ja! Anna hat euch bereits vermisst«, erklärte Britta beim Eintreffen von Nick und dem Rest der Familie.

»Wo ist sie?« Nicks Augen suchten den Raum ab, konnte sie jedoch nirgends entdecken.

»Sie muss jeden Augenblick zurückkommen.«

»Wo wollte sie hin?«

»Sie musste kurz aufs Klo. Was ist denn los? Du bist aufgeregter als deine Frau. So kenne ich dich gar nicht«, gab Britta amüsiert zurück.

»Ich muss sie dringend finden.« Bei Nicks ernster Miene gefror Brittas Lachen augenblicklich.

»Sie wollte gleich zurückkommen. Ehrlich gesagt, ist das ein bisschen her. Vielleicht wartet sie draußen, und ihr habt euch verpasst. Soll ich suchen helfen?«

»Sie befindet sich in größter Gefahr«, flüsterte er ihr zu.

»Warum?« Britta bekam schlagartig eine Gänsehaut.

»Das erkläre ich dir später. Bleib' du bitte hier und sag nichts zu Annas Eltern, okay?«

»In Ordnung«, versprach sie mit besorgter Miene und nickte.

»Wo will denn Nick hin?«, erkundigte sich Maria Bergmann.

»Er kommt gleich wieder«, erklärte Britta mit einem aufgesetzten Lächeln.

»Ich glaube, ich suche auch schnell die Wasserspiele auf, bevor es losgeht. Ich hätte vorhin nicht so viel Tee trinken sollen«, entschied sie und machte sich auf den Weg zu den Toiletten.

Meine Füße waren mittlerweile dermaßen kalt, dass ich sie kaum mehr spürte. Meine Handgelenke schmerzten von den unzähligen Versuchen, mich von den Fesseln zu befreien. In meiner Verzweiflung hatte ich immer wieder daran gerissen, doch dadurch gruben sich die Kabelbinder nur noch tiefer in die Haut. Detlefsen hatte mir den Mund mit Klebeband verschlossen, sodass ich nicht um Hilfe rufen konnte. Daher versuchte ich, auf andere Weise auf mich aufmerksam zu machen, indem ich wiederholt gegen die Metallwände trat. Offenbar vergeblich. Um diese Zeit arbeitete längst niemand mehr auf dem Gelände der »Sylt Quelle«. In meiner Verzweiflung hatte ich unzählige Male den Versuch unternommen, mich irgendwie an der glatten Wand nach oben zu arbeiten. Ein hoffnungsloses Unterfangen. Ich fühlte mich wie ein Frosch, gefangen in einem Kellerschacht, mit dem feinen Unterschied, dass er auch auf bestimmte Zeit sogar unter Wasser ausharren konnte. Mein aussichtsloser Kampf trieb mir Tränen der Verzweiflung in die Augen, und ich begann zu weinen. Das Schluchzen erschwerte mir das ohnehin eingeschränkte Atmen durch die Nase. Ich war bemüht, nicht aufzugeben. Sicher suchte man nach mir und würde irgendwann auch hierherkommen. Mehr Sorgen bereitete mir allerdings die Tatsache, dass der Wasserpegel in meinem engen Gefängnis unaufhaltsam anstieg. Detlefsen hatte mich nicht nur in eines der leeren Wasserbassins gesperrt, sondern den Wasserhahn geöffnet, sodass langsam, aber stetig Wasser in den Tank lief. Wenn man mich nicht bald finden würde, würde ich elendig ertrinken. Dieser Gedanke versetzte mich zusätzlich in Panik. Es würde nicht mehr lange dauern, und die Wassergrenze hatte meine Knie erreicht. Der blasse Mond schien durch die verglaste Fensterfront in den Tank, da er nach oben hin offen war. Von außen betrachtet, wirkte alles friedlich und ruhig, während ich in meinem Gefängnis um mein Leben bangen musste. Mich trennten maximal zwei Meter von der Freiheit dort oben. Zwei Meter glattes, unbarmherziges Metall.

Auf der Damentoilette war Maria Bergmann ihrer Tochter nicht begegnet. Vielleicht wollte sie draußen kurz Luft schnappen, überlegte sie und ging vor die Tür. Doch auch dort war weit und breit nichts von Anna zu sehen. Auf dem Rückweg fand sie sich plötzlich in einem engen Flur wieder, den sie zuvor nicht passiert hatte und der in eine andere Richtung führte. Vermutlich führte er zu einem Nebeneingang. Sie war versehentlich falsch abgebogen, denn hier war keine Menschenseele zu sehen. Kopfschüttelnd machte sie kehrt. Als sie um die Ecke bog, stieß sie um Haaresbreite mit einem Mann zusammen.

»Huch, Herr Detlefsen! Haben Sie mich erschreckt.«
Maria fasste sich übertrieben ans Herz. »Was machen Sie
hier? Ich bin auf der Suche nach meiner Tochter Anna. Sie
ist wie vom Erdboden verschluckt. Haben Sie sie gesehen? Ach, was rede ich, Sie kennen sie ja nicht. Ich wollte
sie Ihnen längst vorgestellt haben«, plapperte sie munter
drauf los.

»Anna Bergmann ist Ihre Tochter?«

»Ja, aber mittlerweile heißt sie Scarren. Warum fragen
Sie? Kennen Sie sie etwa?«

»Flüchtig. Ich fürchte, ich kann Ihnen leider nicht
behilflich sein«, erwiderte er und schien es plötzlich sehr
eilig zu haben.

Doch Maria fuhr unbeirrt fort. »Falls Sie ihr begegnen sollten, sagen Sie ihr bitte, dass wir dringend auf sie
warten.«

Detlefsen brummte zustimmend und war im Begriff, sich
an ihr vorbeizuschieben, als Maria eine Entdeckung machte.

»Was haben Sie da?« Neugierig versuchte sie, einen Blick
hinter seinen Rücken zu erhaschen.

»Ich weiß nicht, was Sie meinen«, entgegnete er und
schob sie schroff zur Seite.

»Das ist doch Annas Tasche. Woher haben Sie die? Wo
ist Anna?«

»Sie wird bald in eine andere Welt abtauchen. Sie ist
nicht besser als alle anderen. Heute Abend werden sie alle
das bekommen, was sie verdienen.«

»Was reden Sie da?«

»Wir alle werden mit einem riesigen Feuerball in die
Hölle fahren.« Mit aufgerissenen Augen starrte er sie an,
während er mit den Armen eine ausladende Geste machte.

»Sie müssen komplett den Verstand verloren haben. Und so jemanden haben wir engagiert? Tut mir leid, betrachten Sie unsere Vereinbarung damit als hinfällig. Und jetzt geben Sie mir auf der Stelle die Tasche!«

Für den Bruchteil einer Sekunde sah er sie entgeistert an. Diesen Moment nutzte Maria, griff nach der Tasche und wollte auf dem Absatz kehrtmachen, als er sie am Arm zurückhielt.

»Loslassen! Hilfe!«, rief Maria Bergmann und versuchte, sich mit aller Kraft loszureißen.

»Halten Sie den Mund und schreien Sie nicht hier rum!«, fuhr er sie an und versuchte, eine Hand auf ihren Mund zu pressen, doch sie wehrte sich und biss, so fest sie konnte, zu.

»Ah!«, fluchte er, zog die verletzte Hand blitzartig zurück und wich ein Stück zurück.

»Hilfe!«, schrie sie abermals lauthals und wollte loslaufen. »Polizei!«

»Seien Sie endlich still!« Dann machte er einen gewaltigen Satz auf sie zu.

Maria dachte nicht im Traum daran, sondern rief ein weiteres Mal lautstark um Hilfe, was jedoch mit einem Stöhnen verebbte, als sie plötzlich von tiefschwarzer Nacht umgeben war.

»Wo bleibt denn meine Frau? Nick und Anna fehlen auch noch«, fragte Volker an Britta gewandt und blickte ungeduldig zum Eingang. Das Gros der Gäste hatte bereits ihre Plätze eingenommen, und leise Musik ertönte aus den Lautsprechern.

»Mama weg!« Christopher sah verängstigt zu Britta, als würde er spüren, dass etwas nicht stimmte.

»Alles ist gut, die Mama und der Papa kommen gleich, mein Schatz«, beruhigte Britta das Kind.

»Oma auch?«, fragte er mit großen Augen.

»Ja, die Oma kommt auch gleich.«

»Was ist los?«, flüsterte Jan. »Hier stimmt doch etwas nicht.«

»Nick hat eine Andeutung gemacht, dass Anna in Gefahr wäre. Mehr weiß ich nicht«, gab Britta leise zurück. Dann sah sie auf die Uhr. »In fünf Minuten geht es los. Was machen wir jetzt?«

»Du bleibst hier, ich gehe Nick suchen«, beschloss Jan.

»Aber komm bitte gleich wieder!«

»Natürlich.«

Vor dem Eingang traf Jan auf Nick, der dort mit mehreren Leuten mit und ohne Uniform sprach.

»Hey, Nick! Was ist los? Wir machen uns langsam Sorgen, wo ihr alle bleibt. Maria ist mittlerweile ebenfalls verschwunden.«

»Verschwunden? Sie sollte doch auf ihrem Platz bleiben.«

»Sie musste zur Toilette«, erklärte Jan mit einem Schulterzucken.

»Mist, wir müssen beide so schnell wie möglich finden, bevor es zu spät ist.« Dann wandte er sich den anderen zu. »Du, Henning, suchst mit Oliver das Außengelände ab. Toni, wir sehen uns drinnen um. Und ihr behaltet den Eingang im Auge und steht auf Abruf«, instruierte Nick die Kollegen.

»Ich helfe euch«, verkündete Jan kurzerhand, ohne auf Nicks Protest einzugehen.

»Bevor wir alle ausschwirren, hätte ich eine Frage«, meldete sich Henning Schirmer zu Wort. »Wieso denkst du, dass deine Frau in Gefahr ist?«

»Ihr wurde eine Figur aus Mondstein geschickt. Anonym«, erklärte Nick.

»Na und? Vielleicht waren das irgendwelche Kinder, oder sie hat einen heimlichen Verehrer?« Sein süffisantes Grinsen erstarb umgehend, als er in Nicks sorgenvolles Gesicht blickte.

»Ich hatte die ganze Zeit über das Gefühl, dass wir etwas Entscheidendes übersehen haben. Als ich vorhin diesen Stein bei uns zu Hause gesehen habe, war plötzlich alles klar. Der Stein ist das fehlende Puzzleteil in unseren Fällen.«

»Schön. Ich würde es begrüßen, wenn du uns an deiner Erkenntnis teilhaben lassen und nicht in Rätseln sprechen würdest«, erwiderte Henning angesäuert.

»Jetzt erinnere ich mich auch. Warum sind wir nicht eher darauf gekommen?« Antonia schlug sich mit der flachen Hand vor die Stirn.

»Worauf? Verdammt!«

»Mensch, Henning! Bei allen drei Opfern haben wir eine Figur aus Mondstein gefunden«, weihte Antonia den Kollegen ein.

»Wir haben uns bloß nichts weiter dabei gedacht. Ein Glücksbringer oder Talisman aus Edelstein ist nichts Außergewöhnliches und wird von vielen Menschen verwendet. Dass sie sich sehr ähneln, haben wir vollkommen vernachlässigt«, ergänzte Nick.

»Und warum sollte jemand diese Figuren verschickt haben?«, überlegte Jan.

»Das wissen wir nicht. Derjenige ist aber mit Sicherheit der Mörder. Deshalb müssen wir schleunigst Anna finden. Los jetzt!«

Das Wasser stieg langsam, aber stetig. Mittlerweile hatte es bereits meine Hüften erreicht. Ich spürte, wie ich zunehmend müder wurde und die Kraft langsam, aber sicher aus meinem Körper wich. »Wach bleiben, nicht einschlafen«, sagte ich mir immer wieder, einem wiederkehrenden Mantra ähnelnd. Ich versuchte, meine Beine zu bewegen, um meinen Kreislauf in Schwung zu bringen und der schleichenden Kälte, die mich zunehmend lähmte, entgegenzuwirken. Warum suchte denn niemand nach mir? Auf einen Schlag fühlte ich mich unendlich einsam und sehnte mich nach Christopher, Nick und meinen Eltern. Würde ich sie jemals wiedersehen? Hoch über mir am Himmel prangte der Mond in seiner ganzen Pracht, und sein helles Licht spiegelte sich auf der Wasseroberfläche wie flüssiges Quecksilber. Am Meer hatte ich diesen Anblick unter dem Aspekt der Romantik stets genossen, aber jetzt lauerte darin der Tod.

»Lass uns dort nachsehen«, entschied Nick und bog, gefolgt von Kollegin Kussav, in einen schmalen Flur ein. »Warte, da ist doch jemand.«

Beim Näherkommen entdeckten sie eine Gestalt, die scheinbar leblos auf dem Boden lag. Nick beugte sich über sie. »Maria?« Sie bewegte sich und öffnete zögerlich die Augen. »Was ist passiert? Wie geht es dir?«

Nick half seiner Schwiegermutter, sich aufzurichten. »Ganz langsam! Bleib sitzen, wir rufen einen Rettungswagen.«

»Nein. Detlefsen!«, sagte sie mit leiser, rauer Stimme.

»Detlefsen?« Nicks Blick wanderte fragend zu der Kollegin, die im Begriff war, einen Rettungswagen zu alarmieren.

»Barne Detlefsen, unser Handwerker. Er will alles in die Luft jagen. Er hat von einem riesigen Feuerball und der Hölle gesprochen, bevor er mich niedergeschlagen hat.« Maria hielt sich die Hand an den schmerzenden Nacken. »Er hat Anna. Du musst sie finden!«

»Hat er gesagt, wo sie ist?«

»Nein, aber er hatte ihre Tasche bei sich, das hat mich stutzig gemacht. Außerdem hat er etwas davon gefaselt, dass sie in eine andere Welt abtauchen werde«, erinnerte sich Maria und spürte, wie sich zusehends ein hämmernder Schmerz in ihrem Kopf ausbreitete.

»Hat er wirklich von Tauchen gesprochen?«, hakte Nick nach.

»Ja, da bin ich sicher.«

»Dann kann sie nicht weit sein.«

»Können wir dich einen Moment allein lassen, Maria? Ich schicke gleich jemanden zu dir«, fragte Nick.

»Macht euch um mich keine Sorgen, bis auf Kopfschmerzen geht es mir gut. Sucht Anna!«

»Was sollen wir jetzt machen?«, fragte Antonia, während sie ins Freie traten.

»Ich suche nach Anna, sie muss hier irgendwo sein. Du informierst die Veranstaltungsleitung, dass wir unter Umständen das Gebäude räumen lassen müssen. Eine Panik muss unbedingt verhindert werden. Sie sollen sich etwas einfallen lassen, aber auf keinen Fall Worte wie Explosion oder Bombe erwähnen. Ich fordere gleich Verstärkung an, wir müssen diesen Detlefsen erwischen.«

»Wir wissen doch nicht einmal, wie er aussieht«, hielt die Kollegin dagegen.

Nick überlegte kurz. »Einen Moment.« Er nahm sein

Smartphone zur Hand und wählte Uwes Nummer. »Uwe? Hast du zufällig ein Foto von Detlefsen? Er scheint unser Mann zu sein.« Kurz darauf vermeldete sein Telefon den Eingang einer Nachricht. »Uwe hat ein Foto vom letzten Feuerwehrball geschickt, ich sende es dir«, erklärte Nick und tippte auf dem Gerät herum.

»Okay, ich leite es an die Kollegen weiter. Dann lass uns keine Zeit verlieren.«

Antonia Kussav durchkämmte – unterstützt von zwei Kollegen in Zivil – das gläserne, zweistöckige Quellenhaus mit der prägnanten 16-eckigen Konstruktion und dem leuchtturmähnlichen dritten Geschoss nach Barne Detlefsen. Er schien jedoch unauffindbar. Draußen hatten sich einige Beamte positioniert und warteten auf ihren Einsatz. Noch wiegten sich die Gäste im Inneren der Glaskonstruktion in Sicherheit und ahnten nicht, was um sie herum geschah. Der modisch gekleidete Moderator mit Gelfrisur ergriff das Wort und begrüßte die Gäste überschwänglich zur diesjährigen Preisverleihung der Sylter Unternehmerin des Jahres. Anschließend wurde in kurzen Videosequenzen ein Porträt der jeweils Nominierten gezeigt. Antonia hielt sich etwas abseits auf, sodass sie den Eingang im Blick hatte, doch Detlefsen zeigte sich nicht. Dafür klopfte ihr jemand auf die Schulter.

»Hallo, Frau Kussav! Herr Scarren hat mich informiert, daher habe ich mich unmittelbar auf den Weg gemacht. Wie ist die aktuelle Lage?« Staatsanwalt Achtermann tauchte unerwartet neben ihr auf.

»Wir haben bislang weder Anna Scarren noch Detlefsen finden können«, gab sie zurück.

»Dann könnt ihr ja jede Hilfe gebrauchen«, erklang eine Stimme hinter ihnen.

»Herr Wilmsen? Was machen Sie denn hier? Sollten sie nicht besser zu Hause sein? Ich glaube kaum, dass das Ihrer Genesung zuträglich ist.«

»Auf akrobatische Einlagen werde ich eine Weile verzichten müssen, ansonsten geht es bergauf.«

Hinter ihnen konnte man jemanden lautstark atmen hören. Als sie sich umdrehten, erkannten sie Nick, der vollkommen außer Atem war.

»Habt ihr sie gefunden?«, fragte Antonia mit sorgenvollem Gesicht.

»Leider nein. Und ihr?«

»Keine Spur von Detlefsen. Wo ist Henning?«

»Verdammt. Henning ist unten und behält den Eingangsbereich im Blick.«

»Wie geht es deiner Schwiegermutter?«

»Gut. Ich dachte, sie wäre bereits wieder hier?«, entgegnete Nick und sah zu dem Tisch hinüber, an dem das Ehepaar Hansen mit Annas Vater und Christopher saß.

»Meine Damen und Herren, verehrte Nominierte! Kommen wir nun zum Höhepunkt des heutigen Abend«, meldete sich der Moderator erneut zu Wort. »Nachdem Sie einen kurzen Einblick in die unterschiedlichen Tätigkeitsfelder der Damen genießen konnten, sind Sie sicherlich ebenso gespannt wie ich, wen ich gleich als Gewinnerin bekannt geben darf. Ich werde jetzt diesen Umschlag öffnen.«

»Haben sie den direkt aus Hollywood importiert?«, murmelte Uwe, was Antonia zum Schmunzeln brachte.

»Die diesjährige Auszeichnung als Sylter Unternehmerin des Jahres geht an …« Der Moderator legte eine

Kunstpause ein. »Anna Scarren vom Landschaftsarchitektur- und Gartengestaltungsbüro A. Bergmann!« Das Publikum brach in tosenden Applaus aus. »Frau Scarren, darf ich Sie nun zu mir bitten!« Nichts geschah. »Frau Scarren, trauen Sie sich ruhig, ich beiße nicht!« Er lachte gekünstelt.

Plötzlich tauchte Detlefsen wie aus dem Nichts auf. Zunächst wirkte es, als wäre sein Auftritt geplant, denn der Moderator begrüßte ihn mit einem lockeren Witz. Ein Lachen ging durch das Publikum.

»Sollen wir ihn schnappen?«, fragte Antonia.

»Warte einen Augenblick. Ich will erst sehen, was er vorhat«, bremste Nick die Kollegin.

»Ich fürchte, Frau Scarren wird den Preis nicht mehr entgegennehmen können«, begann Detlefsen, gefolgt von einem Raunen im Publikum.

»So geht das nicht, Herr …«, wurde es dem Moderator nun zu viel, und er machte einen Schritt auf Detlefsen zu.

»Halt, keinen Schritt näher!« Detlefsen hielt in einer Hand ein Messer mit blitzender Klinge, in der anderen ein kleines Kästchen. »Noch ein Schritt und hier fliegt alles in die Luft.«

»Ist das ein Bluff?«, flüsterte Achtermann.

»Der hat nichts mehr zu verlieren, der blufft nicht«, versicherte Nick mit wachsender Anspannung.

»Dieser Mann hat meine Tochter entführt!« Maria Bergmann war die Treppe in den zweiten Stock gekommen und zeigte auf Detlefsen. An ihrer rechten Schläfe prangte deutlich ein Pflaster.

»Ist die Frau von allen guten Geistern verlassen? Was hat sie vor?« Staatsanwalt Achtermann konnte nicht glauben, was gerade vor seinen Augen vor sich ging.

»Bleiben Sie, wo Sie sind, sonst fliegt hier alles in die Luft!« Ein erschrockenes Raunen ging durch die Reihen der Anwesenden. Doch Maria Bergmann dachte nicht im Traum daran, sich seinen Anweisungen zu fügen.

»Seien Sie doch vernünftig! Ich weiß, dass Sie es nicht leicht hatten, aber Sie können nicht unschuldige Menschen für Ihr Unglück bestrafen.«

»Ist Ihre Schwiegermutter zufällig Psychologin?«, erkundigte sich Achtermann bei Nick.

»Nein, sie ist Übersetzerin.«

»Na prima!«, erwiderte der Staatsanwalt wenig begeistert.

»Mein kleiner Engel könnte noch leben, wenn sich ihre Mutter um sie gekümmert hätte, wie es sich für eine Mutter gehört. Aber sie musste unbedingt Karriere machen. Selbstverwirklichung und Erfolg stehen heute an erster Stelle. Deshalb seid ihr doch heute alle hier.« Angewidert blickte Detlefsen in die verängstigten Gesichter der Gäste.

»Barne, sie hat recht«, meldete sich Uwe zu Wort. »Du verrennst dich in etwas. Der Tod deiner Tochter war ein Unfall, und das weißt du. Weder deine Frau noch sonst jemanden trifft irgendeine Schuld.«

Während Detlefsens Aufmerksamkeit Uwe und Maria galt, pirschten sich Nick und Antonia unbemerkt über die Seiten näher an ihn heran. Im Erdgeschoss warteten weitere Beamte in Alarmbereitschaft. Plötzlich durchbrach das Weinen eines Kindes die angespannte Stille.

»Ruhe!«, brüllte Detlefsen in die Richtung, aus der das Weinen kam, worauf die Mutter ihr Kind sofort schützend an sich presste.

»Willst du wirklich unschuldige Menschen ins Verderben stürzen, Barne? Ich glaube, das hätte Selene nicht gewollt. Willst du mit dieser Schuld den Rest deines Lebens verbringen?«, war Uwe bemüht, mit dem Mann weiterhin im Gespräch zu bleiben.

»Für mich gibt es keinen Grund weiterzuleben. Ich habe alles verloren, was mir wichtig war. Ich werde nicht allein gehen.« Drohend hielt er einen Fernzünder in seiner Hand hoch.

Eine Frau schrie spitz auf, während sich in den Gesichtern der übrigen Anwesenden die schiere Angst widerspiegelte.

Nick hatte sich ein gewaltiges Stück nach vorn gearbeitet und befand sich nunmehr auf gleicher Höhe mit Detlefsen.

»Sie sind ein elender Feigling und sollten sich schämen!« Maria Bergmann ahnte, was ihr Schwiegersohn vorhatte, und versuchte, ihren ehemaligen Handwerker abzulenken, während Achtermann in Anbetracht der Situation der Schweiß den Rücken hinunterrann.

Neben einer Säule lenkte eine dunkelblaue Tasche Nicks Aufmerksamkeit auf sich. Er erkannte sie sofort, da es sich zweifelsohne um Annas Tasche handelte. Wenn Nick sich nicht täuschte, befand sich darin der Sprengsatz. Er überlegte fieberhaft, wie er das Corpus delicti unbemerkt an sich bringen konnte. Derweil hatten sich Uwe auf der einen und Maria auf der anderen Detlefsen angenähert.

»Komm, Barne! Gib auf und leg das Ding auf den Boden!«

»Vergiss es, Uwe! Dafür ist es ohnehin zu spät.«

Von unten hallte plötzlich ein ohrenbetäubender Knall bis in den ersten Stock. Diesen Moment der Unaufmerksamkeit machten sich Nick und Antonia zunutze und stürzten sich auf Detlefsen. Dabei fiel der Fernzünder zu Boden und schlitterte direkt vor Marias Füße. Blitzartig griff sie danach und hielt ihn mit spitzen Fingern in die Luft.

»Ich habe ihn!«

»Vorsichtig!«, rief Achtermann und schickte innerlich ein Stoßgebet gen Himmel.

Maria reichte Uwe den Zünder, der ihn den herbeigeeilten Kollegen übergab. Überall wimmelte es plötzlich von Einsatzkräften.

»Wo ist Anna?«, zischte Nick, als er dem auf dem Boden liegenden Detlefsen die Arme auf den Rücken drückte.

»Ich fürchte, Sie kommen zu spät. Ihr steht das Wasser bereits bis zum Hals«, erwiderte Detlefsen und begann, lauthals zu lachen.

»Du elender Mistkerl, ich warne dich! Wenn du mir nicht augenblicklich sagst, wo sie ist, vergesse ich mich.«

»Hör auf, Nick! Das ist er nicht wert. Lass uns lieber weiter nach Anna suchen«, hielt Antonia ihn zurück. »Ich glaube, ich weiß, wo sie ist.«

Auf dem Weg nach draußen trafen Nick und Antonia auf Henning.

»Komm mit!«, forderte Antonia den Kollegen im Laufen auf.

Sie rannten um das Gebäude herum und blieben schließlich vor der Tür zu einer Halle stehen.

»Habt ihr einen Schlüssel?«, fragte Schirmer.

Nick drückte die Klinke nach unten und öffnete die Tür ohne Probleme. »Brauchen wir nicht.« Sofort schlüpften sie hindurch.

»Sehr beeindruckend«, stellte Schirmer fest und sah sich staunend in der Halle um, in der sich neben riesigen Tanks auch die Abfüllanlage befand. Getränkekisten waren meterhoch an einer Wand gestapelt. »Ich wusste gar nicht, dass die Insel über eigenes Mineralwasser verfügt.«

»Anna! Bist du hier?«

»Stammt das Wasser tatsächlich von der Insel oder handelt es sich um einen geschickten Marketinggag?«

»Henning, das ist kaum der richtige Zeitpunkt für eine Informationsveranstaltung«, bemerkte Antonia bissig.

»Seit Anfang der 90er wird hier Mineralwasser der ›Sylt Quelle‹ abgefüllt«, erklärte Nick beiläufig und suchte nahezu jeden Zentimeter nach Anna ab.

»Gibt es hier ein Klo?«, fragte Henning unvermittelt.

»Du musst doch wohl nicht ausgerechnet jetzt auf die Toilette?« Antonia wirkte fassungslos.

»Wenn ich es plätschern höre, muss ich eben. Noch schlimmer ist es, wenn ich ein Aquarium sehe. Bei meinem Zahnarzt steht eins im Wartezimmer und immer …«

»Psst, seid mal leise.« Nick hob die Hand und lauschte angestrengt. »Da läuft tatsächlich irgendwo Wasser. Und da ist noch etwas.«

»Was denn? Ich höre nichts.« Antonia schloss die Augen, um sich besser konzentrieren zu können.

»Das klingt wie ein dumpfes Schlagen«, stellte Henning mit einem Stirnrunzeln fest.

»Das kommt von dahinten.« Ohne zu zögern, rannte Nick an der Abfüllanlage und den riesigen Metalltanks vorbei, bis er vor einem viereckigen, etwas niedrigeren Behältnis in einer Ecke stehen blieb. Mit zwei Sätzen erklomm er die Stufen einer Leiter und stand oben auf einer Gitterplattform. Von da aus spähte er nach unten in den Tank.

»Stellt sofort das Wasser ab!«, rief er den beiden Kollegen zu, die vom Fuße der Treppe aus gebannt nach oben sahen.

Die vergangene Nacht hatte ich auf Anraten der Ärzte im Krankenhaus verbringen müssen, nachdem mich Nick in buchstäblich letzter Minute aus dem Wassertank befreit hatte. Meine Erinnerung wies einige Lücken auf, trotz allem werde ich niemals den Augenblick vergessen, als Nicks Gesicht oben am Rand des Tanks erschien. Jetzt lag ich zu Hause auf dem Sofa, in eine warme Decke gehüllt und streichelte Pepper, der seine Schnauze fest auf meinen Bauch abgelegt hatte.

»Hier ist dein Tee«, sagte Nick und stellte die dampfende Tasse auf dem Couchtisch ab.

»Danke.«

»Heute siehst du viel besser aus.«

Er schenkte mir einen liebevollen Blick und strich mir über die Wange. Bei dieser Geste hatte ich sofort das Bild vor Augen, das sich mir in dem Café geboten hatte, als die fremde Frau ihn auf ähnliche Weise berührt hatte.

»Alles in Ordnung?« Er sah mich fragend an.

»Wir waren uns einig, dass wir immer ehrlich zueinander sein wollten«, fing ich an und merkte, wie Nicks Schultern sich strafften.

»Anna, ich …«, begann er, ohne mir dabei in die Augen zu sehen.

»Wann wolltest du es mir sagen?« Ich beobachtete ihn aufmerksam, während sich mein Herz krampfartig zusammenzog.

»Ich weiß nicht, ich wollte dich nicht unnötig beunruhigen.«

»Beunruhigen?«, wiederholte ich. »Glaubst du, der Zeitpunkt ändert etwas an der Tatsache? Warum hast du mir nicht gesagt, dass es sich bei Toni um einen weiblichen Kollegen handelt?«

Nick schienen meine Worte zu überraschen. »Was hat Antonia damit zu tun?«

»Lass uns nicht lange um den heißen Brei herumreden, Nick. Ich habe euch beide neulich im Café ›Wien‹ gesehen.« Auf Nicks Gesicht erschien nach und nach ein Grinsen. »Ich finde das nicht besonders amüsant.«

»Du bist vollkommen auf dem Holzweg, Sweety!« Nick rieb sich über die Stirn.

Nach den Ereignissen der letzten 48 Stunden fühlte ich mich zu schwach, um mich zu streiten, daher wartete ich ab, was Nick zu seiner Entlastung hervorbrachte.

»Stimmt, ich habe dir nicht explizit gesagt, dass es sich bei Toni Kussav um eine Kollegin handelt. Ganz einfach aus dem Grund, weil es völlig unerheblich ist.« Ich unterbrach ihn nicht, sondern ließ ihn aussprechen. »Ich war vor ein paar Tagen beim Arzt, weil ich beim Duschen einen merkwürdigen Fleck entdeckt habe.«

»Einen Fleck? Wo?«

»In der Leistengegend.«

»Und?«

»Die Ärztin hat ihn entfernt. Gestern habe ich erfahren, dass er gutartig ist.«

»Oh, Nick!« Vor Erleichterung stiegen mir Tränen in die Augen.

»Dachtest du ernsthaft, ich hätte eine Affäre?«

»Du warst plötzlich so abweisend und bist mir aus dem Weg gegangen. Neulich morgens hast du mich mit deinem

Verhalten derart vor den Kopf gestoßen, da habe ich meine eigenen Schlüsse gezogen. Es tut mir leid.«

»Mir auch. Ich weiß, ich hätte eher etwas sagen müssen. Das war alles ein bisschen viel in der letzten Zeit. Entschuldige!«

»Entschuldigung angenommen. Ich hätte ebenso eher etwas sagen können.«

Er beugte sich zu mir und gab mir einen Kuss. Ich umfasste seinen Nacken und zog ihn tiefer zu mir.

»Wann wollten meine Eltern mit Christopher kommen?«, raunte ich ihm zu und blickte zur Uhr.

»Sie müssten jeden Moment hier sein. Anna, da gibt es etwas, was ich mit dir besprechen wollte.«

»Immer der Reihe nach.«

KAPITEL 35

Am späten Vormittag hatte der Staatsanwalt zu einer abschließenden Teambesprechung ins Westerländer Polizeirevier geladen. Bis auf Achtermann selbst waren alle bereits anwesend.

»Ich hoffe, das geht nicht so lange, sonst verpassen wir unseren Zug«, bemerkte Henning Schirmer mit Blick auf die Uhr.

»Du kannst es wohl kaum erwarten, wieder Festland unter den Füßen zu haben?«, neckte ihn daraufhin die Kollegin Kussav. »Ich persönlich habe viel aus der Sache mitgenommen und finde, wir waren ein Spitzenteam.«

Schirmer verzichtete auf eine Antwort, sondern nuschelte lediglich etwas Unverständliches vor sich hin.

»Dass wir nicht viel eher auf Detlefsen gekommen sind, liegt mir schwer im Magen. Die kleine Figur hätte mich bereits bei Ellen Seiler stutzig machen müssen.«

»Mach dir keine Vorwürfe, Nick. Im Nachhinein ist man immer schlauer. Wenn wir sie direkt bei den Toten gefunden hätte, wären wir vielleicht aufmerksam geworden. Die Fakten sprachen zunächst eindeutig für Sönke Brodsen als Täter und später für seinen Bruder. Wie geht es ihm eigentlich? Seid ihr auf dem neuesten Stand?« Antonia sah erst zu Nick und dann zu Henning.

»Er ist über den Berg«, gab Henning knapp zurück.

Die Tür öffnete sich und Staatsanwalt Achtermann betrat in Begleitung von Uwe den Raum.

»Guten Tag, bitte entschuldigen Sie die Verspätung, aber ich hatte ein dringendes Telefonat zu führen. Dann habe ich draußen Herrn Wilmsen getroffen, der es sich nicht nehmen lassen wollte, ebenfalls an der Abschlussbesprechung teilzunehmen.«

»Moin!«, grüßte Uwe in die Runde.

»Nach einem turbulenten Abend befindet sich der Täter nunmehr in Gewahrsam. Ich möchte Ihnen allen meinen persönlichen Dank für Ihre großartige Arbeit aussprechen. Durch den beispiellosen Einsatz der Kollegin Kussav und dem Kollegen Schirmer konnte der Fall zügig aufgeklärt werden.«

Antonia Kussav räusperte sich lautstark. »Ich widerspreche Ihnen nur ungern, Herr Staatsanwalt, aber das Lob gebührt in erster Linie den Kollegen Scarren und Wilmsen, wir haben lediglich unterstützt.«

»Nun stellen Sie nicht Ihr Licht unter den Scheffel, Frau Kussav. Vielleicht habe ich mich eben nicht richtig ausgedrückt. Selbstverständlich haben die beiden Kollegen erneut hervorragende Arbeit geleistet, daran bestehen keinerlei Zweifel. Nun möchte ich Sie nicht länger aufhalten, aber eines hätte ich dennoch gern gewusst. Woher stammte eigentlich dieser Knall, der zur Festnahme von Detlefsen geführt hat?«, wollte Achtermann wissen.

Alle Augenpaare richteten sich automatisch auf Henning Schirmer, der verlegen seine Brille zurechtrückte. »Ich wollte mich dem Tatverdächtigen unauffällig nähern, um ihn im geeigneten Moment zu überrumpeln, und bin versehentlich gegen einen Stapel Getränkekisten gestoßen«, gestand Henning mit zerknirschter Miene, während die Kollegin hinter vorgehaltener Hand zu kichern begann. Auch Nick konnte sich ein Grinsen nur schwer verkneifen.

»Die Überraschung ist Ihnen in jedem Fall geglückt, Herr Schirmer«, betonte der Staatsanwalt und war im Begriff zu gehen. »Eines noch, Herr Scarren.«

Nick schaute auf. »Was kann ich für Sie tun?«

»Ihre Schwiegermutter besitzt wirklich Zivilcourage. Bestellen Sie schöne Grüße, wenn Sie sie das nächste Mal sehen. Und weiterhin gute Besserung für Ihre Frau. Die Damen in Ihrer Familie verfügen über ein ausgeprägtes Gespür für brenzlige Situation, das kann man nicht anders sagen. Einen schönen Tag!«

»Tja, dann will ich mal«, sagte Antonia, nachdem die anderen das Büro verlassen hatten und sie allein mit Nick war.

»Danke für deine Unterstützung, und ich meine nicht nur unseren Fall.«

»Gern. Hast du es ihr gesagt? Wie hat sie reagiert?«, wollte sie wissen.

»Ich glaube, beim nächsten Mal sollte ich gleich mit Anna reden, bevor Missverständnisse entstehen.«

»Was ich dir von Anfang an gesagt habe«, fühlte sie sich in ihrer Meinung bestätigt.

»Ja, ich weiß. Wir Männer sollten mehr auf euch Frauen hören.« Er grinste.

»Genau. Pass auf dich auf, Nick!« Sie stellte sich auf die Zehenspitzen und gab ihm einen flüchtigen Kuss auf die Wange. Dann schulterte sie ihre Reisetasche und verließ das Büro, ohne sich ein letztes Mal umzudrehen.

KAPITEL 36

»Ich hätte es niemals für möglich gehalten, dass Herr Detlefsen ein Mörder ist«, erklärte meine Mutter beim Abendessen. Neben meinen Eltern waren auch Uwe und Tina sowie Britta und Jan anwesend.

»Den meisten Menschen sieht man ihre kriminelle Energie nicht an, wie ich aus langjähriger Erfahrung zu bestätigen weiß. Oder was meinst du, Nick?«, betonte Uwe.

»Das sehe ich genauso«, stimmte er zu und schenkte Wein nach.

»Er machte von Anfang an einen anständigen und zuverlässigen Eindruck. Handwerklich war er außerdem äußerst geschickt«, fuhr meine Mutter fort.

»Hat er die Morde an den drei Frauen gestanden?«, wollte Britta wissen und reichte die Schüssel mit dem Tomatenrisotto weiter, nachdem sie sich einen großen Löffel auf den Teller geschaufelt hatte. »Das schmeckt himmlisch, Nick!« Sie schloss entzückt die Augen.

»Freut mich. Ja, Detlefsen hat zugegeben, die drei Frauen ermordet zu haben. Wie es momentan aussieht, muss er sich für ein weiteres Tötungsdelikt verantworten.«

»Oh, Gott! Noch ein Mord?« Meine Mutter blickte erschrocken in die Runde.

»Staatsanwalt Achtermann hat die Exhumierung von Detlefsens Frau angeordnet. Es besteht der Verdacht, dass er sie umgebracht hat«, fuhr Nick fort. »Sie litt unter einer angeborenen Herzschwäche, weshalb sie regelmäßig

Medikamente benötigte. Barne Detlefsen soll diese Tabletten gegen wirkungslose Mittel ausgetauscht und somit bewusst ihren Tod herbeigeführt haben. Doktor Luhrmaier ist mit dieser Angelegenheit betraut worden.«

»Was für ein Scheusal!« Meine Mutter schüttelte sich angewidert.

»Er ist nie über den Tod seiner Tochter hinweggekommen«, stellte ich nachdenklich fest.

»Natürlich ist das ein schwerer Schicksalsschlag, aber das gibt ihm lange nicht das Recht, andere Menschen umzubringen.«

»Maria, rege dich nicht auf!« Mein Vater klopfte meiner Mutter beruhigend mit der Hand auf die Schulter.

»Was genau ist damals passiert?«, wollte Britta wissen und schob die letzten Reiskörner auf die Gabel.

»Seine Tochter Selene ist beim Spielen unglücklich von der Schaukel gefallen und hat sich dermaßen schwere Kopfverletzungen zugezogen, dass sie daran gestorben ist. Barnes Frau hat im Haus dienstlich telefoniert, als es passiert ist. Selbst wenn sie in unmittelbarer Nähe gewesen wäre, hätte sie das Unglück nicht verhindern können.« Uwe trank einen Schluck, bevor er weitersprach. »Diesen Umstand wollte Barne nie akzeptieren. Dazu kam, dass er selbst mit Minderwertigkeitsgefühlen zu kämpfen hatte. Er war beruflich nie besonders erfolgreich und musste mit ansehen, wie seine Frau scheinbar mühelos die Karriereleiter nach oben kletterte. Das gab ihm den Rest.«

»Deshalb wollte er sich rächen und hat irgendwelche Frauen umgebracht«, resümierte ich.

»Nicht irgendwelche. Er hat sie sehr gezielt gewählt«,

setzte Nick an. »Die junge Ärztin, Bente Johannsen, kannte er durch den Kindergarten. Eines ihrer Kinder ging mit Selene in die gleiche Gruppe. Sie war trotz zweier Kinder beruflich sehr engagiert. Auf Ellen Seiler, dessen Sohn im Internat lebt, ist er durch den Bericht in der Zeitung aufmerksam geworden.«

»Sie war wie Anna nominiert«, verdeutlichte Britta den anderen am Tisch.

»Richtig. Das letzte Opfer, Patricia Trieschmann, arbeitete als Immobilienmaklerin, und das ebenfalls äußerst erfolgreich. Sie kannte er von der Zwangsversteigerung seines Elternhauses. Patricia Trieschmann hatte sich erst kürzlich von ihrem Mann getrennt. Die gemeinsame Tochter lebt beim Vater.«

»Der Hund gehörte ihr, oder?« Tina sah zu der Border Collie-Hündin, die zusammengerollt neben Pepper auf einer Decke in der Ecke lag und schlief.

»Ja. Nick und ich haben entschieden, dass Chili solange bei uns bleibt, bis wir ein passendes Zuhause für sie gefunden haben«, erklärte ich.

»Da bin ich aber gespannt.« Brittas Gesichtsausdruck nach zu urteilen, hegte sie arge Zweifel an der Umsetzung unserer Entscheidung.

»Um es auf den Punkt zu bringen: Dieser Typ vertrat also die Ansicht, Frauen sollten sich ausschließlich um die Kinder kümmern und folglich die Karriere den Männern überlassen. Ziemlich altmodische Einstellung für meinen Geschmack«, schlussfolgerte Jan und spülte die Worte mit einem Schluck Wein hinunter. »Hm, echt lecker das Tröpfchen.«

»So in etwa«, bestätigte Uwe Jans Analyse.

»Glücklicherweise sind wir heute Abend ausschließlich von modernen Männern umgeben, nicht wahr?« Ich sah in die Runde und erntete ein einstimmiges Nicken. »Gut. Mögt ihr noch etwas essen? Sonst gebt mir eure Teller, damit ich Platz für den Nachtisch schaffen kann.«

»Wie seid ihr überhaupt Detlefsen auf die Spur gekommen, Nick?«, hakte Britta nach und reichte mir den Stapel leerer Teller.

»Ausschlaggebend war eine kleine Figur aus Mondstein. Als ich sie gestern Abend auf unserer Anrichte sah und Maria mir sagte, Anna hätte sie im Briefkasten entdeckt, wurde mir schlagartig klar, was wir die ganze Zeit übersehen hatten. Im Besitz aller drei Opfer befand sich solch eine Figur, wir haben ihr bloß keine weitere Beachtung geschenkt. Die Verbindung zu Detlefsen haben wir Uwes Kombinationsgabe zu verdanken.«

»Inwiefern?«, bekundete meine Mutter ihr Interesse.

»Gestern Morgen hatte ich einen Termin bei meiner Physiotherapeutin. Dorothea kenne ich seit der Schulzeit. Sie hat die Insel nie länger als ein paar Wochen am Stück verlassen und kennt die Leute hier wie kein anderer. Wir haben über alles Mögliche gesprochen, bis sie mir erzählt hat, dass sie unendlich froh sei, einen Menschen gefunden zu haben, der mit ihrem Hund spazieren geht, wenn sie zu viel um die Ohren hat.«

»Der Mann war Barne Detlefsen, nehme ich an?«, vermutete Britta.

»Genau der. Doro konnte sich sehr gut an seine Tochter erinnern, da sie bei ihr in Behandlung war. Vor allem aber war ihr der seltene Name im Gedächtnis geblieben: Selene«, berichtete Uwe und wirkte nachdenklich.

»Das ist in der Tat ein seltener Name. Ich kann mich nicht erinnern, ihn zuvor gehört zu haben«, gab ich zu.

»Barne hat Doro gegenüber erwähnt, dass der Name aus der griechischen Mythologie stammt und Mondgöttin bedeutet«, fuhr Uwe fort.

»Da hat es bei dir geklingelt, nehme ich an.«

»Zu diesem Zeitpunkt noch nicht, Anna. Erst als sie mir von Oskar, ihrem braunen Labrador, erzählte, erinnerte ich mich, dass bei dem Opfer Haare eines solchen Hundes gefunden wurden. Ich habe daraufhin Nick angerufen, weil mich dieser Gedanke nicht mehr losgelassen hat. Als er dann die Figur erwähnte, fügten sich alle Puzzleteile zueinander.«

»Traurig und abscheulich zugleich«, stellte Tina nachdenklich fest, worauf für einen Moment betretenes Schweigen herrschte.

Meine Mutter war die Erste, die die bedrückende Stille mit einer Frage durchbrach. »Woher wusste er mit Sprengstoff umzugehen?«

»Er war eine Zeit lang bei der Marine, vermutlich kannte er sich daher in solchen Dingen aus«, erklärte Uwe.

»Nun wird er sein Leben hinter Gittern verbringen. Unbegreiflich, dass er aus Liebe zu seinem Kind zum Mörder geworden ist.« Ich stieß einen lang gezogenen Seufzer aus.

»Und andere Kinder dadurch zu Halbwaisen gemacht hat«, ergänzte Jan mit einer Portion Zynismus.

»Er wird zu Recht seine Strafe absitzen, was man von Sönke Brodsen nicht behaupten kann«, warf Nick ein.

»Stimmt. Wie geht es in diesem Fall weiter?«, wollte Tina wissen.

»Ich könnte mir vorstellen, dass der Prozess neu aufgerollt wird und Ole und Friederike zur Rechenschaft gezogen werden. Wie das Urteil ausfällt, werden die Richter entscheiden.«

»Meine Güte! Welche tiefen Abgründe sich doch in manch menschlicher Seele auftun«, sinnierte meine Mutter. »Ich dachte, wenigstens auf dieser wunderschönen Insel bleibt man von solchen Gräueltaten verschont.«

»Ja, Mama, die Idylle täuscht«, bemerkte ich mit einem Grinsen. »Vielleicht solltet ihr eure Umzugspläne überdenken.«

»Dafür ist es zu spät. Außerdem lasse ich mich nicht so schnell einschüchtern.«

»Was du eindrucksvoll unter Beweis gestellt hast. Übrigens soll ich dir schöne Grüße von Staatsanwalt Achtermann ausrichten.« Meine Mutter sah überrascht zu Nick.

»Ein äußerst zuvorkommender Mann. Lebt er auch auf der Insel?«, hakte sie nach.

Uwe verschluckte sich um ein Haar an seinem Getränk. »Das fehlte noch! Das reicht schon, wenn er uns hin und wieder mit seiner Anwesenheit beehrt.«

»Ich bin jedenfalls heilfroh, dass wir die Sache alle mehr oder weniger glimpflich überstanden haben und heute Abend in geselliger Runde beisammen sein können. Lasst uns darauf anstoßen!« Ich erhob mein Glas und stellte fest, dass es leer war.

»Möchtest du Wein? Oder lieber Wasser?«, erkundigte sich Nick und griff nach der Weinflasche.

»Gerne Wein. Von Wasser halte ich mich in nächster Zeit fern, wenn es sich vermeiden lässt.«

Die anderen lachten.

»Wie gut, dass es deinen Humor nicht weggeschwemmt hat.« Britta erhob das Glas. »Auf unsere tapfere Nixe Anna!«

»Auf die Bergmann-Frauen!« Mein Vater erhob sein Glas und prostete in die Runde.

List

Kampen

Wenningstedt-Braderup

Sylt

WESTERLAND

TINNUM

KEITUM

MORSUM

RANTUM

Hörnum

Anna Bergmann ermittelt:

1. Fall: Syltleuchten
ISBN 978-3-8392-2039-9

2. Fall: Syltstille
ISBN 978-3-8392-2343-7

3. Fall: Syltfeuer
ISBN 978-3-8392-2507-3

4. Fall: Syltwind
ISBN 978-3-8392-2757-2

5. Fall: Syltmond
ISBN 978-3-8392-0081-0

SPANNUNG

GMEINER

WWW.GMEINER-VERLAG.DE
Wir machen's spannend